# 醫娘好神 2

文創風 803

金夕顏 著

# 目錄

# 第二十七章

「等等，你們都等一下！」

葉紅袖急忙伸手將眾人攔住。事情都還沒搞清楚，絕不能讓眾人就這麼被馮川柏慫恿了。

她越想越覺得這其中蹊蹺得厲害，尤其在馮川柏突然蹦出來之後，她心裡閃過一個強烈的念頭。

可這時候，群眾情緒已經被煽到頂點，都對濟世堂恨得咬牙切齒了，哪裡會聽葉紅袖的解釋？尤其她還事事處處站在濟世堂那邊，更讓人覺得她和濟世堂是一夥的。

於是原本要招呼到醫館的拳頭，也有的朝她身上招呼了過來。

這時，一個高大的身影以迅雷之速衝到她身邊，眾人沒來得及看清那個身影是誰，就看到他抱著葉紅袖一躍而起，跳上了藥櫃櫃面。

連俊傑一手摟著葉紅袖的腰，一手抓過放在櫃面的算盤，用力一捏，算盤的外框喀嚓一聲裂開，算珠立刻一個一個滾了出來，連俊傑接住算珠、瞅準時機，朝那些湧過來的眾人的腿部射了過去。

「啊啊啊——」

已經湧進了濟世堂的眾人各個吃痛，狠狠摔趴在地上。

後面的人見連俊傑身手這麼好，立刻都慫了，不敢再往裡闖。

「好啊，你們濟世堂害死了我的兒，旁人給我討公道，你們竟然還敢打人！我、我老婆子和你們拚了！拚了！」

坐在地上的老婦見狀不對，從地上爬起，哭哭啼啼地衝了進來。

麻臉婦人不知道又從哪裡鑽了出來，一把拽住她的胳膊。

「老姊姊啊，妳可不能這麼傻，老天爺是長了眼睛的，咱們不是報官了嗎？讓衙門給咱們作主，封了他們的醫館，讓他們給你們賠錢賠命。他們還敢打人，讓衙門把他們全都給抓了，省得他們還禍害人！」

到了這個時候，葉紅袖已經很清楚，這個麻臉婦人壓根兒就不是什麼好心人，肯定和那個老婦還有地上躺著的那個人是一夥的。

那個男人，她要沒摸錯的話，壓根兒就沒死，不然他的手不會還能摸到溫度。還有她剛剛在年輕婦人腰上摸到的東西，以及突然蹦出來的馮川柏，她開始懷疑這一切都是百草廬在背後策劃的。

他們有備而來，目的很明顯：訛錢，要濟世堂名譽掃地，不然不會事出得巧合，就在紀元參和東家都不在的時候。

「那好！咱們就等衙門來，看衙門怎麼主持公道。我葉紅袖就不信了，老天爺要是真長眼了，會站在你們這幫騙子那邊！」

「什麼？騙子？」

「什麼意思？」

葉紅袖口中的騙子讓圍觀的眾人面面相覷，都是一頭霧水。

「胡說八道！死丫頭！睜大妳的眼睛看清楚，我的兒子死了，是被你們濟世堂弄死的，妳竟然還反咬一口說我們是騙子！老天爺有沒有長眼啊！」

老婦見狀不對，又立馬呼天搶地了起來。

「死老婆子！」

看她無理取鬧還罵自己是死丫頭，葉紅袖真是心裡什麼火氣都被她勾起來了，直接從櫃檯上跳下來，並疾步衝到了她面前。

連俊傑不放心，也跟了過來。

「妳口口聲聲說要討公道，可自始至終都是你們在無憑無據地哭鬧，尋死覓活，可給了我們說一句話的機會？事情到現在，到底是怎麼回事都還不知道，妳只說人死了，是濟世堂治死的，可是他被濟世堂治死的證據呢？你們拿得出來嗎？他要是在家是自己摔死的，或者被什麼蛇蟲鼠蟻咬了中毒死的，又或者他幹了什麼傷天害理的事情，閻羅王看不過去直接取走了他的小命，難道妳都要賴在濟世堂的身上嗎？」

「死……死丫頭，妳……妳、妳胡說八道，我，、我打死妳！」老婦氣得臉都紅了，結結巴巴說了一句，揚手就要朝葉紅袖的臉上搧過去。

連俊傑急忙伸手阻攔，但葉紅袖卻在他出手之前搶先動了手。

她一手抓過老婦的手腕，一手取下髮髻上的銀簪子，和對付彭蓮香一樣在她身上的幾個重要穴位扎了下去。

「不是會哭會叫會嚎嘛，我現在看妳還怎麼叫得出來？」

在老婦歪嘴斜臉之際，葉紅袖將她推進了麻臉婦人的懷裡，然後來到了一直躺在地上不動彈的病人身邊。

一臉橫肉的男人正欲向前阻止，卻被一柄明晃晃抵在下巴上的小刀給嚇住了。

「你們要敢向前一步，我就讓你們知道什麼叫血流成河！」

連俊傑一手一柄小刀，左手抵在他的下巴上，右手抵在和他同夥的那個男人小腹上，望著他們的眸光透著狠戾的殺意。

懷著身孕的年輕婦人這時已經先奔到躺在地上的男人面前，她趴在他的身上，伸手指著葉紅袖的鼻子。

「妳要敢動他一根毫毛，我和我肚子裡的孩子就和妳拚了！」

但讓人沒想到的是，葉紅袖卻一把抓過她的手，順勢反扣捏住了她手腕的脈搏之處。

果然，和自己猜測的一樣。

她一把將年輕婦人從地上拽了起來，當著在場所有人的面，抬腳衝著她隆起的小腹踹了過去。

「砰——」

葉紅袖幾乎是拚盡了全力，那年輕婦人也沒有防備，竟被她給踹出了濟世堂，重重摔在了地上。

圍觀的眾人這下全都傻眼了。

一家子來濟世堂討公道，葉紅袖拿個銀針把人老娘扎得歪臉斜嘴，這邊又把人懷著大肚子的小媳婦當眾打趴在地上，她還是人嗎？未免太過凶殘和目無王法了吧！

「真是毒辣，對大肚子也能下得了手！妳還說妳是大夫，妳的黑心肝簡直天地可誅！」

「報官，趕緊報官把這些昧良心的人全給抓了！」

葉紅袖沒有理會眾人落在自己身上的目光，拿手上的銀簪子當眾扎破了男人發紫的嘴唇，有些發黑的血立刻流了出來，葉紅袖撚了一點在指尖聞了聞，隨後又看了看有些發黑的銀簪簪尾，又伸手摸向他的脈搏。

她摸了好一會兒，才摸到了一點點細微的跳動。

她的嘴角立刻浮起了一抹冷笑。要不是自己醫術高超，還真摸不出來。

她起身看向被自己一腳踹趴在地上的年輕婦人，並笑咪咪地朝她走了過去。

年輕婦人痛得臉色煞白，趴在地上連連後退。葉紅袖臉上的笑意讓她害怕，她覺得自己好像已經被她看穿了。

「趕緊都讓開，衙門來人了！來人了！」

葉紅袖剛在年輕婦人的面前站定，人群就自動讓出了一條通道，隨後三個穿著衙役官服的男人走了進來。

好巧不巧，走在最前頭、站得筆挺神情肅穆的，正是這些天葉紅袖一直沒有碰過面的程天順。

程天順一看到站在濟世堂大門口的葉紅袖，眸子裡迅速閃過一絲訝異，像是沒有料到她在。

「什麼事？」

他迅速將目光從她的臉上移開，望向跪趴在地上臉色慘白的年輕婦人。

「是她！是她幹的！我們在場所有的人都可以作證，證明她心狠手辣！」

突然跳出來指著葉紅袖說話的是馮川柏。

「濟世堂治死了人非但不讓人來討公道，還想當著我們的面把這些來討公道的可憐人打死，她眼裡還有王法嗎？我還從來就沒有見過這麼毒辣的人，大人，你一定要給他們這些可憐人作主！應該馬上抓他們去衙門當眾打死，不然根本就服不了眾！」

馮川柏剛剛見情況好像有些穩定了，衙門又來人了，好半天才重新又擠了回來。

年輕婦人瑟瑟發抖的身子，慘白的臉，還有跪在地上抱著他大腿的可憐模樣，不管誰只要看到這幅情景，都會站在她那邊，為她掬一把同情淚的同時，還對造成這一切的葉紅袖恨之入骨。

於是，圍觀的群眾也都立刻跟著附和。

「對，我們都可以作證。」

「這事絕不能就這麼算了，背地裡拿人試藥，試死了人竟然還想當著我們所有的人面打死人，這麼凶殘的人就是抓去五馬分屍都不為過！」

看到群情激憤，馮川柏得意地笑了。濟世堂想搶百草廬的生意，沒門兒！

作為捕頭的程天順，冷冷掃了葉紅袖一眼，衝自己身後的衙役下了命令。

「把和濟世堂有關人等，全都銬起來！」

「程天順，我大哥要回來了。」

葉紅袖突然開口，落在他身上的視線一直都沒移開。

「那真是恭喜了。」程天順眼皮都沒有抬一下。「還愣著幹什麼，銬人啊！」

但再開口的時候，聲音裡明顯能聽出一絲焦躁和不耐煩。

那兩名衙役立刻走了出來，拿著手裡的鐐銬朝葉紅袖走了過去。

「我看你們誰敢碰她一根毫毛！」一個低沈的男人聲在濟世堂的大堂裡驟然響起。

聽到這個陌生卻又似曾相識的聲音，程天順沒有任何表情的臉上，終於有了一絲微妙的變化。

他抬頭看去，身形高大健碩的連俊傑正緩步走了出來。

讓程天順心裡畏懼的，不是他手裡抵在那兩個男人身上的刀刃，而是他盯著自己過於幽暗深邃的眸光，還有他身上散發出來的狠戾氣場。

程天順花了很大功夫才壓住了內心對連俊傑的畏懼。

「濟世堂害死了人，還當眾打人，我們這是秉公辦理，你要有疑問，可以現在就和我們回衙門。」

開口的時候，神情和他以往辦案的嚴苛肅穆一樣，讓人看著就覺得他公正嚴明，並未有一絲徇私。

「程天順，你說你是在秉公辦理，可真是天大的笑話。」

葉紅袖雙手背在身後，漫步走到他面前，仔細打量著他。五官端正，身形筆挺，長得倒是人模人樣，只可惜心腸還是和從前一樣壞。

「葉紅袖，妳胡說什麼？」

程天順的臉頓時黑了下來，他最不容許的便是旁人質疑自己的公正，尤其還是當著這麼多人的面。這一年他在衙門當差，凡事公正廉明不偏私是有口皆碑的，就因如此，他才能迅速在一年之內升為捕頭。

「我胡說？程天順，你自從進來了以後，都沒問一句這裡到底發生了什麼事，就要把我們銬走。我們要是這樣跟著你們進了衙門，不是變相落實了濟世堂害死人的罪名嗎？你這麼迫不及待，不會和他們是一夥的吧？」葉紅袖笑著挑眉反問。

她不是傻子，這幫人來鬧得這麼大就是要濟世堂聲譽掃地，要是她在眾目睽睽之下就這麼和程天順走了，不只濟世堂完了，自己肯定也完了。

「葉紅袖，妳別胡說八道！我們在場所有人都能證明濟世堂害死了人，妳當眾毆打孕婦，還拿妳的銀簪子當眾扎傷了人，這些都是妳在眾目睽睽之下幹出來的。妳這個心狠手辣的毒婦就應該抓進衙門，讓縣官大人拉去當眾砍頭才能服眾。」

好半天沒吭聲的馮川柏又突然跳了出來，義憤填膺地指責葉紅袖剛才的殘忍。

而他這樣掐準了時機的舉動，越發讓葉紅袖懷疑他和那幫來討公道的人是一夥的了。

「馮川柏，你跑進跑出又跳又叫得這麼積極，你和他們是什麼關係？」她突然轉頭看向他，臉上笑意頓消，盯著他的眼神也格外狠厲。

「我都不認識他們，能和他們有什麼關係，我這叫路見不平拔刀相助，我們這些都是拔刀相助的義氣人士！程捕頭，趕緊把她抓了，別和她浪費唇舌！」

馮川柏衝程天順使了個眼色，但程天順沒理他，而是低頭看向坐在地上抱著自己雙腿不撒手的年輕婦人。

「程捕頭，就是她打傷了我……我、我的肚子開始疼了！」

年輕婦人原本抱著他雙腿的手突然轉成了抱著自己肚子，並一臉痛楚地哀號了起來。

「肚子痛肯定是動胎氣了！程捕頭，你看到了，這裡所有的人都可以為他們作證，你可一定要給他們作主啊！」

被麻臉婦人扶著的老婦人也在這個時候衝了過來，話一說完麻臉婦人就拉著老婦撲通一聲在他的面前跪了下來。

「起來、起來！妳們趕緊起來！」

程天順伸手扶麻臉婦人和老婦起身，這才注意到老婦臉歪嘴斜、不停流口水的樣子，這和自己娘前一段時間簡直是一模一樣。

想起自己娘這些日子受的苦和花的錢，心裡的怒火噌噌噌冒了起來。

把她們都扶起來以後，他轉身冷眼看向葉紅袖。

「葉紅袖，妳目無王法，竟敢在光天化日和眾目睽睽之下做出如此殘忍毒辣的行為，我若是現在不抓妳進衙門，都難以服眾。」說罷，他從衙役的手裡把鐐銬搶了過去，打算親自銬住葉紅袖。

可連俊傑怎麼可能會給他任何接近葉紅袖的機會，搶在他動手之前以迅雷之速把鐐銬搶了過去，然後迅速銬住了年輕婦人、老婦，還有麻臉婦人。

「咦？」

眾人這都還沒反應過來呢，另一個衙役拿在手裡的鐐銬也被連俊傑搶走了，銬在了被他制伏的那兩個男人的手上。

程天順被連俊傑如此迅速的反應給嚇到了，但更多的是惱火。這不是明擺著拆他的臺嗎，以後他還怎麼在群眾面前執法？

「連俊傑，你目無法紀，我現在就收拾了你！」說罷便抽出腰間的佩刀，直接對著連俊傑的肩膀砍了過去。

讓人萬萬沒有想到的是，程天順手裡的刀才剛揚起來，他的下巴就被連俊傑拿的刀刃抵住了。

「你、你們實在太猖狂了！」

那兩個被搶走了鐐銬的衙役，邊面露驚恐地衝連俊傑和葉紅袖叫著，邊忙著抽出佩刀。但估計是太緊張和太害怕，他們的手抖抖擻擻了大半天，也沒能把腰間的佩刀給掏出來。

「我們猖狂？我現在就讓你們開開眼界，看看誰才真的是目無法紀，最猖狂的那個！」

葉紅袖說罷，徑直走到年輕婦人的面前，在她還未反應過來之際，一把伸手將她身上的褂子給掀了起來，露出了裡面倒扣在肚子上的筲箕。她一個用力，將筲箕給扯了下來。

「你們都睜大眼睛看清楚了，這個就是她的孩子！」

# 第二十八章

圍觀的眾人目瞪口呆地看著被葉紅袖扔在地上的箩箕。

「還有——」鬆開年輕婦人後，她疾步走到躺在地上的男人面前。「景天，倒杯濃濃的鹽水過來。」

她取下頭上的銀簪子，在男人脖子上幾個控制呼吸、心跳和血流速度的穴位都扎了幾針，最後兩針則重重落在男人的虎口和人中上。

原本躺在地上一動也不動，幾乎沒有呼吸脈搏的男人，眼皮竟然動了動。

「葉姑娘，水來了！」

「你把他噴醒就行了。」葉紅袖邊說邊退到了一邊。

景天喝了一大口鹽水，噗一聲全都噴在了男人的臉上。

「啊——」原本應該死了的男人，在眾目睽睽之下竟然坐了起來。

圍觀的眾人被眼前這一幕震驚得結結巴巴，好半天都說不出一句完整的話來，你看看我，我看看你，實在是不明白。

葉紅袖也沒急著解釋，而是走到男人的身邊，在他還未完全清醒之前，將景天手裡剩下的大半碗鹽水全都給他灌了下去。

被灌下了一大碗鹽水的男人立刻趴在地上吐了起來。

很快地，那個男人在眾目睽睽下嘔出了一堆類似草藥的紅色東西。

「馮川柏，你不是很會說嗎？來，你現在和大夥兒解釋一下他吐出來的都是什麼。」

葉紅袖挑眉看著臉色慘白的馮川柏。估計他作夢都想不到自己其實已經識破了一切，不早說只是為了多看幾場這跳梁小丑一般的戲。

「我、我……這烏七八糟的一大堆，我怎麼知道是什麼東西……」這下輪到他徹底說不出話來了，還有冷汗不停冒出來。

「你可是百草廬出來的少東家，怎麼可能會不懂？」葉紅袖緊追不放。

「我……我，我不知道。」被逼得沒有退路的馮川柏，最後只能灰溜溜地鑽回人群裡。

葉紅袖走到裝死男人的面前，他這會兒已經吐完，神智也清醒了。

「既然百草廬的大夫什麼都不懂，那就由我來和大夥兒仔細解釋一番。你們都看清楚了，這紅色的叫閻羅草。閻羅草吃下後就會像他剛才一樣，呼吸、脈搏會變得很微弱，似有若無，就好像死了一樣。這種草藥在藥材市場上是有價無藥，極其難尋，且一般都生長在極寒之地，咱們這邊想種都種不了。那我就搞不明白，這麼難得珍貴的藥，你們是怎麼弄來吃下的？濟世堂可沒有給你們開這些藥啊！」

「我……我不知道妳在說什麼……」解釋不出來，那男人就索性裝傻。

「你不知道？不過沒事，大夥兒都看了這麼長時間，現在都應該明白是怎麼一回事了吧？」葉紅袖看向圍觀的眾人，尤其是剛才那幫情緒激動，要替他們討公道的。

到了這個時候，大夥兒哪裡還不明白，這不明擺著是這幫騙子在坑濟世堂嗎？但他們沒坑著濟世堂，卻狠狠坑了這些路見不平的眾人一把。

「程大捕頭，你說該怎麼辦呢？」

葉紅袖走到連俊傑身邊，望著被他用刀刃抵著、動都不能動一下的程天順。

「這個縣官大人自有定奪。」許久，他才艱難地從嘴裡蹦出這麼一句話。

看到他這副樣子，葉紅袖笑了。「程大捕頭心裡有數就好。這些人刻意誣衊陷害濟世堂，希望縣官大人能還濟世堂一個公道，也希望程大捕頭押他們回衙門的時候，真的能秉公執法。」

連俊傑也收回了抵在程天順下巴上的刀刃，衝他指了指仍舊豔陽高照的天空。「程天順，要變天了。」唇畔的笑意味深長。

程天順的臉色驟變，看向連俊傑的眼裡閃過一絲驚慌。

「對了，程大捕頭的娘最近因為嘴巴不乾淨，好像得了和她一樣的病，天天都往百草盧去。我前兒碰到過她一次，治了都有大半個月了，到現在都沒有什麼起色。也不知道是百草盧大夫的醫術不行呢，還是程大捕頭你娘的體質異於常人，這麼長時間都治不好？」

「葉紅袖！妳夠了！」

程天順咬牙切齒地低聲威脅。他娘還不都是葉紅袖害的，她竟然還敢當眾講出來，他的忍耐已經到了極限。

葉紅袖冷眼回望著他，並未被他嚇到。

「夠了？程天順，相比你對我大哥、對我們家做的那些事，可還差遠了！」

「妳大哥的事和我沒有關係。」程天順矢口否認，垂在身側的雙手攥得緊緊的。

「真的嗎？人在做，天在看，連大哥剛才說了，要變天了。」

葉紅袖冷笑，隨後走到那幫騙子面前，將臉歪嘴斜、不停流口水的老婦拽到了程天順的面前。「程大捕頭，還有在場的諸位鄉親們，現在你們可要睜大眼睛看清楚啊！」

她再次取下頭上的銀簪子，然後當著眾人的面在老婦的頸椎、腦袋，還有背脊的幾個重要穴位扎了下去。

一眨眼的功夫，老婦的嘴臉竟然都復原了。

葉紅袖拉著已經復原的老婦在圍觀的眾人面前走了一趟，待她看到人人臉上閃過一絲不可思議後，又拿起銀簪子在老婦身上穴位扎了幾針。又是眨眼的功夫，老婦再次嘴歪臉斜。

「程大捕頭，你看清楚了嗎？這就是我葉紅袖現在的本事，敢對我、對我們家人背地裡下黑手的，我有的是法子能讓他吃盡苦頭。」說完，她一腳將老婦踹翻在程天順的面前。

程天順的臉色再次微變，看向葉紅袖的眼睛裡閃過一絲懷疑。難道，真的要變天了？

他抬頭看了一眼仍舊豔陽高照的天空，心裡突然閃過一絲恐慌。

程天順押著那幫騙子走了以後，葉紅袖掃視了圍觀人群。馮川柏不知道何時已經開溜了，但看熱鬧的眾人並沒有就這麼散了，還在議論著。

葉紅袖忙乘機衝他們厲聲說道：「諸位在場也都看到了，這是有人蓄意誣衊訛詐濟世堂。濟世堂一直都本著懸壺濟世的醫德仁心治病救人，有些病人家裡日子難過的，診金藥費要麼是象徵性地收一點，要麼就索性全免了，就這樣還被有心人陷害，而你們竟然也都相信了，這如何不讓人寒心？難道這偌大的一個臨水縣，就只容得下醫術不怎麼樣，藥費卻昂貴到常人根本吃不消的百草廬嗎？要是這樣，那我們濟世堂不開也罷！」

說完，她和連俊傑合力把目瞪口呆的眾人關在門外。

「紅袖姑娘，咱們就這樣關門不好吧？」景天一臉擔憂地湊到葉紅袖面前，小聲道。紀大夫和東家都不在，事關重大，他不敢輕易作主。

「紅袖並不是真的讓濟世堂關門，她這是變相要衙門和那些剛剛圍觀為難咱們的人給濟世堂一個交代呢。」連俊傑衝他耐心解釋道。

「啊？這是怎麼說的？」景天不明白。

「現在大夥兒都知道那幫人是騙子，知道濟世堂被寒了心，還有貴得離譜的百草廬做對比，他們心裡愧疚難過的同時，一定會給衙門施壓，讓衙門還濟世堂一個公道的。而且你看，現在這裡亂成這樣，不關門也不行。」

連俊傑指了指一地狼藉的大堂。

收拾好了濟世堂，連俊傑說有事要出去一趟，讓葉紅袖在這裡等著。

她也沒多想，沒想到的是，等他再回來的時候，竟是多了一輛馬車。

「你買的？你現在哪裡來的錢？」葉紅袖看著他，一臉疑惑。

這輛馬車至少得幾十兩，上次他的五十兩已經全都拿去租山了，他手上現在壓根兒沒有錢。

「這妳就不用管了。妳先上去看看，看看裡頭可不可以，要是不滿意的話，店家說了可以現在就去換。」

連俊傑沒有解釋，而是拉著她，要她先上車看看。可葉紅袖不放心，幾十兩銀子不會自己從天上掉下來的。

「不行，你必須先和我說清楚，這錢到底是怎麼來的。」

連俊傑看到她繃著小臉，一臉倔強，知道自己要不說清楚，這丫頭不會就這麼算了，只能老老實實告訴她。

「我和香味閣的老闆說好了，他預支我工錢，我這兩天給他送野味，就這麼簡單。走吧，妳上去看。」

「什麼野味？」葉紅袖沒打算就這麼讓他糊弄過去。

幾十兩銀子可不是後山隨便幾隻野雞野鴨野兔子就能抵得了的。

「麃子、野鹿、野豬、野狼。」

「你要去牛鼻子深山?!你不要命了是嗎？」

「妳知道我的身手的。」看到她一臉擔憂，連俊傑心裡高興。

「你真當自己是戰神，所向披靡嗎？那裡多危險，開不得玩笑的！咱們現在就去把這個退了。要什麼馬車，又不是什麼大戶人家，進進出出還得馬車代步。」

連俊傑的身手，葉紅袖見識過多次，自然清楚，可牛鼻子深山實在太危險了，不怕一萬就怕萬一。

「妳放心，牛鼻子深山對我來說還不是最危險的地方。」

「那你下次去牛鼻子深山的時候，記得叫上我一起。」

打獵自己幫不上忙，但跟著他一道進去，總會放心些。

「嗯。妳先上去看看！」

連俊傑笑著揉了揉她的頭，把她扶上了馬車。

好幾十兩的馬車當然不錯，他買馬車也是為了葉紅袖以後進出能夠更方便。

兩人坐著馬車去了白鷺書院，連俊傑回來了這麼長時間還沒見過葉黎剛，也想和他見個面。

學堂這個時候還沒下學，兩個人在書院的竹林裡四處逛了逛。

竹林後頭有一條清澈見底的小河，站在岸邊都能看到在水裡游來游去的魚兒。

「要是能抓兩條回去煮湯喝就好了。把湯汁熬得白白的，再擱兩塊豆腐，等豆腐煮入味了，擱點小蔥起鍋。要不烤著吃也行，先撒點鹽醃一下入味，然後用竹子串起來，擱在火上慢慢烤，烤得骨頭都酥脆的，再喀嚓一口咬下去，嘖嘖……」

蹲在岸邊看著魚的葉紅袖邊說邊被自己饞得口水差點流了出來。她穿越來的這些日子，還沒碰過魚，雖然家裡有醃製的狼腿肉打牙祭，可那個哪裡比得過魚兒的鮮美啊？

「饞了？」身後的連俊傑被她小饞貓的樣子給逗笑了。

「嗯，等會兒回去的時候，咱們也買兩條吧！」葉紅袖不好意思了，真是不說還好，越說越饞了。

「不用等回去，妳等一下。」

連俊傑摸了摸她的腦袋就轉身鑽進了竹林，沒一會兒就又出來，手裡多了兩條削得尖尖的竹片。

「妳看著。」他對葉紅袖眨了眨眼，走到河邊後，全神貫注地盯著在水底下游動的小魚。

嘩啦——水花濺起的瞬間，刺入水裡的竹片上已經插了一條巴掌大的小魚。

嘩啦——嘩啦——

幾乎是眨眼的功夫，連俊傑手裡的竹片上全都插上了魚。

「連大哥好厲害！」葉紅袖歡喜地跳到了他的身邊。

看到小丫頭開心，望著自己的大眼睛裡充滿了崇拜，連俊傑的心裡就像是吃了蜜糖一樣。他喜歡看她為自己高興的模樣，更享受她滿臉崇拜地望著自己的樣子。

然而，竹林裡卻在這個時候突然響起了一個不和諧的聲音。

「偷我的魚兒，被我抓了個正著，你們打算怎麼賠償？」

兩個人回頭，迎面走來一個一身墨色衣裳，鬍子頭髮都花白，臉還板著的老頭子。

「那賠你錢好了。」葉紅袖答得很痛快。不過就是幾條魚，反正不在他這裡買，去別處還是一樣要買，都要花錢。

「妳當我家的魚兒是菜市場上賣的那些嗎？想買就能買的？」板著臉的老頭子，衝葉紅袖吹鬍子瞪眼地嚷著，神色很難看。

連俊傑向前一步，將葉紅袖擋在自己的身後。「魚是我抓的，想要怎麼樣你衝我來。」

他眼神凶狠地將那老頭子從頭到腳掃了一遍，也不知緣何，有一種這人不簡單的感覺，好似他刻意隱藏了什麼一樣。

在連俊傑打量老人的同時，老人也在打量著連俊傑。

他剛剛竹片入水捕魚的功力全都落在自己眼裡，當時他就覺得這個後生不簡單。再靠近一看，狠厲的眼神、霸道的氣場，讓人打從心底生出畏懼，這人是真不簡單。

「好一個敢作敢當！其實我不想怎麼樣，姑娘，妳得空嗎？得空現在就把這幾條魚拿去收拾了，然後咱們生火烤了吃了吧！」

剛剛還繃著臉一副興師問罪的老頭子，竟突然衝葉紅袖擠眉弄眼，嬉皮笑臉了起來。

「啊？」葉紅袖被他過於快速的變臉給看愣了。

「像妳說的那樣，烤得脆脆酥酥的，一口喀嚓咬下去最香了，但還得記得撒點花椒，這樣吃起來才香。」

他未等葉紅袖反應過來，又噼哩啪啦提了不少意見。

「我……」

這老頭子翻臉就像翻書一樣，葉紅袖一下子接受不了。

「唉呀，別愣著耽誤時間了，再晚了這魚兒可就不新鮮了，趕緊去收拾了，要油要鹽的話就去書院的廚房拿，妳剛剛說得我還真有些饞了！不行，我還得去弄瓶酒來，吃新鮮魚兒怎麼能少得了酒……」

老頭子說著的時候，還不停摸了摸下巴上有些稀疏的鬍子，然後未等葉紅袖和連俊傑反應過來就又轉身鑽進竹林。

葉紅袖看著這古怪老頭子離去的背影是好氣又好笑。

「他以為他是誰啊！想吃魚就吃魚，我還偏偏不給他吃。連大哥，咱們走！讓他等會兒一個人在這兒白等！」

「那可不成，咱們要就這麼走了，妳二哥可就要遭罪了！」

「為什麼？」

# 第二十九章

葉紅袖回頭，不明白這個古怪的老頭子怎麼還和二哥扯上關係了。

「他是妳二哥的老師，白鷺書院的老大，咱們要就這麼走了，他肯定會找妳二哥算帳的。」

「啊？你怎麼知道他是老師？」她一臉驚訝。

「我剛剛看到他的大拇指沾了墨水，那就說明他是讀書人；這裡是白鷺書院的地界，他說這是他的魚兒，那就是他的地盤了。外頭都說白鷺書院的夫子衛得韜是個了不得的厲害人物，厲害人物總有些古怪的性子，這幾點綜合起來，不就是妳二哥的老師嘛！」

葉紅袖這下徹底被連俊傑的分析給折服了。

「小丫頭，別傻愣愣地看著我了，趕緊去書院拿鹽，順帶把妳二哥喊來，我去把魚給收拾了。」

連俊傑再次被她望著自己滿臉崇拜的模樣給逗笑了。

葉紅袖趕到書院的時候，正好下學了，她把那古怪老頭子的事和葉黎剛一說，沒想到真被連俊傑說對了，老頭子就是他們的老師。

「我還一直以為你們老師是穿著一襲白袍，玉樹臨風又風度翩翩的真君子呢，沒想到是個愛吃愛喝、翻臉比翻書還快的糟老頭子。」

沒見過衛得韜之前，葉紅袖在腦子裡幻想過，讓學生穿白衣、時刻謹記君子作風，這夫子的形象在她的心裡不知道有多高，沒想到實際上卻是個一身黑衣，頭髮鬍子稀疏的糟老頭子。這落差真的太大了。

「老師雖然性格古怪，但是有真才實學。我這幾年在他這裡學到了很多東西，他也確實是坦坦蕩蕩的真君子。妳不要以貌取人，以後妳和他相處久了，會喜歡他這個性的。」

葉黎剛鮮少誇人，葉紅袖見他對那個糟老頭子讚不絕口，便也知道他沒有自己看起來的那麼糟。

「唉呀，你們、你們，你們等等我啊！」

兩人回頭，蕭歸遠已經跑到跟前了。他因為跑得太急，停下的時候腳下沒煞住，差點摔跤，還是葉黎剛眼疾手快地拽住了他的胳膊。

「你們可真是的，有好吃的竟然都不叫上我，這算什麼好朋友啊！」站穩後，他還先抱怨上了。

「我看你一下學就急匆匆地跑了，以為你有事急著回家，才沒叫上你。」葉黎剛淡淡解釋了一句後，便又拉著葉紅袖往前走。

「唉呀，我那是有事，不然回家前也不會不和你打聲招呼的。我還告訴你啊，這事和你們有關呢！」蕭歸遠氣喘吁吁地跟上。

「和我們有關？」葉紅袖轉身，一臉驚訝，隨後猛地想起了上次自己拜託他的事。「是阮覓兒有消息了嗎？」

她的話一說出口，明顯感覺到二哥抓在她胳膊上的手突然用力了些。

她奇怪地看向葉黎剛，他卻在這個時候鬆開了手，表情淡淡地看向蕭歸遠。

「對啊，就是這個小丫頭！可讓我好找！」

蕭歸遠邊說邊拿袖子揩了額頭上的汗。他家裡有的是錢，身上的衣裳沒像葉黎剛那樣看得金貴。

「說重點。」葉黎剛突然開口，霸道的聲音裡隱隱帶著一絲著急。

「我是花錢從麗春院的打手那裡打聽來的，麗春院的老鴇子把小丫頭扔出去的時候，見她後面好像病得不那麼厲害了，在途中以五兩的價格賣給了路邊村子的一戶農家當童養媳。我聽了消息立馬又派人去找，剛剛就是我派的人送消息回來，說那戶農家已經空了，他們在附近打聽了一圈也沒打聽出什麼。」

「這樣啊……」葉紅袖和葉黎剛兩人臉上的失望藏不住。

「你們放心，我讓他們在附近繼續慢慢打聽，又不是上天入地了，總能打聽到些消息的。」

「那也只能這樣了，蕭公子，麻煩你了啊！」

葉紅袖雖然心裡失落，但也坦然接受。可她抬頭看向葉黎剛的時候，卻發現他的眼裡閃過一抹前所未有的失落。

她以為是自己看錯了，等到再定睛一看，二哥已經轉身走在前頭了。

三人結伴走到河邊的時候，連俊傑已經把火生起來，魚都架在火堆上烤著了。

糟老頭子衛得韜就站在旁邊，一手端著酒瓶，一手不停指揮他如何把魚架好，說要裡裡外外全都烤著了才能酥脆好吃。

葉黎剛、蕭歸遠摘了新鮮的樹葉墊在地上，等魚烤好了，眾人圍坐一圈吃了起來。

「紅袖妹妹，妳吃我這個。」一旁的蕭歸遠好心把手裡的魚先遞給她。

「謝謝。」

蕭歸遠遞給她的那條魚又肥又大，葉紅袖剛要伸手，誰知道旁邊卻伸出了一隻大掌，塞了另一條魚給她。

「吃這個。」

葉紅袖一臉驚訝地看著魚刺全都挑沒了的魚，再抬頭，只見連俊傑狠狠衝蕭歸遠甩了幾個冷眼，蕭歸遠嚇得連忙大口往嘴裡塞魚，差點就被魚刺卡著了。

魚兒一吃完，衛得韜就跑了，走的時候還不停搖頭，說鹽沒撒好，辣椒也沒撒好，火候還差了一些，不然滋味會更好……氣得葉紅袖抓了一把辣椒打算再報復他一場。

糟老頭子這個時候的反應賊快，立馬撒腿跑了起來。

葉紅袖去河邊洗手的時候，看到二哥和連俊傑相對而立，聊了起來。

也不知道兩人說的是什麼，好像聊得還挺熱絡，鮮少會對外人笑的二哥，還衝他笑了。

兩日後，葉紅袖不放心，又和連俊傑去了一趟濟世堂。意外的是，兩人到濟世堂的時候，很多病人進進出出。這些病人裡，不只有穿著寒酸的窮人，也能看到衣著華麗的富人。靠牆擺著的診脈案前，紀元參正全神貫注地給一個老婦診脈，景天帶著藥童抓藥秤藥，忙得不行。

景天眼尖，一看到葉紅袖進來就衝她笑著打了個招呼。葉紅袖笑著點了點頭，算是回應。

紀元參給老婦開了藥方後，便起身直接請兩人去裡頭坐。

「那天還真是多謝葉姑娘出手仗義相助，不然濟世堂是肯定要關門的。」

「紀大夫，你別這麼客氣，咱們是熟人了，而且濟世堂在我心裡不是一般的地方，有人要陷害，我自然不會讓他們得逞。對了，這麼些天了，官府那邊給你們說法了嗎？我覺得這事沒那麼簡單。」

那天，馮川柏上躥下跳，還有那不易得的閻羅草，葉紅袖覺得這事跟百草廬脫不了干係。

「葉姑娘看看對面。」紀元參笑著指了指她身後。

葉紅袖回頭，這才注意到對面的百草廬只開了半扇門，冷冷清清，一個病人都沒看到，不用紀元參再說也知道官府那邊已經查清楚整件事是百草盧策劃的了。

「看來，這個知縣大人不錯。」她對這個能查明真相的知縣連連點頭讚許，但很快又搖了搖頭。「不對，他要真不錯，就不會讓程天順當捕頭了！」

「放心吧！紙是包不住火的，終有一天他會認清程天順的真面目。」連俊傑拍著她的肩膀寬慰了一句。

「葉姑娘稍等一下，我去去就來。」紀元參指了指裡間，隨後就轉身進去了。

沒一會兒，他就出來了，這次手裡多了一個藥箱。

「葉姑娘幫了我們的大忙，我們東家不勝感激，特地讓我把這個藥箱給妳，這是我們東家親自去買的。還有東家說了，以後葉姑娘在外頭行醫的時候，可以直接對外說是咱們濟世堂的大夫。」

紀元參邊說邊把藥箱當著葉紅袖的面打開，裡頭針具、刀具，需要常備用的藥材，一應俱全。

「真的給我的？」

葉紅袖難以抑制內心的激動和興奮。穿越後，她夢想的便是這一整套的醫具。這醫具都是新的，品質也是上乘的，能看出濟世堂的東家是花了錢和心思，更是有誠意的。

「紀大夫，我能見見你們的東家嗎？我想當面對他說聲謝謝。」

她感激的不只是他送的這些醫具，更主要的是自己現在可以正大光明地說是濟世堂的大夫了，那是爹爹生前最大的願望啊！她終於實現了……

「葉姑娘，不好意思，我們東家不輕易見外人。」紀元參很為難地衝她搖了搖頭。

「怎麼？你們東家就這麼見不得人嗎？」

葉紅袖剛要說不方便就算了，連俊傑卻突然蹦出了這麼一句冷冰冰的話。

「連大哥。」葉紅袖急忙伸手去扯他的袖子。

但連俊傑卻反過來抓住她的小手，望著紀元參的眼神充滿了質疑。

紀元參愣了一下，萬萬沒有想到這人竟會當面毫不客氣地質問自己。

「這位兄弟，我們東家為什麼會見不得人？」他笑著反問。

可他面上雖然笑著，看著連俊傑的眼裡卻沒有一絲溫度。

「紀大夫，你別理他，他是陪我進進出出忙了一天不耐煩了，現在發脾氣呢！你幫我轉告你們東家，說我謝謝他。」

葉紅袖見狀不對，急忙開口調和，未等紀元參開口就一手提著藥箱，一手拽著連俊傑出了濟世堂。

出了濟世堂後，她氣呼呼地一把將他甩開，揹著藥箱就跑了。

連俊傑在追上去之前，又回頭看了一下濟世堂的二樓。他知道在虛掩的窗戶後，正有一雙眼睛也在盯著自己。

這個總是不露面的幕後東家，一點都不簡單。

葉紅袖很生氣，回去的路上無論連俊傑使出什麼花招哄她，她都繃著臉看向另一邊，一個字都沒有和他說。

到了家，她也懶得理他。連俊傑知道她這個時候在氣頭上，聽不進解釋，也沒多說。

吃晚飯的時候，葉氏看她連碗筷都不願碰，被嚇著了。她放下手裡的碗筷，湊到葉紅袖面前。「怎麼了？」

「娘，沒事。妳看，這些好看嗎？」

葉紅袖不願和葉氏說下午那些不開心的事，拉著她看放在炕上的藥箱。

「嗯，看著真是親切。妳爹當年也有的，就那次去牛鼻子深山掉了，我還以為這輩子都看不到了呢，沒想到……」

葉氏說著說著就哽咽了，顫抖的手摸向熟悉的醫具之際，眼淚終沒忍住滾了下來。

「娘，這是高興的事，別哭啊，妳的眼睛哭不得。」

葉紅袖急忙抽了葉氏懷裡的帕子出來給她擦淚。雖說她的夜盲症好了，但眼睛還得仔細呵護著，不然容易舊疾復發。

「那個濟世堂的東家還說了，以後我出去行醫，可以大大方方對外說我是濟世堂的大夫。爹生前最大的願望不就是開間濟世堂嗎？我現在是濟世堂的大夫，也算是給咱爹臉上爭光了吧！」

「嗯，爭光、爭光！我們家的紅袖厲害又有出息，妳爹在天之靈看到了，一定會高興歡喜的。」

葉氏抹了淚看向自己的閨女。這個從前最讓她不省心的閨女，現在成了最有能力的，這個家，全靠她在撐著。

「對了，我這兒有一樣東西。」

葉氏轉身端出一個黑乎乎的小匣子，小心翼翼放在矮桌上，又小心翼翼掏出了一枚小鑰匙，當著葉紅袖的面把小匣子打開。

葉紅袖看她始終都是一副謹慎樣子，急忙把腦袋湊了過去。還以為能在小匣子裡看到什麼了不得的金貴東西，誰知道裡頭只有幾串很舊的手串。

「娘，我還以為妳藏了什麼金貴寶貝呢，這也不值錢啊！」

她把手串都拿了出來，發現每個手串上竟然都有顆尖尖的狗牙，樣子很是特殊。

「妳別看不值錢，這些在娘的心裡可都是金貴的寶貝。」葉氏把小匣子推到一邊，指著手串上的狗牙讓葉紅袖看。「這些手串是妳爹親手編的，狗牙是妳爹去別人家討的，討回來了他就洗乾淨，在上面刻了你們的名字，讓你們一直戴在手上。咱們這裡有個風俗，狗牙能保佑孩子平安。」

葉紅袖定睛一看，還真在狗牙上看到了幾個筆鋒有力的字。

葉常青，葉黎剛，每個手串的狗牙上都有一個名字。

「我的呢？怎麼沒有我的？」

「妳的在妳滾下山摔傷的那天掉了。」

「那真是可惜了……」

葉紅袖一臉惋惜，但心裡更惋惜的是自己到現在還沒想起摔傷那天的事情。

「妳的手串掉了，還傷成那樣，沒多久妳爹又出事了，妳大哥二哥他們看到手串心裡難過，我就全都收起來了，這轉眼都幾年過去了……」

葉氏看著手裡的手串，眼裡忍不住劃過一絲傷悲。

「娘，別難過了，咱們現在的日子不是一天天好起來了嗎？爹在天之靈看到也會高興的。」葉紅袖最見不得的就是她傷心難過。

「我、我不難過，我拿這些出來不是為難過的。」葉氏說著，急忙伸手抹了一把已經濕了的眼角。「我是今天聽長娟說她家打算把家裡那隻總逮著人不放的狗給宰了，我和她說好了，讓她把狗牙給咱們，我明天就給妳編一串和從前一樣的手串。」

葉紅袖又把那幾個手串拿起來仔細看，每串狗牙上的名字都不一樣，寫著自己名字的會是什麼樣的呢？

# 第三十章

清晨，天還沒亮，葉紅袖就起來了。

葉氏睡得迷迷糊糊，看了下外頭又回頭看已經下床的葉紅袖。

「天還沒亮呢，起這麼早做什麼？」

「昨晚下大雨，我怕山上的藥田會淹了，我上去看看。」

昨晚下雨的時候，她已經很擔心了，藏紅花難種難養，她不想自己和連俊傑所有的心血一夜就全白費了。

「上山的時候小心些。」

葉紅袖點點頭，揹了背簍出門。等她到了藥田，天才微微亮。讓她驚訝的是，竟有一個身影比她還要早。

聽到身後的腳步聲，連俊傑回頭，果然如他預料地看到了那個小身影。

「來了？」

葉紅袖心裡其實很歡喜的，只是仍繃著臉，衝他嗯了一聲。濟世堂的事，她可沒打算就那麼算了。

「還生氣呢？」連俊傑起身走到她身邊，幫她把肩上的背簍給卸了下來。

葉紅袖見他好像沒有一點悔改歉疚的意思，心裡又生氣了。

「我怎麼能不生氣？哪有你這樣說話的，什麼人家見不得人？人家那是低調！」她越想越氣，索性甩開了他的手，不想再和他說話。

連俊傑笑了，拉過她的小手讓她看著自己。

「好了，我和紀大夫那樣說話，並不是我沒有禮貌，而是故意的。我覺得這個濟世堂的幕後東家不是個簡單的人物。」

「不簡單的人物？什麼意思？」葉紅袖抬頭追問。

她不是沒有猜想過這個幕後東家的身分，畢竟沒錢沒能力是絕不能在臨水縣把濟世堂開起來的，可她想的也僅此而已。

「我也沒什麼實質證據能證明他的不簡單，那天那樣直截了當地問紀大夫，只是想看看他措手不及的反應。」

這些他原本是不想和葉紅袖講的，但看她現在氣性這麼大，只能如實告訴她。

「那他的反應和你預想的一樣嗎？」這下，葉紅袖倒是被他勾起了好奇心。

「有些一樣，也有些不一樣。但不管怎麼樣，他們濟世堂在臨水縣做的都是實實在在的好事，妳現在又是濟世堂的大夫了，我可不好當著妳的面說你們東家的壞話。」連俊傑笑了，卻沒與她說太多。

葉紅袖想了一下，也覺得自己還是不要追問太多的好，背後講人閒話可不是她的作風。

何況如今她已經是濟世堂的大夫了，和這個幕後東家見面是遲早的事。

藥田裡的藥材經過昨晚雨水的滋潤，今天看起來更青翠茂盛了。

將該翻土的翻了土，該鋤草的鋤了草，等天又亮了一些，連俊傑和葉紅袖收工，朝牛鼻子深山的入口處走去。

也因為昨晚的雨水，上山的路異常難走。兩人進山沒多久，就又變天了，天上一大片黑壓壓的烏雲壓了過來，看樣子是要下大雨了。

為了抓緊時間，葉紅袖緊緊跟在連俊傑身後，朝獵物更容易出沒的山腳下去。

連俊傑尋了個背後靠山，前面有石頭又有灌木叢遮擋的有利位置讓葉紅袖躲著，自己則揹上了弓箭，拿上了短刀準備在附近狩獵。

「連大哥，你小心些。」他起身前，葉紅袖不放心拉著他又叮囑了一句。

「嗯，我會的，好好在這裡等著，知道嗎？」

他伸手輕輕撫過她柔嫩白皙的臉頰，指腹還在她嫣紅的唇畔邊輕輕畫了一圈。

葉紅袖的小臉瞬間紅了。他這個舉動太親密曖昧了。

看到她紅了臉，連俊傑唇畔的笑意更濃了，隨後便轉身消失在茂密的叢林裡。

樹林裡不時傳來猛獸的吼聲，每響起一次，葉紅袖的心便跟著揪緊一分。她在石塊和樹叢後頭探頭探腦地看著連俊傑離去的方向，卻沒想到她的身後，危險也在慢慢靠近……

等她回過頭的時候，那頭在她身後潛伏的野狼已經向她撲過來了。

葉紅袖急忙躲閃，並順手把頭上的銀簪子給摘了下來。

這是一頭瘦骨嶙峋的野狼，她注意到牠隆起的腹部，看樣子是頭懷孕的母狼。這母狼估計也是餓狠了，搶在葉紅袖動手之前一躍而起，閃著寒光的獠牙對準了她纖細的脖頸。

葉紅袖倒地躲避的時候，手上的藥鋤狠狠砸在牠腦袋上，然後在母狼吃痛未反應過來之際，手上的銀簪子便扎向牠的小腹。

母狼嗷嗚一聲，重重砸在葉紅袖身上，帶著她在地上翻滾了好幾圈。

母狼雖瘦，但葉紅袖在牠砸下的瞬間只覺得頭暈眼花得厲害，腦子竟突然閃過好幾個陌生的畫面。

畫面裡有石塊、灌木叢，還有刺眼的太陽，陽光閃耀得讓眼睛都睜不開，等她睜開了眼，前面的不遠處竟多了一群黑衣人。

等她再定睛一看，那些黑衣人竟都回頭朝她看了過來。可怕的是這些黑衣人的臉一個比一個要恐怖，青面獠牙，凶神惡煞，齜牙咧嘴，一個個都活像是從地獄來的魔鬼。

這些詭異的畫面從她的腦子裡一閃而過。

等她回過神來，受傷的母狼正趴在她的身上喘著粗氣，被她劃開的傷口正不停往外淌著血。

她刺中的是母狼腹部上的催產穴位，母狼這個時候已經發動了，牠腦袋身子受了傷，現在只能大口喘著粗氣生產。

聲。

葉紅袖好不容易才把牠從身上推開，誰知道剛爬起來，身後就又傳來了一陣異樣的響

她急忙轉身，一臉警覺地舉起銀簪子，沒想到剛轉過身就被擁入一個寬闊溫暖的懷抱

裡。

連俊傑同時拿短刀剖開了母狼的肚子，動作快得葉紅袖都沒反應過來。

神奇的是，母狼的肚子裡頭滾出了兩隻沒睜眼的小狼崽子。

葉紅袖想要過去看看情況，卻被連俊傑給拽住了。他手裡的短刀再次對準了牠們。

葉紅袖察覺了他的意圖，急忙拉住他的胳膊。「連大哥，不要！我現在不是沒事嗎？再

說牠都已經死了，禍不及妻兒這個道理你應該懂的。」剛才的那一幕雖然驚險，但自始至終

她都是有把握的。「還有，是咱們闖入了牠們的地盤，在這裡，不管是人還是動物，都是牠

們用來果腹的食物。」

「傻丫頭，即便我現在不殺了牠們，在這裡牠們也是活不過明天的。」

「那咱們抱回去養吧？」葉紅袖前世養過小狗，覺得養狼崽子應該也不難。

「不成。」連俊傑一口拒絕，這個危險他不能冒。

「那咱們把牠們帶出牛鼻子山總可以吧？至少外頭比這裡要安全些，後面牠們是死是

活，就看牠們自己的造化了。」

帶出山也不過就是個順手的事，不難。連俊傑不忍心讓葉紅袖失望，便依了她。

「嗯，你趕緊把獵物揹來，咱們出山吧！我看這雨就要下下來了。」

葉紅袖邊說邊把渾身濕漉漉還沒睜眼的小狼崽子抱進背簍裡，同時抬頭看了一眼黑得更厲害的天。

都等不及連俊傑把獵物揹下山，雨就嘩啦啦地下了。連俊傑將自己身上的衣裳脫下來給葉紅袖遮雨，牽著她的手靠著山邊走。雨路濕滑，雨勢又大，兩個人走得極其小心。

她回頭看了一眼身後的茫茫雨幕，腦子竟又閃過剛才和母狼搏鬥時的詭異畫面。

嘩啦——

「小心！」

失神的葉紅袖腳下一滑，連人帶背簍，還將牽著自己的連俊傑一起拽著，滾下了山腳的一個縫隙裡。

在他們摔下去的瞬間，連俊傑用自己的身子和雙手緊緊將她護在懷裡。

好在這條縫隙並不深，兩人只翻了幾圈就掉在了一個空曠又乾燥的空地上，更幸運的是地上竟鋪著厚厚的樹葉。

「紅袖，妳沒事吧！」被壓在底下的連俊傑，第一個反應是確定懷裡的人有沒有受傷。

「沒事。連大哥，你有沒有事？」葉紅袖趴在他懷裡抬頭。

「我？我當然有事。」

看到她沒事，連俊傑才鬆了一口氣。

他。

但他口中的有事卻把葉紅袖的魂都嚇飛了，急忙從他懷裡爬了起來，小臉煞白地看著

「趕緊讓我看看，你哪裡受傷了？哪裡疼啊？」

看她為自己急白了臉，連俊傑臉上的笑意更濃了，一把伸手將她重新拽回了懷裡。

「我是心肝疼。」

炙熱的鼻息輕輕噴灑在葉紅袖的耳尖上，聲音裡帶著沙啞的曖昧。葉紅袖愣了一下，好半天都沒有反應過來。

連俊傑也沒再多說，就把她給放開了。

「趕緊去看看妳的小狼崽吧！別白費了妳一番心思。」

剛才抱著她的時候，她鼓脹脹的小胸膛就緊緊貼在自己什麼都沒穿的胸膛上，怎麼能不讓他心肝疼？但這話他不敢當著她的面明說，怕嚇著她。

「差點就忘了！」葉紅袖這才猛地想起背簍裡的兩隻小狼崽。

在她把背簍卸下來的時候，連俊傑起身把整個山洞打量了一下。這是個空間足夠容納百人的巨大溶洞，地上鋪著厚樹葉，想來在他們之前，是有人來過的。

他隨手撿了片樹葉扔在半空，在樹葉飄落之際察覺了風向，再順著風向往前走，過沒多久便找到了出口。

出口很小，僅能容納一人側著身子進出，洞口被外頭的石塊和灌木叢給擋住了，要不是

這次的意外，他還真發現不了這個山洞。

他轉身回到葉紅袖的身邊，她不但把兩隻小狼崽子抱了出來，還用樹葉將牠們原本濕漉漉的小身子給擦乾了。

「我看外頭的雨一時半會兒停不下來，咱們先把身子烘乾，等雨停了再回去。」說話間，連俊傑已經在旁邊堆了一堆乾燥的樹葉，沒一會兒，火就生起來了。

葉紅袖趕緊抱著兩隻小狼崽子靠在火堆邊。也不知道牠們是冷的還是早產的緣故，即使靠在火邊還是一直瑟瑟發抖。

她趕緊把衣裳烘乾，隨後將牠們緊緊抱在懷裡，這才稍稍好了一些。

「我看妳現在這個樣子，即便等會兒咱們出了牛鼻子深山，也不可能會把牠們扔了。」連俊傑邊說邊用木棍將火挑得更旺些，好讓她和她懷裡的小狼崽子能更暖和些。

「那就養著吧。萬物皆有靈，我相信我好好養著牠們了，牠們不會記恨我的。」葉紅袖邊說邊輕輕撫摸著懷裡毛茸茸的兩個小東西。瘦瘦小小又弱弱的，讓她出山後撒手不管，她還真是做不到。

外頭的雨嘩啦啦下了一個時辰都不見小，葉紅袖靠在連俊傑的身邊，等著等著就睡著了。

夢裡，她的眼前不斷閃過白天那些詭異畫面。

刺眼到睜不開眼的太陽，黑壓壓的黑衣人，還有他們臉上那一張張恐怖驚悚的面具……

她醒來的時候，頭跟著疼得很厲害。

「怎麼？作惡夢了？」

連俊傑摟過她，拿自己的袖子給她擦滿額頭的汗，但她越來越難看的臉色，讓他更擔憂了。

「不知道。」葉紅袖輕輕搖了搖頭。腦子裡不停閃過的那些畫面，她都分不清是什麼，像夢又不像是夢。

「等等，我的狼崽子呢？」

葉紅袖驚呼，發現自己懷裡的狼崽子不知道什麼時候不見了，火架上正烤著兩團不停散發著陣陣香味的食物。

「你、你竟然把我的狼崽子給烤了！」葉紅袖驚得直接從地上跳了起來。「你怎麼可以這樣心狠手辣！你明明答應過我帶牠們出山的！你、你怎麼能這樣呢！」

她氣到話都說不完整，只能睜大眼睛氣狠狠地瞪著他，氣得紅彤彤的小臉上有生氣、惱怒，還有失望。

「我答應了妳的事怎麼可能會出爾反爾呢？妳看那邊。」

連俊傑指向洞裡的一個角落，又拉著她在自己的旁邊坐下。

葉紅袖循著看過去，看到兩團毛茸茸的小東西正在合力撕咬一個圓球一樣的東西，蹦躂著歡快得很。

她回頭，滿臉愧疚，嘴角硬扯出來的笑容極度尷尬。「我、我……對不起啊！」

「傻丫頭，我何時對妳食言過？」

連俊傑伸手捏了捏她紅彤彤的小臉，隨後把其中一個架在火堆上的肉給了她。

「我當初答應過妳不能死在戰場上，就拚盡全力在戰場上好好活著。這是剛剛在妳睡覺的時候，我在洞口獵的獾子，妳現在肯定餓了，趕緊嘗嘗。」

上山下山地跑了大半天，葉紅袖還真是餓了，接過肉就咬了起來。

「嗯？怎麼有鹹味？」她驚訝地看向同樣在大口吃肉的連俊傑。

這肉一咬就嘗出了鹹味，連俊傑上山的時候，身上可沒有帶鹽。

「在洞裡找到的。我不只找到了鹽，還找到了這個，應該是以前在洞裡住的人留下的。」

連俊傑邊說邊指了指火堆旁一個黑色袋子。

葉紅袖好奇地把袋子拉過來，把袋子裡的東西給抖了出來。

一個白瓷小罐子滾到了她的腳邊，隨後一個塞著口子的瓷罐子也滾了過來，她撿起來看了看，竟覺得這兩個小罐子看著有些眼熟……

她把手裡的肉遞給了連俊傑，打開白瓷小罐子聞了聞，一股清涼的味道直撲鼻尖。

「這是……我家祖傳的清涼油！」葉紅袖驚呼。

# 第三十一章

為了確認自己沒有聞錯，她又將罐口湊到鼻子前仔細聞了聞。沒有錯，真的是他們葉家的清涼油味道！

小時候只要有蚊蟲叮咬、傷風或者頭痛，爹娘給她用的都是這個。這是爹親手做的，裡頭的配方和外頭買的不一樣，味道也不一樣，所以她一聞就能知道是自家的。

「我聞聞。」

連俊傑也覺得不可思議，伸手把罐子拿了過去。葉家清涼油效果好，紅袖當年也送了他不少，味道他也是認得的。

「你們家的清涼油怎麼會在這裡？」

「看看裡頭還有什麼！」葉紅袖急忙把黑袋子裡的東西全都給抖了出來。

這一抖，她的眼睛立刻睜得更大了。袋子裡不止有各種大大小小的藥罐子，還有很多已經變黑生鏽的醫具，可見這些東西在這裡的年頭已經很久了。

「怎麼會……」

葉紅袖把那些醫具一樣一樣地擺在地上，也把藥罐子擺在另一邊。這些看著就像是大夫外出出診會帶的東西。

白瓷藥罐裡的清涼油是他們葉家獨有的，這裡以前唯一的大夫就是她爹……

「連大哥，好奇怪，我娘說我爹的藥箱是他進山出事後丟的，可我爹當年進山要是只為了採藥，為什麼要揹這些東西呢？拿個藥鋤，或者防身用的刀不就行了嗎？還有我爹的東西怎麼會在這裡？這些東西明顯是有人仔細收著的。」

葉紅袖的心裡開始有越來越多想不明白的地方。

連俊傑看著眼前這些東西，再聽她說的那些，心裡也生了疑慮。

「嗷嗚——嗷嗚——」

就在二人陷入沈思之際，在一旁蹦躂得正歡的兩隻小狼崽子突然朝他們奔了過來。

跑在最前頭的那隻嘴裡還叼著一個東西，跑到葉紅袖面前後，先是用自己毛茸茸的小腦袋蹭了蹭她的腳，然後把銜在嘴裡的東西吐在她面前。

可等葉紅袖看到牠吐在腳邊的東西，臉色更難看了。

她撿起地上看著有些眼熟的手串，把上面的狗牙翻看了一遍，竟真的在上面看到了「葉紅袖」三個字。

「妳的手串怎麼會在這裡？」

連俊傑也一眼就認出了手串是葉紅袖的。小時候，這手串戴在她手腕上從沒有摘下來過，他也認得。

「我不知道，昨晚娘才和我說了，我的手串在我摔下山的時候就掉了，爹為了進山給我採藥出了事，哥哥們怕看到手串會傷心難過，就全都拿了，讓娘收起來。可我是在後山摔傷的啊，手串又怎麼會在這裡呢？還有，這些醫具和這些藥罐子又都是怎麼回事？」她越想越想不明白。

「妳先別想了，這裡面肯定有很多咱們不知道的內情，已經好幾年了，不是一下兩下就能弄明白的。」連俊傑看她的臉色越來越難看，開口勸阻她別去做無用的思考。「這些東西咱們等會兒全都收起來放回原處，這事最好就妳知我知，別向其他人透露一個字，省得生出許多不必要的事端來。」

「嗯，我聽你的。」

葉紅袖現在腦子越想越亂，根本捋不出一點頭緒，只能什麼都聽連俊傑的。她也相信他。

吃飽後，連俊傑將現場清理得一乾二淨，讓洞內看起來和他們沒來過一樣，才帶著葉紅袖抱著狼崽子離開。

下山後，她一個字沒敢和葉氏提及，葉氏滿心思都在她帶回來的兩隻狼崽子身上，覺得新奇又好玩，也沒察覺女兒的異樣。

隔天一早，葉紅袖剛起床打開門，就看到連俊傑和他的馬車停在院門口。

「你一大早就在這兒等著嗎？為什麼不敲門叫我？」葉紅袖看他的樣子像是等了很長時間。

「妳昨夜肯定沒睡好，反正也不趕時間，讓妳多睡會兒也好。」

她眼下有淡淡的烏青，一看就是沒睡好。

「這事妳別管也別多想，趕緊梳洗一下，咱們去縣城，把昨天獵到的獵物都賣了。」

等兩個人趕到香味閣的時候已經是中午了，獵物賣了以後，連俊傑還在香味閣要了一桌飯菜。

「這得多少錢啊？馬車的錢你全都還完了嗎？」

桌上的飯菜豐盛，一看就不便宜，想著連俊傑還欠香味閣那麼多錢，葉紅袖哪裡敢下筷子。

「錢要還，飯也要吃。妳肯定餓壞了，先吃飯。」連俊傑邊說邊拿筷子挾了一塊肉塞進葉紅袖的嘴裡。

吃完了飯，連俊傑拉著她沿路買了不少糖果瓜子等零嘴，還順帶買了兩斤茶葉。

回去的路上，兩人邊聊天邊欣賞路邊的風景。

原本一直沒什麼行人的路上，突然躥出了一個披頭散髮、衣衫襤褸，渾身髒兮兮的婦人。

馬兒跑得不快，但那婦人出現得突然，坐在車頭的兩人猝不及防，連俊傑急忙拉住韁繩，以免馬兒踩著那個婦人。

馬車突然急煞車，坐在車頭的葉紅袖差點整個人飛了出去，還是連俊傑反應快，用另一隻手摟住了她的腰，但她的手肘還是狠狠撞在車棚上，疼得小臉都白了。

馬車停穩後，她揉著自己的手肘衝那個婦人看去。「五嬸?!」

蹲在地上瑟瑟發抖，抬手緊緊護著自己的臉的正是楊五嬸。

「別……別打我……別打我……」

「五嬸、五嬸。」葉紅袖顧不得身上的疼痛，忙跳下車衝到她身邊。

但不知道楊五嬸是不是剛剛受了驚嚇，壓根兒不敢抬頭，葉紅袖的手朝她面前一伸，她嚇得發抖的同時又連連後退了好幾步。

「五嬸，是我啊，我是紅袖啊！」

「別……別打我……別打我……」

「嬸子，沒人打妳，咱們回去好嗎？咱們回家。」葉紅袖向前一步，柔聲道。

一直低著頭的楊五嬸這才微微抬了頭，剛要伸手，又看到站在她身後的連俊傑，嚇得她尖叫著從地上爬了起來，轉身要跑。

誰知道她才剛轉身，突然跳出了一幫村民。

「這裡、這裡！那個偷錢的瘋子在這裡！」其中一個滿臉凶相的男人一把拽住了楊五嬸。

被抓的楊五嬸突然情緒激動地大聲尖叫，奮力掙扎。「不是我——不是我——我沒偷錢——不是我偷的——」

「妳個瘋婆娘還說不是妳，看我不打死妳！」那個男人揚起手掌，對著楊五嬸的臉就要甩去。

已經下車的連俊傑一個箭步衝過來，捏住他揚在半空中的手腕，一臉森寒地道：「我倒要看看你要打死誰！」

「唉呀、唉呀……疼！疼！疼！」

那男人疼得齜牙咧嘴地跳了起來，抓著楊五嬸的手也鬆開了。

葉紅袖立馬上前扶著她，還掏出自己的帕子給她擦拭臉上的傷口。

「我……我沒偷錢……我沒偷……不能偷錢……土蛋說不能偷錢……」

瑟瑟發抖的楊五嬸不停重複這句話，葉紅袖這才看清她的臉上身上都是血口子，想來剛才是被那個滿臉凶相的人狠揍了一頓。

「五嬸，妳沒偷錢，這裡也沒人敢說妳偷錢。」

只因一句土蛋說不能偷錢，即便還沒搞清楚是怎麼回事，葉紅袖也信了她。

「唉呀，手斷了，真的斷了……你鬆手，趕緊鬆手！」被連俊傑捏著手腕的男人仍在邊跳邊叫著。

可在事情沒搞清楚之前，連俊傑自然不會鬆手。

「到底是怎麼回事？」他厲聲問道。

「這位兄弟，那個瘋婆娘偷了我的錢，這位壯士是幫我抓小偷的，你不能不分青紅皀白亂打人啊！」

旁邊一個滿頭白髮的老婦站出來，她邊說邊把自己的錢袋子拿出來給連俊傑看，像是怕他不相信一樣。

「大娘，不會的，五嬸雖然神智不清，但她絕不會偷錢。」葉紅袖忙開口幫楊五嬸辯解。

「怎麼不是她？人贓俱獲，剛剛錢袋子就是從她的身上搜出來的！就是她這個瘋婆子偷的！」

「不，不是我，不是我！我沒偷錢，土蛋說不能當小偷！不能偷錢，不能偷錢的……」

「這位兄弟，你真的弄錯了，他是好人。我在集市買了米，是他見我個老婆子拿不動米，好心幫我扛回家。到家後我才發現錢袋子不見了，也是他幫著我一路找，最後在樹林子裡看到這個瘋婆子，追上才發現她拿了我的錢袋子。我活了一輩子，從沒說過一句假話，不信你問我們村子的人，他真的是好人，這個瘋婆子才是小偷！」

「是的，孫婆婆不會撒謊的！我們都可以作證！」

「小偷就是那個瘋婆子，我們趕到的時候，錢袋子就在她手裡呢！」

「可氣的是，錢袋子在，錢全都不見了，肯定是被這個瘋婆子給藏起來了，一定要她把錢拿出來，那些錢可都是孫婆婆的命根子！」

孫婆婆身後的村民也都相繼開了口。

「你們都聽到了，這瘋婆子才是小偷，你趕緊鬆開我！」

這次，男人終於掙脫了連俊傑的束縛，恨恨地瞪了連俊傑一眼。

「不是我……不是我……不是我偷的……是……是他……他……」

面對眾人的指責，楊五嬸又被嚇得瑟瑟發抖，可說話間，她悄悄指了指那個凶相男人。但她估計是被嚇壞了，聲音和蚊子一樣。

葉紅袖注意到了，看了眼一臉凶相的男人。敢情他唱的是賊喊捉賊的戲碼呢！

她捋了捋楊五嬸亂糟糟的頭髮。「五嬸別怕，妳不是小偷，咱們把真正的小偷抓出來好嗎？」

「我不是小偷……我不是……不是我……土蛋說不能偷錢的……」

也不知道葉紅袖的話她有沒有聽進去，只不停在口中念叨著這句話。

「婆婆，妳記得妳的錢是在哪裡掉的嗎？還有妳是親眼看到五嬸偷了妳的錢嗎？」

「臭丫頭，妳少廢話！把那個瘋婆子交出來，把她交出來就什麼事都了了！」未等孫婆婆開口，那個男人便叫囂了起來，還欲衝過來。

被他打得渾身傷痕累累的楊五嬸，一看到他要衝過來就嚇得驚聲尖叫，又轉身想跑。

葉紅袖將她拽住的時候，伸腳在男人的腳下絆了一下，男人猝不及防，直直摔在楊五嬸的面前。

原本想跑的楊五嬸這下不但不跑了，還高興地拍著巴掌叫了起來。「好！好！報應！報應！」

「妳——」那男人衝楊五嬸指著，剛要破口大罵，卻被葉紅袖在脖子、喉嚨附近扎了好幾針，突然沒了聲音。

「我是來弄清楚真相的，不是要聽你滿口噴糞罵人的。」

葉紅袖邊說邊在他的背上踩了一腳，這是氣他剛才罵自己臭丫頭。

「姑娘，妳這……妳不能這樣啊！」孫婆婆被葉紅袖的凶悍給嚇到了。

「婆婆放心，我只是想把事情弄清楚。事情弄清楚了，該賠錢賠錢，該抓人抓人，我不會干預的。婆婆，我再問一句，妳是親眼看到五嬸偷了妳的錢袋子嗎？」

「我、我沒有，我是回到家的時候，才發現自己的錢袋子不見了。」

「那就是說，婆婆妳連錢袋子是什麼時候不見的都不知道了？」

「我——」

孫婆婆正欲說話，好不容易從地上爬起來的男人跳起來，可惜無論他怎麼跳都發不出聲音。

葉紅袖回頭白了他一眼。「給我閉嘴，還沒到你開口的時候！」

「我是到家才發現錢袋子不見的，哪裡丟的，我記不起來了。」

為免恩人受苦，孫婆婆老實回答的同時，語速也加快了。這個姑娘兩三下就能弄得人說不出話來，可見本事不一般，還有旁邊的那個男人，盯著人就像是要吃人一樣。

「那妳最後一次看到錢袋子的時候是在哪裡？這一路上，妳碰到過五嬸嗎？」

婆婆說是在樹林子裡追到五嬸，她買了米回來，發現錢袋子不見了，那這樣推算的話，之前應該是沒碰到過五嬸的。

「我最後一次見錢袋子是在米店，回來的路上，確實沒碰到過這個瘋婆子。不過我回屋把米倒進米缸的時候，他說看到她進了我家的院子。」

「所以，婆婆自始至終都沒有親眼看到五嬸偷錢，也都是這個人在說了。」這下，葉紅袖更肯定是那個男人在賊喊捉賊了。

「不是他說的，是我們追上她的時候，錢袋子就在她的手裡，這是賴不掉的啊！」

孫婆婆還是認為小偷就是楊五嬸，這是自己親眼看到的。

「婆婆，我要沒說錯的話，第一個在樹林裡追上五嬸的是不是他？等你們趕上來的時候，錢袋子就已經空了，裡面什麼都沒有了。」

葉紅袖衝孫婆婆指了指身後的男人。

孫婆婆如實地點了點頭，卻是滿臉疑惑，不明白葉紅袖當時不在場，怎麼會這麼清楚。

「姑娘，妳就別廢話了，趕緊讓那個瘋婆子把錢交出來吧！我們念著她是個瘋子的分上也不會計較太多。」

旁邊的村民不耐煩地開口。在他們看來，這已經是人贓俱獲了，也懶得花時間再去扯皮。

# 第三十二章

「這位大哥，既然你這麼忙，那小偷就交給你了。孫婆婆被偷了多少錢，你找他要吧！」

葉紅袖說完，就把那男人拽到了他面前。

「妳、妳把這位幫人的壯士拽過來做什麼，那個瘋婆子才是小偷！」

村民們急了，覺得葉紅袖是在無理取鬧。

「睜大你們的眼睛看清楚！」葉紅袖說完，又拿手上的銀簪子在男人的小腹上扎了兩針。

「哎喲、哎喲！」

她下手的時候又準又狠，銀簪子扎下去的時候，痛得那男人臉都青了，一陣強烈到自己都無法控制的尿意突然襲了過來。

「妳……妳幹了什麼？」男人夾緊雙腿，衝葉紅袖叫了起來。

「沒幹什麼啊，你剛剛說話的時候，嘴巴的味道可真不是一般難聞，我琢磨著你的腸胃不大好。我是大夫，治病是大夫的職責，所以我就給你扎了兩針，你應該多謝我才是！不過在你說謝謝之前，應該告訴大夥兒偷來的錢藏在哪兒了。」

葉紅袖邊說邊把手裡的銀簪子重新插回髮髻上。這對銀簪子還真是好用，時時刻刻都能幫上大忙。

「妳、妳胡說八道什麼，那個瘋婆子才是小偷！她才是小偷！」

男人為忍著尿意，雙腿差點要絞成麻花了，臉上更是憋得一陣紅一陣白，就怕說快了尿沒忍住。

「你要現在就乖乖把錢交出來，我也不讓你當眾出醜，可你要還不識好歹，我會讓你什麼臉面都丟光！」

「我……我不知道妳說什麼……」男人惡狠狠地瞪著葉紅袖。

「你不知道？那就等著吧！」

葉紅袖笑著雙手環胸，一副等著看大戲的樣子。

很快地，她就看到男人的褲腳濕了，腥臊的尿液正順著他幾乎絞成了麻花的腳一點一滴往下淌。

「妳——妳——」男人氣急敗壞地指著葉紅袖，卻又不敢大聲出大氣，臉更是氣得比鍋底都要黑。

這裡圍了至少有十多個人，除了老少爺們，還有好幾個婦人和小孩子，當著這些人的面尿褲子，可真是什麼臉都丟光了。

「我什麼？我還告訴你，你要識相現在就把錢交出來，再丟臉也不過就是尿個褲子，再晚一點可就是拉褲子了！你應該察覺到有股氣在肚子裡亂竄吧！」

葉紅袖笑著說話的時候，還後退了兩步。旁人見她後退，又聽她剛剛說的什麼拉一褲子，也嚇得跟著後退了兩步。

「妳——妳這個臭娘兒們！我、我打死妳——」

男人氣急敗壞，索性豁出去了，朝葉紅袖奔了過去。誰知道他才邁開腿，先前強忍著的尿意就像是開了閘的洪水一樣衝了出來，嘩啦啦的聲音老遠就能聽到，褲腳甚至整個身下全都濕了。

在場的婦人當下就羞紅了臉，急忙拉著小孩撇過頭。

「趕緊把錢交出來，不然到時你拉了一褲子，可是走到哪兒就丟臉丟到哪兒了。」

到了這個時候，葉紅袖的臉上已經沒有一絲笑意。

「妳……我、我沒偷錢，我不是小偷！妳、妳這是屈打成招！」

男人還在嘴硬，這下子是真豁出去了。在他看來，反正臉已經丟了，不能自己一點好處都沒撈著。

「我屈打成招？你動手打五嬸的時候，怎麼不想著屈打成招？你看看你把五嬸都打成什麼樣了！」

葉紅袖把渾身被打得青紫的楊五嬸拉了出來，楊五嬸還處在驚恐中，剛被拉了出來就又嚇得縮了回去，衝眾人連連擺手的時候，口中還在念叨著：「我沒偷錢……我不是小偷……

土蛋說不能偷錢……不能偷錢……」

「五嬸的話想必各位剛剛都聽清楚了，她說她不是小偷，土蛋說不能偷錢。我知道你們不知道土蛋是誰，現在就告訴你們，那是她死在戰場上的兒子。五嬸是思兒成疾的，從小到大五嬸就教土蛋哥要行得正坐得端，做個堂堂正正的男人，試問這麼教自己兒子的人，又怎麼可能會去偷錢呢？

「婆婆的錢袋子於買米的時候還在，買完米到家就不見了，可婆婆沒見過五嬸，這個男人卻自始至終都和婆婆在一起。既然五嬸都沒見過婆婆，錢袋子又怎麼會跑到她手裡去了？難道是錢袋子自己長腳了？真相是有人硬塞進五嬸手裡。婆婆剛剛也說了，是這個男人第一個在樹林裡發現五嬸的，五嬸神智不清，話都說不清楚，自然無法為自己辯解，到底是誰在屈打成招，現在總歸清楚了吧！」

葉紅袖一說完，所有人的眼睛立刻都朝捂著肚子的男人看了過去。

「你……你們別信她的話……她、她們是一夥的……」

剛剛沒忍住尿意的男人，這個時候正在拚命忍著肚子裡的屎意。

「還嘴硬是吧？」

一直都沒出過聲的連俊傑終於沒忍住。他不想浪費時間，再次捏住了那個男人的手腕。

「哎喲！哎喲、哎喲……要斷了！真的斷了！」

「我不想聽到廢話！」

連俊傑厲聲之時又加大了手上的力道。他是真正的練家子，想要廢掉一隻手，輕而易舉。

「在這兒！在這兒！」男人這下是徹底怕了，急忙把揣在懷裡自己的錢袋子掏了出來。

連俊傑拿過後，直接拋進了婆婆懷裡。孫婆婆打開錢袋子，真在裡頭看到了自己的錢。

「是我的！真的是我的錢！」

她邊說邊掏了一個碎銀出來，指著上面的牙印給大夥兒看。她有在自己的錢上咬個牙印做記號的習慣，住在隔壁的村民都知道。

「我看你以後還拿什麼去偷雞摸狗！」連俊傑邊說邊再次加大了手上的力道。

「啊——」他嘶聲尖叫的同時，氣門也跟著敞開了。

頓時，整個馬路上都散開了臭味。

連俊傑拉著葉紅袖急急後退，旁人也都避之唯恐不及。

「姑娘，這……真是對不住啊，是我老婆子太糊塗，聽信了歹人的話，冤枉了這個大妹子，這、這、這就當是我給她賠不是了！」

孫婆婆滿臉愧疚地把手裡的錢袋子遞給了葉紅袖。

「婆婆，這事不怨妳，只是以後要擦亮眼睛才行，別再被歹人給騙了。這錢，妳把自己的都拿回去，剩下的就當是他賠給五嬸的湯藥費了。還有，等會兒你們把他押去衙門吧，別讓他再騙人了。」

葉紅袖把錢袋子接了過去，當眾和孫婆婆一起數了好一會兒，最後把剩餘的錢都給了楊五嬸。

「不……不要……小偷……不能要……土蛋說不能要……」

楊五嬸卻是連連擺手，滿是血跡的臉上還有一絲驚恐。

「五嬸，妳不是小偷，現在大夥兒都知道他才是真正的小偷，這錢妳拿著，回去給土蛋哥買好吃的好嗎？」

聽到葉紅袖說這錢是給土蛋的，楊五嬸臉上的驚恐立刻化成了歡喜，急忙伸手把錢袋子接了過去，並緊緊摟在懷裡。

「咱們趕緊走吧，這味兒實在是太大了。」

事情都弄清楚了，葉紅袖也不願多待，和連俊傑一同扶著楊五嬸上了馬車。

回到赤門村後，葉紅袖領著全身是傷的楊五嬸回了自己家，前腳剛把她臉上的傷口處理好，後腳楊月紅就急匆匆地趕來了。

「月紅，錢、錢，給土蛋買好吃的！能買好多。」

楊五嬸笑嘻嘻地衝楊月紅晃了晃手上的錢袋子，鼻青臉腫的她滿臉都是藥膏。看到娘被打成這副樣子，楊月紅更心酸難過了。

來的路上，她聽說了自己的娘被當成小偷挨揍的事情。

「月紅姊，這個藥膏拿回去給五嬸搽，早晚兩次，五嬸臉上的口子用不著幾天就能好。

還有，我真的有辦法能治好五嬸的病，月紅姊，妳就讓我試試吧！」葉紅袖把手裡的藥膏遞到她面前。

「這算什麼？要不是你們家葉常青這個叛徒，我娘會變成這樣嗎？她用得著受這樣的委屈嗎？葉紅袖，別以為妳施了這麼一點小恩，我們家就會對妳感激不盡，還把土蛋的仇給忘了！我告訴妳，不可能，這輩子都不可能！除非你們葉家血債血償也死一個人！娘，我們走！」

話一說完，楊月紅就拉著楊五嬸轉身欲離開。

楊月紅急匆匆進葉家的時候，跟來了好些湊熱鬧的村民。

楊月紅拉著滿臉滿身是傷的楊五嬸出來時，村口晃晃悠悠地來了一輛馬車。坐在車頭趕馬的是很長時間沒回村的程天順。

馬車一進村，他的狗腿子齊三、黃四就急忙湊到了他跟前。

「什麼事？」程天順指了指圍滿了人的葉家。

兩人把剛才看到的聽到的都告訴了他。

「嬸子治得怎麼樣了？」兩人還佯裝關心地問了一句。

「就那樣。」

程天順也沒把話說清楚，回頭看了一眼放著簾子的車棚。

那天在濟世堂的門口，葉紅袖把騙人老婦的嘴當場扎歪了，又立馬扎好的那一幕確實是驚到他了。

他娘在百草廬治了一個多月，花了家裡這些年好不容易攢下的大半積蓄，到現在嘴臉都還有些歪斜。他心裡記恨葉紅袖的同時，也有了疑惑。怎麼好端端地她突然就有了這麼好的醫術？

程天順的馬車從葉家門口路過的時候，正好楊月紅扶著楊五嬸走了出來。

他冷冷瞥了一眼滿臉是傷、衣衫襤褸的楊五嬸，隨後又抬頭看了一眼站在院子中央的葉紅袖和連俊傑，眼裡閃過一抹幽深的冰冷。

晚上，葉氏把晚飯燒好端上桌。

「廚房裡還有點豬下水，我已經拿大料都滷好了，明天妳拿去連家，他們煮麵煮湯啊的，放點下去很方便。」

「娘，妳現在不反對我和連大哥在一起了？」葉紅袖有些驚訝葉氏的轉變。

「娘也不是鐵石心腸，這些天他為了妳幫咱們這個家做的，娘全都看在了眼裡。娘起先是覺得妳已經和雲飛拜過堂了，妳不能對不起他，但娘也知道，強扭的瓜不甜，妳和俊傑一向都好，娘不會做棒打鴛鴦的事。只是你們的事得等雲飛回來了，好好和他說清楚，畢竟他也不容易。」

這段日子，葉氏一直都在思考閨女的親事，看到了連俊傑的付出，她也想通了。

「我們會等雲飛表哥的。」

葉紅袖笑著轉身要去準備吃飯，這時，菊香突然滿臉淚水地衝進了屋。

「紅袖姊，不好了！」

「怎麼了？」

菊香一把搶過了放在炕上的藥箱，拽著葉紅袖就衝出屋子。

路上，她邊跑邊說，葉紅袖才算是了解了個大概，是海生剛剛突然發病了，且情況比從前要嚴重許多。

葉紅袖才到菊家門口就聽到了菊花的哭聲，菊香一聽自己的娘哭得厲害，剛剛才止住的眼淚又跟著嘩啦啦地下來了。

兩人奔進屋裡，屋裡一片狼藉，桌椅板凳全都摔倒了，地上飯菜灑了一地，看著像是海生在吃飯的時候突然發病。

倒在地上的他全身還在不停抽搐，觸目驚心的是他額頭上巨大的血口子，正往外淌著鮮血。

葉紅袖急忙取下頭上的銀簪子，在海生後背的幾個重要穴位上扎了幾下，等海生平靜下來了，這才讓他們夫婦合力把他抬上了床，然後讓菊香打水，幫他擦拭和處理傷口。

海生這段時間經過她的醫治已經好得差不多了，就是獨獨不能讓他去回想那天發生的事情。為了他好，葉紅袖也叮囑過菊香一家人，讓他們都儘量不要提那天的事。

「怎麼會這樣？」葉紅袖把海生額頭上的傷包好，看向坐在床邊不停抹淚的菊花。

「都怨我……」菊花邊抹淚邊開口。「程天順不是今天回來了嗎？剛吃飯的時候我和海生說，讓他明兒要是在村子裡碰到他了，主動和他打個招呼，我話才剛說完，他就犯病了。」

「只說了這麼一句話，海生就犯病了？」葉紅袖覺得這不是一般的奇怪。

「紅袖姊，這次海生犯病和從前不一樣。」站在一邊的菊香接著開了口。

葉紅袖轉頭看向她。「怎麼個不一樣？」

「以前海生犯病都是直接倒地上，可這次他是先發了一頓很大的火，娘的話才剛說完，他就把桌上的飯菜全都掃到地上，然後把桌椅板凳全都給掀了，然後才發病倒地的。這是以前沒有過的。」

「這麼奇怪？」

菊香的話讓葉紅袖心裡的疑惑更深了。

她上次來的時候，聽了菊香的話一直覺得海生受傷可疑，可是菊花又一口咬定程天順是他們菊家的大恩人，她不好當著村長夫婦的面說程天順的不好，只能把疑惑藏在心裡；如今再聽菊香這麼一說，更覺得可疑了。

「娘，我都說了，程天順他不是好人，更不會好心救海生，我倒覺得海生受傷和他有干係呢！妳偏偏還把他當成海生的救命恩人！」

「菊香，怎麼和妳娘說話的！當時程天順把海生抱回來的時候，是整個村子的人都看到的，全村的人都當他是海生的救命恩人，咱們家要是不這樣，脊梁骨都會被人戳斷。」站在一旁的菊咬金沈聲開了口。

「可——」

「好了，別說了。紅袖，海生沒事吧？他那個口子……」菊香還要開口，被菊咬金應聲打斷了。

「村長，放心吧！只要不碰水就不會有事。嫂子，既然海生現在聽都不願聽到程天順這三個字，就別在他的面前提了。」

「不提了，不提了，我哪裡還會再提。」菊花連連擺手，紅腫的眼裡全是對兒子的擔憂。

「我寫張藥方子，你們明天拿去濟世堂再抓上幾服藥。還有，我看海生都不願聽到他的名字，自然是更不想見到他的人，這兩天要是可以，你們帶他去別的地方散散心，別讓海生碰到他。」

「那這幾天我帶海生去山裡轉轉吧！前兒下了幾場雨，山裡的菌子長得正好，我帶著他既能散心，還能採菌子。」菊香急忙接了葉紅袖的話。

晚上，葉紅袖躺在炕上翻來覆去，怎麼都睡不著。

這兩天發生的蹊蹺事實在太多太多了，先是在牛鼻子山發現了爹的藥罐和醫具，還有自己那串原本應該在後山丟失的手串。

想起後山，她又想起了在後山受傷的海生。他也是在後山摔壞腦子的，怎麼全都是在後山呢？後山就那麼邪乎？

# 第三十三章

第二天一大早，葉紅袖就揹著背簍，拿著葉氏滷好的豬下水出了門。

她到連家的時候才知道連俊傑昨晚連夜出門了，至於去哪兒了，找誰了，什麼時候回來，家裡的一老一小都一臉茫然地衝她搖頭。

知道他們兩個早飯還沒吃，她卸下肩上的背簍去了後院的菜園。

菜園讓連俊傑打理得非常好，滿目都是鮮豔欲滴的青翠，她拔了兩把青菜，煮了兩碗麵條，再在麵條裡切了自己拿來的豬下水。

麵一端上桌，兩個人吃得很歡，尤其是金寶，小嘴到處都油汪汪的，吃的時候還不停說好吃。

趁著他們吃飯的功夫，她又蒸了一鍋白麵饅頭放鍋裡熱著，中午的時候拿出來，就著豬下水正好。

忙完了，她就回去了，可剛踏進自家院門，就聽到了葉氏的哭聲，院子裡散落著一地的藥材。

葉紅袖飛奔到葉氏身邊時，看了一眼散落在院子各處的藥材，這些藥材都是新鮮的，是剛從地裡拔起來的。

「娘，怎麼了？」

「紅袖啊，妳可算是回來了……妳看看，妳看看，妳的心血全都沒了！」坐在大門門檻上的葉氏一看到葉紅袖回來，非但沒止住哭聲，反而起身衝她指著滿院子的藥材哭得更厲害了。

葉紅袖這個時候才又發現，她的臉上手上還有好幾道血口子，看著像是被人用指甲抓的。

「娘，怎麼回事？誰傷妳的？」

她這個時候已經沒心思去管地上的藥材了，只想知道是誰把她給傷了，她絕不會輕易放過這個人。

「紅袖，這些都是妳的心血啊！就這麼毀了，沒了！」葉氏卻是全部心思都在地上的藥材上。

「娘，誰幹的？」

李小蘭幫葉紅袖卸下肩上的背簍時，臉色很難看地開了口。「是楊五嬸。但紅袖，這事不能賴五嬸。」

「什麼意思？」葉紅袖一臉疑惑地看她。

「早上我出門的時候，看到程嬌嬌急匆匆地把楊五嬸拽走了。我當時也沒在意，等五嬸哭著嚷著朝山上奔了去後，我覺得事情不大對勁，那後山妳不是種了一大片藥田嗎？我和妳娘趕到的時候，攔著五嬸的時候動了手，這才鬧成這樣。」

「娘，妳別難過了，藥材沒了，咱們再種就是了。妳以後別和五嬸動手，她腦子不清醒，我怕她下手沒輕沒重。」

「可那都是妳的心血啊，一颳風下雨，妳就心裡想著念著，妳花了那麼多的心思，轉眼就沒了，我不甘心啊……紅袖，這事咱們不能就這麼算了！」

「這事當然不能就這麼算了。娘，妳別難過了！藥材我等會兒收拾一下，能種活的，我明天拿到山上重新種下去；活不成的，我收拾了留著用，反正咱們給人治病正好用得上。至於五嬸，我晚上就去楊家。」

「紅袖，妳怎麼還要去？」聽到葉紅袖還要去楊家算帳，李小蘭急了。

「嫂子放心，我去楊家不是找五嬸算帳，是和他們楊家打個招呼，讓他們以後別往我的藥田跑。至於要算帳，當然是要留著和程嬌嬌算了！」

屋裡有瓶藥是她前兩天才研製出來的，原沒想著這麼早就拿出來的，看樣子，現在已經到了它出山的時機了——

吃過晚飯，葉紅袖真就一個人去了楊家。

大老遠地，她看到楊家門口有個鬼鬼祟祟的影子。

借著月色看了好一會兒，她才認出那個肥頭大耳的鬼祟影子是程天順的狗腿子黃四。

這麼晚了，鬼鬼祟祟地守在這裡，估摸著就是想看自己來楊家算帳的。

「唉呀，哪來的石頭，絆了我一腳！」葉紅袖故意清嗓子喊了一聲。

楊家門口鬼祟的影子立刻閃到了一旁。葉紅袖裝沒看見，徑直進了楊家大門。

楊家院子裡，楊月紅、楊老五還有楊五嬸三個人，一人端了一個碗坐在院子裡借著月色吃飯。他們家窮，捨不得點燈。

三人見葉紅袖進來了，臉色立刻都變了，都端著碗站了起來。

楊五嬸的反應最激烈，把手裡的飯碗往地上一扔，躲到了楊月紅的身後。

「葉紅袖，妳想幹什麼？」

楊月紅放下手裡的碗筷，緊緊護住身後的娘。她知道今天這事娘理虧，但是面對害死自己家人的葉家，不管娘做什麼，都不為過。

「我不幹什麼，我是想來提醒一句，今天五嬸上山沒碰我那株一碰就會要人命的菩提血，算她走運，要是碰了那株草藥，就是神仙都救不了她。真到了那個時候，你們楊家出的可就不是一條人命，而是兩條人命了。還有，今天這事妳自己好好想想，要是五嬸腦子清楚了，能這麼隨便就受人挑撥嗎？妳娘這樣，最後受罪的還是她自己。」

葉紅袖說完就走了。程天順、程嬌嬌想看她和楊家的大戲，還是留著精力等著明天唱他們的那齣大戲吧！

第二天清早，葉紅袖特地起了個大早，端著一盆髒衣裳來到了河邊。

衣裳洗好了，她也沒急著回去，而是悠哉悠哉坐在河岸的青石板上，等著程嬌嬌到來。

李小蘭昨天就知道她會來收拾程嬌嬌，不用洗衣裳的她也來了河邊，和葉紅袖聊天的時候，還塞了她一把瓜子。

只等兩個人把手裡的瓜子都吃完了，才看到程嬌嬌慢吞吞，一臉不情願地抬著一盆髒衣裳來了，她的身後照舊跟著狗腿子林彩鳳和李蘭芳。

三人看到朝她們這邊看過來的葉紅袖時，臉上的表情都僵住了，尤其是程嬌嬌，臉色最為難看。

這還是她上次被葉紅袖騙了中蛇毒後，第一次和她見面。

程嬌嬌一想起自己被她攪黃的親事，就恨得牙癢癢。還有，現在娘因為臉還沒好齊，不願出門也不願幹活，現在家裡大活小活，全都甩給她了。她現在只要一睜眼就有幹不完的活兒，原本養得嬌嬌嫩嫩的手指，現在糙得和老媽子一樣。

新仇舊恨加一起，讓程嬌嬌怒火中燒，端著手上的木盆就朝葉紅袖奔了過去，打算不管怎樣，豁出去和她打一架再說。

就等著她過來的葉紅袖，早就做好了準備。

「啊，蛇！」她突然指著程嬌嬌腳下，臉色大變地叫了起來。

「啊——」

程嬌嬌當即被嚇得花容失色，端在手裡的洗衣盆也給扔了。

她跳起來沒站穩，不小心一腳踩進了河岸的低窪裡，鞋子襪子全都濕了。

「哈哈哈！嫂子，這就叫一朝被蛇咬，十年怕草繩，看到了嗎？」葉紅袖和李小蘭當即樂得直拍巴掌。

「葉紅袖，妳——」

程嬌嬌氣得肺都要炸了，揚手就要朝她臉上甩去，但葉紅袖早有防備，在她的手揚起來之際，抬腿對著她的小腹踹了過去。

程嬌嬌猝不及防，直接摔進了河裡。

「程嬌嬌，還記得上次妳把我推進河裡的事吧，這是妳還我的。妳別以為妳背後搞小動作我不知道，我告訴妳，我葉紅袖要想治妳，有千種萬種法子！」

葉紅袖一臉冰冷地衝在河裡拚命掙扎的程嬌嬌開口，說罷便彎腰去端自己洗乾淨的那盆衣裳。

「唉呀，嬌嬌，趕緊抓住這根棍子！」

在林彩鳳和李蘭芳忙著去救程嬌嬌之際，葉紅袖乘機掏出懷裡的小瓶子，在程嬌嬌的那盆衣裳上抖了好幾下，一股粉末狀的東西落在衣裳上。

這個藥，遇水的藥效更佳，她保證程家未來的一個月別想有一天的安生日子過。

被楊五嬸拔了的藥材，葉紅袖挑了還能種的，一大早又重新上了山。

到了山上，藥田被破壞的程度還是超乎了她的想像，好幾株珍貴的藥材都被毀了。

葉紅袖看著被毀的藥田是越想越氣，覺得自己只是對可惡的程家人下那麼一點藥還是便宜他們了，等往後尋了機會，一定要痛痛快快地收拾他們一頓。

她埋頭在藥田幹了有半個時辰，聽到身後傳來熟悉的嬉鬧聲，一回頭，是扛著鋤頭的連俊傑領著金寶和二妮來了。

「紅袖姨、紅袖姨，我們是來幫妳幹活的。」

金寶率先邁開他的小短腿衝到了葉紅袖的面前，手上還拿著一個小藥鋤。

「還有我，還有我！」二妮也跟著跑了過來。

兩個人都挽著袖子褲腳，一副真要下地好好大幹一場的樣子。

紅袖抹了把臉上的汗，笑著衝他們開口。「好，只要你們表現好，姨請你們吃糖。」

「有糖吃了！有糖吃了！」聽到有吃的，兩人樂得把手上的小藥鋤都扔了。

這哪裡是上山來幹活的，就是來吃的！

葉紅袖也沒管他們，抬頭看向走到了她面前的連俊傑。「你知道了？」

這事她也沒告訴他，他一大早就來，肯定是從旁人口中知道了。

「昨天村子裡就傳得沸沸揚揚了，妳一大早跑去收拾程嬌嬌的事也傳得厲害。幹得好，這樣的惡人就得用這樣的手法收拾她。」

「那是當然，我葉紅袖睚眥必報，敢惹我，我讓她吃不了兜著走！」

說起早上的事，葉紅袖滿臉得意。把程嬌嬌踹下河的那一腳，實在是太爽太痛快了。

「只可惜，妳最稀罕的那幾株藥材都被毀了。」連俊傑注意到，藥田裡平常她最在意是精心呵護的那幾株藥材都沒了。「不過沒事，我明天再去趟牛鼻子深山就行了，我幫妳採回來。」

「我和你一道去。」說起牛鼻子深山，葉紅袖想起了那個山洞，還有出現在那裡的醫具和藥罐。

「成，明早咱們吃過早飯一道上山。」

大清早，葉紅袖備好乾糧去了連家，到的時候，連俊傑已經在院門口等著。

兩人很快進了深山，但這次一進山，連俊傑就察覺到了不對勁，牽著葉紅袖手的力道不自覺加大了幾分。

「怎麼了？」葉紅袖沒察覺出其他的，只覺得連俊傑和以往有些不一樣。

「山裡有人來過。」

連俊傑輕聲說了一句後，便立馬拉著她隱身在旁邊一個相對隱密的位置。

「你怎麼知道？」葉紅袖邊問邊提高警覺打量著四周。

可周邊情況和她第一次來的時候差不多，水面無波，河岸有悠哉喝水吃水草的小動物。天上也無風無雲，湛藍的天空不時有幾隻鳥兒飛過，眼前這幅景象不像是先前有人出現破壞過的樣子。

「妳看。」連俊傑指了指他們剛剛進來的那條路。

葉紅袖盯著仔細看了一遍，卻是什麼異樣都沒有看出來。

「有腳印，雖然被刻意掩蓋過，但還是能看得出來。」

連俊傑這麼說了，葉紅袖又盯著他剛剛指的地方仔細看一遍，這才發現一片葉子上確實有個一寸來長的印子。

他要不指著說那個是腳印，估計沒人會發覺，這讓葉紅袖更佩服他過人的觀察力。這可不是旁人隨隨便便就能學會的技能。

「那他們走了嗎？」她又回頭看了一眼前面平靜無波的水面。

這裡的小動物最是敏感，稍微有一點風吹草動就能察覺，牠們這個時候還能在這附近吃草喝水，證明這段時間沒有什麼動靜。

「妳先蹲在這裡別動，我去附近看看。這個妳拿著防身，要是有危險就大叫，妳就在附近地方。」

連俊傑說著把掛在自己腰間的匕首拿出來遞給她，又把她頭上的銀簪子取下來塞進了她另一隻手裡。

「聽清楚了嗎？有危險就大叫，我就在附近，很快就回來。」

等葉紅袖肯定地衝自己點了頭，連俊傑才起身，轉身後立馬縱身消失了。

葉紅袖再次緊盯前方。周邊有沒有危險，看河邊的那些小動物就知道了。

一陣微風吹過，一直平靜得和鏡子一樣的水面，終於有了一點波紋漣漪。

「嘶——」

葉紅袖吃痛地捂住臉。她剛剛沒注意，臉頰被身邊吹動了葉子的植物劃了一下。

她回頭看了一眼那株劃傷她的植物。

「糟了——」兩個字才剛脫口而出，她就眼前一黑，倒了下去。

「嗚嗚嗚……我要去找他，一定要找到他，他答應過我會回來的！他答應過的……」

有人在她的耳邊哭著，葉紅袖拚命睜開眼，看到一個揹著小包袱的小身影哭著爬上了山。在她身後，跟著一個身姿挺拔的少年。

她哭著跑著，他就在後頭追著。

「他已經死了，妳找不到他了！」

「不，他不會死的！他答應過我，會活著回來的！」

一直背對著她的小身影突然轉身，滿臉淚水，但噙著淚水的大眼睛裡全是堅定。

「聽話，和我回去！」

背對著她的少年，衝小紅袖伸出手。少年手上的虎口位置，傷疤清晰。

「不，我不要回去，我誰都不要！我只要他！他死了，我也不活了！」小紅袖堅定搖頭，說完又轉身跑了。

少年疾步向前，衝到她面前，伸手攔住她的去路。

這次，葉紅袖終於看清了少年的樣子。劍眉星目，五官深邃，模樣十分俊朗，但緊抿的薄唇透出一股桀驁，望著小紅袖的幽深眸子，情緒複雜。

「紅袖，那我呢？我算什麼？我在妳心裡算什麼？」他惱了。

剛剛還哭得厲害的小紅袖突然被嚇得停止哭泣。

「我……你……你……」她抽抽噎噎的，完全不知道該怎麼回答。

「和我回去！」這次，他直接拽過她的胳膊，直接拉著她往山下拖。

「我不要！」小紅袖尖叫了一聲，張嘴朝他的手背大口咬了下去。

溫熱的血腥味瞬間在嘴裡蔓延，最後，他終於鬆了手。

小紅袖急忙乘機逃跑，誰知道因為跑得急，腳下被石頭絆了一下。

她倒下的瞬間，葉紅袖的腦子裡突然再次閃過熟悉的詭異畫面。

遠遠的黑衣人，青面獠牙的面具……

# 第三十四章

「紅袖、紅袖！」

迷迷糊糊間，葉紅袖聽到耳邊有個熟悉的聲音在喊自己。等她費力睜開眼睛之際，一股清涼的液體送到了她嘴邊。

她立刻大口飲了起來。

等把連俊傑送到她唇邊的水全都喝了，葉紅袖才逐漸清醒過來。

「妳怎麼了？嚇死我了！」

連俊傑一臉擔憂地看著已經清醒過來的葉紅袖。

他去附近也就轉了一圈的功夫，等他再回來，就看到葉紅袖昏倒在地上。他顧不得什麼危險和外來人了，抱著她就來了山洞。好在她醒得快，這輩子他從來沒有這麼害怕過，怕她有個意外，這輩子都醒不過來。

她若是醒不來，他也絕不會獨活。

「是我自己大意了，蹲在那邊的時候沒仔細查看周邊環境，被山茄子不小心在臉上劃了一個口子。這裡環境特殊，藥效也特別強，所以我昏迷了一小會兒，現在已經沒事了。」

葉紅袖爬起來，揉捏了下自己有些隱隱作痛的太陽穴。

她剛剛作的夢，和上次的一樣，卻又不一樣。一樣的還是小紅袖哭著上山要去找連俊傑，不一樣的是她這次終於看清了雲飛表哥的樣子。

但這次的夢裡，有個更怪異的地方。

她記得上次在夢裡，自己是被人在背後推了一把才摔下山的，可這次，卻是她自己絆倒的。更詭異的是怎麼會在那個時候，腦子裡閃過黑衣人和青面獠牙面具呢？

葉紅袖越想越糊塗。

「我幫妳揉。」連俊傑體貼地抓下她的手，指法輕柔地幫她按摩了起來。

「臉還疼嗎？都怨我，不該把妳一個人留下的。」他愧疚懊惱自己沒能保護好她。

「沒事的，這不能怪你，我還是大夫呢！那株山茄子就在我面前，我卻沒有注意到。」

葉紅袖笑著衝他搖了搖頭，不願他為此事責備自己。「還有，這次也不是一點收穫都沒有，讓我知道這裡的藥材比外頭的藥材藥性要更強。那株山茄子等會兒咱們回去的時候把它採了，拿去賣個好價錢。」

葉紅袖始終沒敢向他提起自己夢裡的那些事。

「對了，山裡的醫具全都不見了！」

「什麼？」她驚得直接從地上站了起來。

「我把妳抱回來的時候，想拿你們家的清涼油，但找了一圈，都沒有再找到那個黑袋子。我還發現這裡有被清理過的痕跡。」

連俊傑也跟著站了起來，指了指周邊被清理過的地方。但上次來的時候，葉紅袖也沒仔細觀察過這個山洞，他說的那些細微差異，她真沒看出來。可黑袋子不見了，就真的是證明有人來過。

「連大哥，你說，來山洞的那些人，是不是那些留下腳印的人呢？」這是她最先想到的。

「是同一批，而且清理痕跡的手法很相似。」連俊傑看著洞裡被清理過的痕跡，若有所思。

「這就奇怪了，五年前的東西，他們現在來清理是為什麼？是中間忘了，還是因為他們知道咱們來了洞裡，發現了什麼，迫不及待要來清理？還有這些都是什麼人呢？和我爹是什麼關係？我的手串又為什麼會在這裡呢？」葉紅袖的腦子裡此刻有太多疑問。

「我看妳臉色不好，現在最好不要想這些。」

「可──」

「沒有可是，我上次把袋子留在這裡，為的就是等人回來拿。只是我沒想到他們會來得這麼快。」

「那你有辦法能查到他們是誰嗎？」

「當然，雁過留痕，人過留聲。雖然他們清理了進山出山的痕跡，但只要我好好追查一番，自然能查出他們是誰。」

「你要是查到了什麼，一定要告訴我。」

「好！」

兩人出山的時候，揹了足足一筐的珍貴藥材。

把藥材種下的時候，葉紅袖這次多留了一個心眼，她把從牛鼻子深山採來的山茄子種在藥田的最外邊，打算明天在外面的路口上撒些自己研製的藥粉。

藥粉再加上山茄子，兩種藥效加一起，足夠那些別有用心想要破壞她藥田的人喝一壺了。

忙完這些，太陽已經慢慢下沈了。

兩人下山走了大概有十來米，前面的連俊傑突然轉頭盯著她。

葉紅袖嚇了一跳，都還沒反應過來就被他拉著閃到了一旁的大樹幹後。

「怎麼了？」

「妳仔細聽——」

連俊傑面色凝重地指了指右手邊的位置。葉紅袖見狀，不敢掉以輕心，也跟著豎起了耳朵仔細聽。

「救命——救命——救——」

遠遠地，一陣微弱、忽遠忽近的求救聲響起。

聽著像是姑娘哭著的求救聲，葉紅袖的心裡立馬閃過一個不祥的預感。

她剛抬頭，連俊傑已經拉著她朝聲音傳來的方向追了過去。

求救的聲音越來越近，等兩人跑到了聲音傳來的小溪邊時，只見溪邊草地上蜷縮著一個瑟瑟發抖的身子。

葉紅袖看著那個身影覺得異常眼熟，鬆開連俊傑的手，急忙奔到那人面前。

「菊香？」她認出了菊香身上的衣裳。

滿臉驚恐的菊香抬頭，看到站在自己面前的人是葉紅袖。「紅袖姊，哇啊——」她直接撲進葉紅袖懷裡，抱著她嚎啕大哭了起來。

「沒事了，沒事了……有我在，不會有事的。」

看著周邊灑落一地的菌子，還有被扔得遠遠的籃子，葉紅袖知道這裡肯定發生了什麼不好的事情，但現在的重中之重是撫慰懷裡的菊香，讓她的情緒先穩定下來。

「我去周圍看看。」

連俊傑也敏銳地察覺到不對勁，留下這麼一句話後就朝可疑方向追了去。

葉紅袖抱著菊香安慰了好一會兒，直到懷裡的她抖得沒那麼厲害了，才扶她起來。

菊香抬頭的瞬間，葉紅袖才看到她的臉上有兩道鮮紅的巴掌印，且衣裳的前襟被扯開了一個大口子，露出了裡頭桃紅色的肚兜。

「紅袖姊，我……我……」

菊香邊說邊驚恐地揪緊前襟，激動難過得不知道該說什麼，眼淚不停往下淌。剛才的那一幕實在太恐怖了……

「沒事了，我在這兒呢！」

「我剛剛採完菌子，想再去海生受傷的地方看看，可是剛走到這邊歇腳，那人就突然撲了出來。我……不管我怎麼反抗，就是逃不出來，只能拚命喊救命……他打我，打我、我也要拚了命喊救命……紅袖姊，幸虧你們來得及時，不然、不然……」後面的話，臉色煞白的菊香不敢說也不敢去想了。

「沒事了，沒事了，妳剛剛做得很好，我們就是聽到了妳的求救聲才過來的，妳很勇敢。」葉紅袖安慰她的時候，還誇讚了她一句。

很快地，查看情況的連俊傑回來了。他衝葉紅袖搖了搖頭，沒追上那個歹人。

「菊香，那是個什麼樣的人？」葉紅袖見菊香的情緒又穩了一些才問。

光天化日敢在山上做這種無恥的事，這麼膽大包天的歹徒，勢必得把他抓住。

「我不知道，他頭上戴著面具，我只能看到他的眼睛。」

「面具？」

聽到面具二字，葉紅袖的腦海裡瞬間閃過好些詭異的青面獠牙面具。

「什麼樣的面具？」她急忙追問，心裡不由自主跟著緊張了起來。

「就白白的，面具上有嘴巴有鼻子，只能看到兩隻眼睛。」

「白白的？面具上沒有顏色，沒有獠牙嗎？」

菊香說的和自己腦子裡閃過的那些面具不大一樣。

「沒有，就白白的，像死人臉一樣。紅袖姊，咱們、咱們回去好嗎？我怕……」菊香怕得緊，手上冰涼得沒有一絲溫度，唇色也沒有一絲血色。

「好，咱們回去！」

葉紅袖問話的時候，連俊傑把被扔得老遠的籃子，還有地上的菌子全都撿了起來。

三人下山後，天已經完全黑下來了。

「紅袖姊，這事、這事別人不會知道吧？要是知道了，我、我……」

到了山腳，菊香又突然害怕了起來。儘管她沒被歹人得逞，可她還是怕。

「放心吧，不會的，這事這輩子都會爛在我和連大哥的肚子裡，沒人會知道的。妳家在村子的最中間，妳不好就這樣回去，咱們先去我家，等再晚些村子裡沒人走動了，妳再回去。」

葉紅袖扶著菊香先去了自家，給她上了藥。葉氏給她煮了一大碗的壓驚茶，菊香剛喝完，從連俊傑口中得了消息的菊咬金一家都急匆匆地趕來。

看到自己的爹娘，情緒才平復下來的菊香抱著他們又失聲痛哭了起來。

這次葉紅袖沒再開口勸慰，而是在旁邊靜靜看著。受傷受委屈了，是要這樣在爹娘面前痛哭一番的。

「姊，我現在就去給妳報仇！」

衝。

頭上還包著傷口的海生，看到最疼自己的姊姊受了這麼大的傷害，攥緊了拳頭就往外衝。

連俊傑和菊咬金跟著衝了出去，死活將他重新拽進了屋裡。

「你去什麼去？那人還在山上等著你不成？」

菊咬金的臉色最難看。自個兒的閨女受了這麼大的侮辱，他是最惱火的一個，但他畢竟年長，遇事冷靜，不會像海生這個毛頭小子一樣，什麼都不管不顧。

「那怎麼辦？難道這事就這麼算了嗎？」海生氣得咬牙切齒，恨不得將那個歹人給碎屍萬段了。

「我的小祖宗欸，你小點聲，這麼大聲嚷嚷，是想讓整個村子的人都知道嗎？你還想不想讓你姊活了！」

菊花抹了一把臉上的淚，衝海生呵斥了起來。

姑娘家的名聲是最重要的，而且菊香才剛訂親，這事要是傳出去了，親事肯定得黃。

「什麼不能活的？你們說什麼呢？」

菊花的話音剛落，葉家大門口突然響起了一個極不和諧的聲音。眾人驚詫地回頭，林彩鳳和李蘭芳竟不知道什麼時候站在了門口。

葉紅袖急忙把捂著臉哭泣的菊香拽進自己房裡，隨後冷臉走到她們面前。

「妳們來做什麼？」

質問她們的同時，葉紅袖將她們全身上下都打量了一遍，視線最後落在了她們又紅又腫，還劃了好些血口子的雙手上。

這下便是不用她們開口，她也猜出了她們的目的。她撒的那些藥粉藥效起作用了。

但是葉紅袖現在不敢確定的是，她們剛剛在門口聽到了多少。

她仔細回想了一下，好像菊咬金一家進來後，自始至終都沒提菊香受辱的事。估摸她們就是恰好剛進來的。

「我、我們……」

葉紅袖繃著的臉，毫不客氣的態度，讓林彩鳳和李蘭芳心裡有些發怵。

她們也是糾結著要不要來的，原是不想來的，但是手癢得實在受不了，家裡什麼活兒都幹不了，最後只好結伴過來。

兩人在葉家院牆外，看到連俊傑、菊咬金和菊海生三個人拉拉扯扯，但那個時候，她們也沒心思去管旁的人和事，一門心思擔心葉紅袖不會給她們藥。

沒想到，跨進院子，走到葉家門口，就聽到菊花哭著說什麼還讓不讓菊香活了，再往屋裡看，只看到菊香好像在抹淚。

「有話快說，有屁快放！菊香和海生上次打架把他的頭打破了，海生竟然要把她趕出家門，我們正勸著呢！」

猜想林彩鳳和李蘭芳應該還不知道真相，葉紅袖索性領著她們掰了個說明。

菊花明白葉紅袖的用意，疾步衝到海生面前，邊用拳頭捶他的身子，邊哭嚷了起來。

「海生，你把你姊趕出了村子，她在外頭無親無故的，你要她去哪兒？是要逼死她嗎？」

菊花的拳頭是花了力氣捶下去的，林彩鳳和李蘭芳站在門口都聽到了落在身上的聲音，知道菊花是真氣了。

兩個人雖然平常和葉紅袖不好，但和菊香還是不錯的，加上村長菊咬金就在這裡，也想爭取在他面前有個好表現，都急忙開口勸和。

「海生，這就是你的不是了，親姊弟吵兩句打一架，怎麼還能這麼記仇呢？你姊對你多好，你是知道的，把你的頭打破了那是不小心失手，你不能記仇的。」

「對呀，你把你姊趕出家門，就真的是把她往死路上逼了，你不能做得這麼狠！」

兩人妳一言我一語的，還想著要給姊姊報仇的海生，一下還沒反應過來，剛要開口為自己辯解。「我——」

「你什麼，趕緊進去給你姊道歉！你姊要是不原諒你，我打斷你的狗腿子！」

海生的話被菊咬金打斷了，說完一把將他拽進了裡屋。

林彩鳳和李蘭芳愛湊熱鬧，兩人剛把腦袋湊到一起，想要跟著一起進去看看，就被葉紅袖推開了。

「妳們有話快說，有屁快放，不要惹我不高興！」

「那個、那個……」

兩人收回視線看向葉紅袖，結結巴巴的，好半天都不知道怎麼開口。

「怎麼？嘴巴不舒服嗎？那要不要我現在就給妳們扎兩針啊？我免費送的。」葉紅袖說完，伸手把頭上的銀簪子取下來。

「不用，不用，我們就是來找妳看手的！妳看，我們也不知道摸到什麼了，昨天就癢得難受，什麼偏方都試了，可一點用都沒有。」

林彩鳳率先開口，和李蘭芳一同把自己紅腫得和豬蹄一樣的手遞到葉紅袖的面前。

葉紅袖強忍笑意，故意裝傻。「妳們摸什麼了？」

「我們也不知道啊！就昨天在嬌嬌家，幫她洗了盆衣裳後就長了些不起眼的小水疱。起先也沒那麼癢，後面是越抓越癢，昨晚上更是癢得我一夜都沒睡。」李蘭芳苦著一張臉。

「妳們是去程嬌嬌家弄成這樣的，來找我做什麼？妳們又不是不知道我和程家的過節。」

「紅袖，妳大人不記小人過，我們那不也是沒有法子嘛？」

林彩鳳衝葉紅袖開口，臉上賤兮兮的笑容看得葉紅袖愈加噁心。她可不會忘記她們上次和程嬌嬌一起趁自己不在家時欺負娘的情形。

「沒有法子？妳們要當程嬌嬌的狗腿子，是有人拿刀擱在妳們的脖子上強迫妳們嗎？」

「我……」林彩鳳的臉瞬間變了，青一陣紅一陣的，格外精彩。

「上次妳們來我家欺負我娘的事，妳們忘了，我可沒忘！我葉紅袖是度量大，但要不要計較全看我的心情。」

「紅袖，算了——」

站在旁邊的葉氏忍不住伸手拉了拉她，還衝她使了個眼色。

但其實她口中的算了，並不是讓女兒放過林彩鳳、李蘭芳上次欺負自己的事，而是想她趕緊把這兩個人打發走，不要浪費時間，現在最重要的是裡頭的菊香。

「想要治妳們的手，可以，拿錢來！有錢就有藥，沒錢沒藥。」

葉紅袖知道葉氏的意思，也懶得和她們糾纏。

「啊？還要錢啊？妳治病不是不要錢的嗎？」聽到要錢，李蘭芳的臉立刻變了。

她是知道葉紅袖給附近的村民們看病治病是不要錢的，最多也就是要些菜園子裡的東西。

「誰說我給人治病不要錢了？要不要錢全都隨我高興，更沒說我給狗腿子治病也不要錢！」

「可——可——」

「沒錢就趕緊滾，別在我這兒礙眼！還有，我告訴妳，妳們手上的疱疹那是摸了髒衣裳才弄成這樣的。妳們摸了誰的髒衣裳，為什麼摸了髒衣裳會得疱疹，妳們好好想想，也好好去問問知道的人吧！」

葉紅袖說完就攆著她們出了院門，隨後還把院門給閂上了。

# 第三十五章

等葉紅袖進屋後，菊香已經換上了菊花拿來的衣裳。葉氏怕又會有什麼人闖進來，索性拿了個小板凳，在大門口守著。

「海生，你剛剛聽到了，明天要是村子裡有什麼流言蜚語，你就說是你和你姊打架了，你要把你姊趕出家門。這聽起來是會讓你受一肚子的委屈，興許還會有人罵你，但這個時候你得拿出作為男人的擔當出來，只有這樣，才能保住你姊的名聲，知道嗎？」

「紅袖姊，剛剛我爹娘都和我說明白了，我知道怎麼做。」

海生有些不好意思地抓了抓自己後腦，他剛剛在林彩鳳、李蘭芳的面前沒反應過來，差點就失口說錯話了。

他爹拉著他進屋後，嚴厲地呵斥了他一頓，他才反應了過來。

「菊香，這兩天妳就不要出門了，等妳臉上的傷好了，村子裡的流言散了，妳再出來。」

「好，紅袖姊，真是謝謝妳！」

菊香剛剛在屋裡，聽著外頭葉紅袖打發林彩鳳和李蘭芳時，也是跟著捏了一把汗。這話要是萬一沒說好，自己今日受辱的事可就瞞不住了。

金。

要真是那樣，她寧願當場一頭撞死，幸虧紅袖反應機敏，把什麼都瞞過去了。

「好了，就別再說謝謝了。這些藥膏妳拿回去，早晚各抹一次，兩天就能消腫。」葉紅袖邊說邊把一個白色的瓷瓶子塞進她手裡，隨後又回頭看向站在自己身後的菊咬金。

「還有，村長，我覺得這事不能掉以輕心。那個歹人實在太猖狂，光天化日的就敢做這樣的事，最好想個辦法在不讓大夥兒有所懷疑的情況下，讓村子裡的姑娘都不要上山。」

「村長，你就和大夥兒說我連俊傑發話了，以後要是有誰敢沒經過我的同意上山，不管是誰，我都打斷他的腿！」

後山讓連俊傑花錢承包下來了，他開口這樣說，正好合適。

「俊傑，委屈你了，要你當這個惡人。那些不知道真相的人，肯定會在你背後罵你的。」菊咬金拍了拍連俊傑的肩膀，很佩服他此刻的擔當。

「我連俊傑從不在意旁人說我什麼。」

「你呀，是個幹大事的！」

菊咬金這話並不是恭維，這些日子和他相處久了，越來越發現他能力不一般，還總覺得他這人就是不簡單。

他隨後看向自家的毛頭小子。「小子，看到了沒？這才是有本事的人物，以後得空了，多和你連大哥好好學學，別整天只知道和村子裡的那幫傻小子撒尿和泥巴。」

菊咬金一家都走了以後，連俊傑才面色凝重地看向葉紅袖。

「妳這兩天最好就在家待著，哪兒都不要去，就算有急事要出門，一定要先告訴我，讓我陪妳出門。」

今天這事雖然沒發生在葉紅袖的身上，但他還是不敢掉以輕心。

吃過晚飯，把該收拾的收拾了，臨睡前，葉紅袖和葉氏把家裡最重的桌子抬來擋在大門後。這個時候，還是小心些的好。

熄燈上床沒多久，葉氏就睡著了，但葉紅袖卻是翻來覆去一點睡意都沒有，腦子裡一直都盤旋著今天發生的事。山洞裡的醫具、藥，還有自己的手串到底是被誰給拿走的？

昏迷的時候，她終於看到了陳雲飛的長相。他雖然模樣俊朗，可她仍是一點印象都沒有，僅有的記憶還停留在他手上的傷疤上。

但這次的夢卻不一樣，是她自己被石頭絆倒的；可要是絆倒，那上次夢裡有人在背後推了自己一把又是怎麼回事？

還有今天差點侮辱了菊香的那個戴面具的歹人，他和自己腦子裡經常閃過的那些詭異面具有沒有聯繫呢？這個戴面具的歹人和進入深山拿走醫具的，是不是同一夥呢？

這些事看似前後相隔好幾年沒什麼干係，但是仔細一捋，卻好像有著千絲萬縷的關係。

葉紅袖想著越聚越多的謎團，腦子都大了。

等她再睜眼，天色大亮，葉氏已經下了炕，一個人在大門口搬著昨天堵在那裡的桌子。

「娘，我來！」葉紅袖急忙穿上衣裳鞋子，奔過去幫忙。

大門打開後，她驚詫地發現，連俊傑的馬車竟不知道何時停在了院子裡。

昨天也沒約他今天要出門啊？她穿好衣裳走過去，剛靠近，一直沒什麼動靜的馬車突然動了一下。

葉紅袖嚇了一跳，剛要開口，就看到連俊傑挑開了車簾子探出了腦袋。

「你怎麼在這兒？」看他睡眼矇矓的樣子，好像剛剛才睡醒。

「昨晚回去了以後，我還是不放心，把娘和金寶安排妥當了，就趕了馬車過來。我在外頭守著就沒人敢來了。」連俊傑說著從馬車上跳了下來。

他立馬活動手腳，車棚裡的空間不大，他在裡頭睡的時候只能縮手縮腳，也就小瞇了一會兒，身子還是僵了。

葉紅袖心裡感動的同時，覺得他這樣委屈自己可真是傻，不過她喜歡他的這股傻勁。

「洗把臉吧，我現在就去做早飯！」

葉紅袖轉身，打算等會兒的早飯一定要弄豐盛一點，好好犒勞他。

連俊傑卻一把將她拉住。「不用了，我現在就要去山上。」

「你現在去山上做什麼？」葉紅袖一臉疑惑，抬頭看了一下，天才剛剛亮。

「那是我的山，我的地盤，在我的地盤上出現這樣的事情，我自然要弄清楚。妳的藥田就在山上，我可不准再有人破壞。還有，我也想去查查昨天的那個歹人，和進牛鼻子山拿走醫具的是不是同一夥人。現在時間還早，留在山上的足跡也都還在，我抓緊時間看看能不能查出有用的線索來。」

「那我和你一起去。」

連俊傑想的和自己不謀而合，葉紅袖也有了要進山去一探究竟的興致。

「不行！」連俊傑卻是想都沒想就拒絕了。「山裡太危險，只是我一個人的話，有危險我能應付，應付不來我可以跑，但要是帶著妳，我需要顧忌的東西太多。」

「那你一個人去一定要小心點，還有，回來了一定要先找我，不管有沒有查到什麼，知道嗎？」

那些謎團和真相固然重要，但和連俊傑的安全相比卻是比不了的。

連俊傑明白她話裡的意思，唇畔不由自主地扯出了一抹甜蜜的笑意。

「知道。」

「你等一下，我進去給你拿點乾糧。」

連俊傑走了沒多久，葉家的院門口又出現了兩個身影。

今天的林彩鳳和李蘭芳，臉色都更憔悴，手也更紅腫了。

這次，兩個人不再是空手過來的，而是一人提著一個籃子。

兩人瑟瑟縮縮走到正端著飯碗吃早餐的葉紅袖面前時，拚盡全力才迫使自己扯出一個笑臉。

葉紅袖淡淡瞥了一眼她們籃子裡的東西。李蘭芳的籃子裝著十幾個雞蛋，還有兩把鮮嫩的韭菜，林彩鳳的籃子裡卻是半籃子曬乾了的蘿蔔乾。

當葉紅袖的視線落在林彩鳳的籃子裡時，她臉上的笑意更尷尬了。

她拿自己的手肘碰了一下李蘭芳，衝她翻了好幾個白眼，氣她不該拿這麼多的好東西。有她的東西做對比，自己的就顯得更寒酸了。

李蘭芳卻是沒理她，逕自衝葉紅袖開口。

「紅袖，昨天是我嘴笨，妳就別計較了。這些妳收下，就給我看看手，開點藥吧！我家妳是知道的，就我和爺爺相依為命，他年紀大了，我的手要是幹不了活兒，他就得把所有的活兒都扛過去。」

這次她說話的語氣緩和客氣了許多。葉紅袖抬頭看了她一眼，又掃了一眼站在旁邊的林彩鳳，林彩鳳只衝她嘿嘿笑了兩聲，並未開口。

「妳留下，妳回去吧！」

她用手裡的筷子指了李蘭芳，衝林彩鳳指了指自家院門口。

「為什麼？」林彩鳳傻眼了。

「妳自始至終都沒有誠意，當我是什麼？討飯的叫花子？需要妳用這些妳家豬都不吃的蘿蔔乾來打發？」

葉紅袖起身，伸手把林彩鳳手裡的籃子搶過去，當著她的面給扔了。

林彩鳳家在後院種了一大片的蘿蔔地，去年蘿蔔的價格好，她家倒是掙了幾個錢；村民們一見有錢掙，立馬跟風一起種蘿蔔。誰知道今年蘿蔔價格賤，所有的蘿蔔都賣不出去。賣不出去又吃不完，就只能給豬吃，林彩鳳拿她家豬都吃膩了的蘿蔔乾來抵醫藥費，她怎麼能不生氣。

被扔出院門的籃子砸出很大的聲響，籃子裡的蘿蔔乾全都散了出來。

「妳——」林彩鳳看著葉紅袖，氣得臉都黑了。

「我什麼？下次妳要來，最好帶著誠意進門，不然到時被我扔出去的，可就不只是妳的菜籃子了。」

「彩鳳——」見情況不好，李蘭芳急忙開口，想要從中調和一下。

「閉嘴！都怨妳！」她說完，氣呼呼地轉身衝出院子。

「我……」李蘭芳站在原地，面色尷尬又失望。

「妳看到了，這就是妳的好姊妹。」

葉紅袖冷冷看了她一眼後，就轉身進屋了。沒多久，她拿了一個白色的藥瓶子出來。

「這藥，每晚入睡前仔細搽在手上，只要搽五天就能好。」

「謝謝。」

李蘭芳伸出手，葉紅袖卻把手又縮了回去。

「但我事先警告妳，這裡面就只有五天的量，妳的手少搽一次就不能痊癒，妳別想拿著這藥去給妳的姊妹做好人。」

「我……不會的。」

看到葉紅袖如此防備自己，李蘭芳的心情很複雜。

「我和程嬌嬌是仇人，妳不是不知道，她是什麼樣的人，妳我心裡都清楚，妳以前做過什麼，妳自己心裡也有數，我自然要防著妳，但我更要防的是程嬌嬌。我要不是看在妳爺爺年紀大了，身子骨不好的分上，我壓根兒不會對妳這麼客氣！堂堂正正做人不好嗎？非得拋棄尊嚴在程嬌嬌的面前當條狗？妳想過那在天之靈的爹娘看到了會有多難過嗎？」

葉紅袖把手裡的藥瓶子塞進了她手裡，轉身去幫葉氏的忙了。

李蘭芳看著葉紅袖忙忙碌碌的背影，心情更複雜了。

她走了沒多久，葉家陸陸續續又來了不少病人。等葉紅袖給這些病人診治完，才發現院門口不知道何時站著一個挺拔的身姿，正笑容淺淺地看著自己。

「二哥！」葉紅袖急忙扔下手裡的筆，衝葉黎剛奔了過去。

正在屋裡忙著做飯的葉氏，聽到葉紅袖的聲音，拿著鏟子就奔了出來，果然在院子裡看到了好些時間沒見到的兒子。

「娘。」葉黎剛笑著衝她喊了一聲。

「娘，今天中午咱們可要吃頓好的，把上次連大哥給的狼腿都燉了，好好犒勞一下讀書辛苦的二哥。」

「好，好！我這就去做，妳陪妳二哥好好聊聊。」

結果聊了才知道他這次回來的目的，馬上就要秋闈了，他要去貢院考試，先回來和她們打聲招呼。

「二哥有把握嗎？」葉紅袖對他還是有信心的。

但古代科舉制度和現代的考試不一樣，考失敗重讀一年便可以再入考場，在古代得要三年，三年再三年，轉眼就六年了，沒有幾個人能耗得起這六年。

「妹妹對我有信心嗎？」葉黎剛不答反問。

「當然，我對二哥從來都是最有信心的。」

葉紅袖說的是實話。她這個二哥從來沒讓爹娘操心過，一向聽話懂理，有時候表現得比大哥葉常青要成熟，就是性子有些太悶了。

她常常想，他這樣的性子得配個什麼樣的姑娘，才能讓他的生活不那麼沈悶呢？但想來想去，總也想不出來。

「對了，上次你們走後，老師和我聊了許多。」

「那個糟老頭子說什麼了？說我笨手笨腳，烤的魚味道實在不怎麼樣嗎？」

葉黎剛一提起他的老師，葉紅袖的腦子立馬閃過一張糟老頭子的臉。對他，她怎樣都沒有好印象。

「妳還記恨著呢？」葉黎剛笑，這世上，恐怕也就她敢說自己的老師是糟老頭子。「我老師嘴刁得很，他是對妳的廚藝期望太高了，妳沒達到他的期望，他才會一直碎碎念。他就不期望我有什麼好廚藝，所以平常不管我做什麼，他都是囫圇吞了，什麼都不說。」

「這個糟老頭子要求還挺多，二哥，他真的有真才實學嗎？我怎麼看他像是個騙吃騙喝的壞蛋呢？」

不管葉黎剛怎麼說，葉紅袖對衛得韜的印象就是糟糕，總覺得他毀了為人師表這四個字。

「他當然有學問，那天他和我聊了許多，讓我對他更是刮目相看了，他還和我說，連俊傑不一般。」

「不一般？怎麼個不一般法？」提到連俊傑，葉紅袖這下來興趣了。

「說他竹片射魚的身手不是一般人能有的，還有他身上的氣場、看人的眼神、言語談吐，都像是經過磨礪，見過大世面的。我那天和他聊了幾句，也確實覺得他這次回來和從前很不一樣了。」

葉黎剛說話的時候，腦子不自覺閃過那天和連俊傑聊天時的情形。

他們聊得並不多，但對很多事的看法卻是驚人地相似，他在連俊傑的身上突然找到了一種知己之感，讓他興奮不已。

他讀書多年，在白鷺書院唯一的好友就只有蕭歸遠，但蕭歸遠不喜讀書，對很多事情的見解並不深刻。

「我也覺得連大哥不一般，不管是身手還是能力，衛得韜這個糟老頭子，總算說了句好話。」

看到這麼多人對連俊傑稱讚不已，葉紅袖的心裡也是自豪不已。直到這個時候，她對衛得韜的印象才好了那麼一點點。

「對了，我這次回來，是有事想要找他商量的。等吃了午飯，妳帶我去他家找他。」

「那還真是不巧，連大哥一大早就上山去了，什麼時候回來還不一定呢！」

「這麼巧？」

葉黎剛蹙眉。昨天老師和他聊了許多關於這次秋闈的事，也給了他不少建議。但老師給的建議和自己心裡的決定出入很大，他拿不定主意，才特地回來，打算聽聽連俊傑的意見。

「不是巧，這後山昨天出事了。」

院裡也沒有其他人，葉紅袖便把昨天後山發生的事和葉黎剛說了一半。

這一半是菊香差點被面具人侮辱的事，其餘的，關於牛鼻子深山裡的事，她一個字都沒說。

二哥馬上要秋闈，不能分心，不然也是想把那些蹊蹺事都說出來，讓他也幫著分析分析的。

「那他是要去看看，不能讓這樣的事情再發生。吃了午飯我也上山去看看，咱家藥田是什麼樣的我還沒看過呢！我要看看妳是不是弄得比爹還要好。」

# 第三十六章

吃飯的時候，葉氏一個勁兒地往葉黎剛的碗裡挾肉，但他蹙著眉把碗裡大部分的肉全都挾進了葉紅袖的碗裡。

「二哥，你吃啊！這都是娘特地給你做的，挾給我做什麼。」葉紅袖又動手把肉給他挾了回去。

「我不吃肉。」

「嗯？你什麼時候開始不吃肉了？」葉氏和葉紅袖都是一臉驚詫。

「前幾天，我去廟裡在佛祖面前許願發了誓，這輩子不吃肉。」

「你好端端的發這樣的誓做什麼？」聽到兒子的話，葉氏的臉立馬變了，手裡的碗筷都摔在了桌上。「你知道這發誓是開不得玩笑的，竟然也不和我們說一聲。」

「大哥的事，我一直都無能為力，能做的也就只有這個，希望佛祖能保佑我關心的人平安回來。只是一輩子不吃肉而已，沒什麼大不了的。」

葉黎剛低頭，把碗裡的最後一點肉又全都挾進了葉紅袖的碗裡。

葉紅袖這個時候才注意到，他手腕上戴著一串佛珠。

「可你這麼年輕，一輩子不吃肉哪裡受得了啊？」葉氏心裡感動的同時，更擔心他的身子會受不住。

「娘，沒事的，等會兒我給二哥開些調養身子的滋補藥，無礙的。」

葉紅袖知道，這事葉黎剛已經做了決定，娘這個時候說什麼都白搭，而且做這些，也能讓他的心裡舒服些。

「趕緊吃飯吧！」

葉黎剛扒拉碗裡的飯菜時，腦海裡再次不由自主地閃過那張滿是淚水的小臉。

他發的誓，不只為保佑大哥，還有一半是為了她。

到現在，蕭歸遠派出去的人都沒尋到一點點關於她的消息……

吃了午飯，兩兄妹上山，葉氏不放心地千叮嚀萬囑咐，要不是她要看家守著滿院子的藥材，一定會提刀和他們一起上山。

到了山上，葉黎剛看著和從前大不一樣的藥田，再次衝葉紅袖誇了一句做得好。

「這都是連大哥的功勞。」葉紅袖抬頭說了一句，又低頭忙活了起來。

嘩啦——旁邊的樹叢裡突然傳來了一陣異樣的聲響。

站在藥田裡的兩兄妹立馬提高警覺，葉黎剛一個箭步衝到葉紅袖的身邊，將她護在了自己身後。

「糟了，被發現了！」

「快跑——」

樹叢裡傳來了兩個聲音。
聽到對方口中的快跑二字，葉黎剛、葉紅袖急忙追了過去。
嘩啦——嘩啦——
樹叢裡傳來的聲音更響了，等他們二人追到樹叢前，看到的只有不停晃動的枝葉。山裡大，這裡岔路多，想要追上是不可能的。
「二哥，我聽那兩個聲音像是姑娘家的。」
「是兩個姑娘，妳看。」葉黎剛衝她指了指地上雜亂無章的腳印。
「她們守在這裡做什麼？」
「好像是衝咱們家藥田來的。」
葉黎剛蹲在那些腳印的位置往前看了看，正對著的正是自家的藥田。
「這麼作賊心虛？難道是程嬌嬌和林彩鳳？」
葉紅袖率先想到的便是她們兩個。沒有自己給的解藥，她們得癢死，估摸是想上山來看看，以為這裡會有解藥。
「也許是，也許不是。這附近的村子多，知道妳在山上種了藥田的人肯定也不少，但不管怎樣只要她們進了藥田，都得受罪。」
葉紅袖剛剛撒下的藥粉是什麼東西，有什麼樣的藥效，上山的時候，她都和他說了。
「只是我現在擔心的是，她們不知道山裡有歹人，萬一碰上了怎麼辦？」葉黎剛眸光幽深地掃視了一遍眼前的茫茫大山。

兩兄妹沒在山上多待，等兩人到家的時候，連俊傑已經在院子裡等他們了。

他坐在桌旁逗弄兩隻狼崽子，葉紅袖進屋後，毛色發灰的那隻轉身邁著小短腿朝她奔了過來。

葉紅袖把牠摟進懷裡，毛茸茸的，蹭著舒服極了。

「回來了？」連俊傑放下手裡的狼崽子，衝葉黎剛打了聲招呼。

「嗯，我剛還說要去你家呢！沒想到你在這兒。」

葉黎剛衝他點了點頭，看著他的視線落在葉紅袖身上。

光是這個眼神，他便知道自己妹妹在他心中的分量了。

「你找我？有事？」聽聞葉黎剛要去找自己，連俊傑還是挺詫異的。

「嗯，是關於這次秋闈的。昨天老師和我說……但是，這樣我不甘心……我要是考了第一，是能幫到大哥的……可老師說……」

葉黎剛拉著他走到一旁，把昨天衛得韜的那些建議都說了出來。

看到葉黎剛找自己商量的是前途大事，連俊傑不敢掉以輕心，心裡也跟著多了一些歡喜。

看樣子，葉黎剛沒把自己當外人。既然是自家人，那他必定要好好給他分析一下當前的形勢。

進屋端了茶出來的葉紅袖，也不知道他們兩個在說什麼，但見他們面色凝重，也猜出肯定不是什麼簡單的事，就沒過去打擾他們。

她在桌上備好了茶點就出門了。她得去看看昨天受驚了的菊香。

出門的時候，兩隻狼崽子都跟在她腳下，平常難得出門，一出門就撒了歡地亂跑。

葉紅袖小跑著跟在牠們的身後，轉彎去菊家的那條巷子時，一時沒注意和對面走來的人撞了個正著。

「對不起！」

幾乎是兩個聲音同時響起。

葉紅袖和那人同時抬頭，楊月紅愣了一下，隨後滿臉的歉意冷了下來。

她冷冷瞥了葉紅袖一眼，彎腰把她手裡剛剛掉在地上的紙撿了起來。

葉紅袖看到她肩上的背簍裡裝著藥鋤，撿起來的紙好像是張藥方。

她迅速掃了一遍上面的藥材，是治癡傻之症的，但是上面的用藥好些是楊五嬸不需要用，也是用不得的。

「月紅姊，妳這藥方能給我細看一下嗎？」

「憑什麼給妳看！」

楊月紅沒理會她，反而把藥方疊好，小心翼翼塞進了懷裡。

「上次我給五嬸診過脈，她的脈象並不是簡單的癡傻之症，說白了，五嬸患的是心病，妳剛剛上面的藥方，有些是五嬸不能用的。」

「妳都說了，我娘得的是心病，只有葉常青拿他自己的命給我弟弟抵命了才能好！」楊月紅說完，冷冷瞪了她一眼就走了。

葉紅袖看她揹著背簍拿著藥鋤，手上還有藥方，猜出了她是要上山採藥，急忙將她拉住。

「月紅姊，妳不能上山！」

「放手！憑什麼？連俊傑包的只是後山，他並不是將所有的山都包下了。妳放心，我不會進後山的。」

楊月紅一把將葉紅袖的手甩開，瞪了她一眼，繼續向前。

早上天剛亮，村長菊咬金就家家戶戶去通知了，把昨晚連俊傑說的那些狠話都告訴了村民。

和他預想的一樣，村子裡的人各個大罵了起來，說連俊傑沒有良心，這罵人的人裡，楊月紅也在其中。她昨天才好不容易從毛喜旺那裡得來這個藥方，家裡沒錢買藥就只能上山採藥，沒想到就遇著這事了。不能進後山，她就只能想法子去別的山上。

「不是，月紅姊，妳真的不能上山，不管是後山還是其他的什麼山，都不能上！」

葉紅袖疾步衝到她面前，再次將她攔住，剛要開口解釋原因，背後卻突然響起了一個尖酸刻薄的女聲。

「哎喲，葉紅袖，妳可真不是一般的霸道啊，妳到底有沒有人性啊！」

葉紅袖一回頭，程嬌嬌和林彩鳳迎面走了過來。

未等她開口，程嬌嬌又噼哩啪啦地衝她嚷了起來。

「你們葉家把五嬸逼瘋了，現在月紅姊想要上山給五嬸採藥，妳都攔著不放，妳這麼黑心肝，小心老天爺不放過妳！」

「程嬌嬌，妳給我閉嘴，這裡沒妳的事！」

一看到程嬌嬌那張搽得跟個猴屁股一樣的臉，葉紅袖就來氣。

「我憑什麼閉嘴，嘴長在我的身上，妳葉紅袖敢做不厚道的事，我就敢說！我還告訴妳，要是攔著月紅姊不讓她上山採藥治五嬸，我就不讓你們葉家有好日子過！我要讓全村的人給月紅姊作主，看看是妳有理，還是月紅姊有理！」

「對，嬌嬌妳說得對，不讓我上後山，我就偏偏要去！我娘是被你們葉家逼瘋的，我去山上採藥是理所應當的！但是葉紅袖，妳放心，我不會碰妳藥田裡的藥！」

楊月紅接了話就轉身走了。

葉紅袖想要追過去，卻被程嬌嬌攔住了，這才注意到她的手竟然拿帕子裡三層外三層地包住了。

站在她身後的林彩鳳，同樣如此。

林彩鳳不敢吭聲，但看著葉紅袖的眼裡充滿了不服，還在為她扔了自己籃子的事生氣。

「程嬌嬌，與其有精力去管別人的事，還不如多操心操心一下自己的手。妳這樣密不透風地包著，只會讓它潰爛得更厲害。我不怕現在就告訴妳，到明天早上，妳的手連筷子都拿不動。」

「葉紅袖，妳少嚇我們，我剛剛去百草廬看了大夫，藥是他們親自給我抹上的，說只要不沾水，兩天就能好。」

「對，百草廬的老大夫都和我們打包票了！葉紅袖，妳以為就妳一個人有醫術嗎？」程嬌嬌話音剛落，林彩鳳就急忙跟著開口附和。

「你們剛剛去了百草廬？」

她們的話讓葉紅袖愣了一下。縣城來去一趟要一個多時辰，那照她們的話說，自己和二哥在山上的時候，她們正在百草廬看大夫，那麼山裡的那兩個姑娘，就不是她們了。

「對，而且我們去百草廬看病沒花錢，百草廬的大夫說了，以後只要赤門村的人，不管誰生病去他們那裡看病，都不要錢。月紅姊的那張藥方，就是喜旺哥幫著要來的！怎麼樣，葉紅袖，傻眼了吧！」

「百草廬都要關門大吉了，能給妳們什麼好藥。」

葉紅袖也沒空理會她們，忙轉身回家，把楊月紅上山的事告訴了連俊傑和葉黎剛。

他們剛商量完，聽她這麼一說，不敢掉以輕心，三人一道急匆匆上了山。

茫茫大山裡，想要找一個人，三個人快速分析了一下，楊月紅上山是為採藥，且不會去葉家藥田，那要去的就是其他草藥多的地方了。

葉紅袖這個時候想起了小時候和楊月紅一道上山採藥的情形。楊月紅認得的草藥都是她教的，採得多了便會賣給爹，拿錢貼補楊家家用；有時候賣的錢多了，她還會去集市買些糖回來送給自己，說是感謝自己的。

「這邊。」葉紅袖衝他們指了指自己小時候熟悉的那條路。

三個人走沒多久，就聽到林子裡傳來了忽遠忽近的求救聲。

「糟了——」

三人幾乎是同時喊了一聲，加快腳步朝聲音傳來的方向跑去。

葉紅袖怕歹人會得逞，一邊拚命扯嗓子喊了起來：「月紅姊！月紅姊！我來了！我過來了！」

估計真是她的呼喊起了作用，沒一會兒楊月紅的求救聲就停了，等他們三人趕到的時候，草地上就只有楊月紅一個人。

「我們去追！」

連俊傑和葉黎剛撂下這句話後，急匆匆地朝有動靜的地方追了去。

葉紅袖疾步衝到了倒在地上的楊月紅面前。「月紅姊。」

那人估計是為了防止楊月紅呼救，竟生生把她給打暈了。

她的傷勢比菊香要嚴重許多，臉上除了兩道鮮紅的巴掌印，還有不少被抓的血口子，嘴角也被打破流下了一道血跡。胸前的衣裳已經被扯得大開，露出了裡頭洗得發白的肚兜。

葉紅袖幫她把衣裳重新穿好後，重重掐了一下她的人中。

「啊——」

清醒後的楊月紅驚恐地大叫了起來，還起身要跑。

葉紅袖急忙將她拉住。「月紅姊，沒事了，歹人已經走了！是我，紅袖！」

「是妳？葉紅袖，是不是妳？是不是妳想要害我？」仍沈浸在驚恐之中的楊月紅，率先將葉紅袖列為了最可疑的懷疑對象。渾身瑟瑟發抖的她，望著葉紅袖的通紅眼睛充滿了怨恨。「妳是不是記恨我上山採藥，所以才這樣對我？」

「月紅姊，我不讓妳上山，就是因為知道山上有歹人，有危險！妳已經不是第一個受害的人了，不然好端端的，為什麼村長會突然挨家挨戶地通知大夥兒，讓大夥兒不要上山？妳要不相信的話，可以現在就下山去問村長。還有，妳要採的那些草藥，壓根兒就不值錢，我也是巴不得五嬸趕緊痊癒的，為什麼還要這樣對妳呢？」

葉紅袖的反問讓楊月紅啞口無言，最後，她只能抱著自己的身子，蹲在地上嚎啕大哭了起來。

她害怕，委屈，但更怨恨上天的不公平。

弟弟死得不明不白，娘被逼瘋了，自己為了娘、為了弟弟的事，到了出嫁的年紀卻沒敢嫁人，如今還讓自己受這樣天大的侮辱，她不如死了算了……

心裡的絕望越來越濃，最後更是將她僅有的一點理智全吞噬了。

她突然站了起來，抹了一把淚後就朝旁邊的石頭撞了過去。

「月紅姊——」

說時遲那時快，在楊月紅滿臉絕望的瞬間，葉紅袖明白了她的意圖，在她撞過去的時候，急忙衝過去擋在石頭的前頭。

「嗯——」

葉紅袖悶哼一聲，被撞的胸口痛得差點吐出一口老血，死死抱著懷裡的楊月紅不撒手，就怕她還要尋死。

「月紅姊、月紅姊，妳聽我說，我——」

「哈哈哈，葉紅袖！妳被我們抓了個正著吧！」

她的勸解被前頭突然響起的聲音給打斷了。

# 第三十七章

抱扭在一起的葉紅袖和楊月紅同時抬頭，看到程嬌嬌竟然帶著一大幫的村民過來。

站在最前頭的程嬌嬌和林彩鳳都是一臉的幸災樂禍，村長菊咬金站在她的身後，臉色極為難看。

他竭盡全力想要攔著村民別上山，可大夥兒心裡原本就怨連俊傑過於霸道的做法，加上旁邊還有程嬌嬌一直煽風點火，怎麼攔都攔不住，最後他也只能一道跟上來。

「葉紅袖，妳可真不是一般的不要臉啊！五嬸是被你們葉家逼瘋的，月紅姊上山採藥，妳竟然還敢對她動手！我說了，妳要敢動手，我就讓全村的人來評理。」

葉紅袖聽她這話，怕是自己前腳剛跟著楊月紅上山，她後腳就領著村民來抓自己的痛腳了，但好在他們這幫人都還不知道楊月紅差點受辱的事情。

被葉紅袖緊緊拉著胳膊的楊月紅這下慌了，葉紅袖壓根兒就不是在和她打架，而是在救她。

如果她解釋了她是在救自己，那自己身上的傷勢必會引起村民的懷疑；葉紅袖再一說實情，她的聲譽就真的沒了，到時她就是死了，也會給爹娘的臉上抹黑啊！

她回頭看向葉紅袖，唇色煞白，眼裡的驚恐傾洩而出，甚至身子都跟著抖得厲害。

「我就是和她動手怎麼了？我打的就是她，誰讓她不聽話，還敢來連大哥的山頭偷東西！」

葉紅袖突然開口。

楊月紅愣了，還沒反應過來就被她一腳給踹開了。

「葉紅袖，平常妳在村子給村民看病治病不要錢，裝得人模狗樣的，好像一副菩薩心腸，但背後下起黑手來，卻是心狠手辣一點都不含糊！」

程嬌嬌邊說邊大步衝了過來，她好不容易才尋得這個可以當眾收拾葉紅袖的機會，還要把事情鬧大，讓她葉紅袖吃不了兜著走。

她把倒在地上，一臉驚詫看著葉紅袖的楊月紅扶了起來。

「妳都把月紅姊打成什麼樣了，別說妳是人了，簡直是畜生不如！」

「嬌嬌，算了。」

楊月紅輕輕喊了一聲，不想她把事情鬧大，也不想她當眾冤枉了葉紅袖。

她知道葉紅袖主動把打人攬上身是為了保住自己名聲，她這個做法完全出乎意料。

「月紅姊，妳不要怕，有我還有村長，還有這麼多村民給妳作主呢！妳放心，不會讓妳白挨打的！」

程嬌嬌邊說邊用她腫得和大豬蹄子一樣的手輕輕拍了拍楊月紅的手背，以示安慰。

「嬌嬌，我沒事的，就這麼算了吧。」

來了這麼多的村民，這事要鬧下去，葉紅袖肯定會吃虧。她雖然怨恨葉家人，但葉紅袖剛剛拿命救自己，還幫自己保住名聲，她不是鐵石心腸，不會一點恩都不念。

「葉紅袖，妳看妳把月紅姊都嚇成什麼樣了，光天化日在我們的眼皮子底下把她揍得渾身是傷，她都不敢吭聲，妳真是狠毒啊！」

沒想到，楊月紅的息事寧人在程嬌嬌這裡得到了適得其反的效果，她嚷叫得更厲害了。

「程嬌嬌，既然月紅都說算了，那事情就這樣算了。」

菊咬金這個時候也走了過來。

楊月紅身上和自個兒閨女幾乎是一樣的傷，哪裡會不知道她剛剛在山上遇到了什麼。

「村長，我知道你得了她葉紅袖的好處，所以處處都維護她。但你別忘了自己的身分，你是一村之長，你得公平公正，要是偏私，這個村長你就別當了！」

程嬌嬌衝走到她面前的菊咬金開口。

這也正好合她的心意，自從大哥在衙門當了捕頭之後，她爹就日日夜夜念著也當個什麼，覺得這樣他們爺兒倆都能給祖上爭光。

思來想去，最後他的心思落在了村長上。這個村長雖說也算不得是個官，可多受村子裡的人敬畏，每次看到菊咬金在村子裡進出，都有人上趕著去和他打招呼，更讓爹心癢難耐了。

但可惜的是，菊咬金一直深得人心，想要把村長這個職位從他的身上撤下來不容易，但今天這好像是個好機會。

心裡有了這個盤算的程嬌嬌，更願意把事情鬧大了。

「鄉親們，你們都看看，葉紅袖打人了，村長竟然還包庇她，他們兩個人的眼裡還有沒有王法了！」

「程嬌嬌，誰告訴妳人是紅袖打的？」

程嬌嬌的話音剛落，一個暴怒的聲音驟然在另一個路口響起。

剛剛去追歹人的連俊傑和葉黎剛已經回來了，看他們二人雙手空空，想來那個歹人又脫身成功了。

連俊傑一臉森寒，大步走到程嬌嬌的面前。剛剛她說的那些話他都聽到了。

「連俊傑，你凶什麼凶，在場的所有人都看到她打了月紅姊，你看看月紅姊身上的這些傷！我告訴你們，你們今天要是不給月紅姊一個說法，咱們就報官！」

程嬌嬌覺得自己有理，壓根兒就不怕連俊傑。反正要是真報官，衙門還有大哥，葉紅袖就更得遭殃。

聽到報官二字後，楊月紅更被嚇到。「嬌嬌，這事不能報官！我說了，這事就這麼算了，我、我回去了！」

她說完，甩開程嬌嬌的手就要走，連背簍都不打算要了。

心裡記恨葉紅袖的林彩鳳及時衝了出來，伸手擋住了楊月紅的去路。

「不行，月紅姊，妳受了這麼大的委屈，這事怎麼能就這麼算了呢？報官，咱們一定要報官，月紅姊，妳真的不用怕，有我們這麼多人給妳作證呢！」

「林彩鳳，妳作證？好，那我就問問妳，妳究竟哪隻眼睛看到紅袖動手打了她？」

原本看著程嬌嬌的連俊傑，突然轉頭看向林彩鳳，厲聲質問她。

「林彩鳳，妳沒看到的事，跑去公堂瞎說，那就是作偽證。我告訴妳作偽證的下場是什麼，輕則是抓進牢房關幾天，重則當眾鉤舌頭，受鉤舌之刑，妳開口之前，最好仔細想清楚。」

葉黎剛也跟著厲聲開口。敢當著他的面欺負他妹妹，他就是讀書人，顧念君子風度，也同樣能治得了她。

「我——」

被一左一右威脅了兩句後，林彩鳳瞬間結結巴巴說不出話來，眼裡剛剛的小得意也立馬消失。

「程嬌嬌，林彩鳳不敢說，那妳說，妳哥是捕頭，妳應該更懂法。妳剛剛也說了要公平公正，我猜妳哥哥應該是不會徇私的！那妳說，妳哪隻眼睛看到紅袖動手打了楊月紅？」

隨後，葉黎剛又轉向程嬌嬌，犀利的眼神讓她心裡發怵的同時，也不敢躲藏。

但程嬌嬌並沒因此亂了陣腳。剛才他們趕到的時候，確實都親眼看到葉紅袖和楊月紅糾纏在一起。

「我們所有人都親眼看到葉紅袖把月紅姊壓在身下的，月紅姊身上的傷要不是葉紅袖揍的，那是怎麼來的？總不會是自己憑空冒出來的吧？」

「那妳親口問問楊月紅，她身上的傷是怎麼來的。」

連俊傑突然開口，拉著葉紅袖逕自走到楊月紅的面前，如刀子般的眸光直直落在她的臉上。

她身上的傷是怎麼來的，她自己最清楚，她要是敢撒謊誣衊紅袖，他會讓她吃不了兜著走。

楊月紅目光閃爍，壓根兒不敢直視連俊傑和葉紅袖。她低下頭，雙手不停地絞著自己的衣角，結結巴巴了好半天就只能說出一個我字。

「我……我……」

「月紅姊，妳儘管說，妳放心，有我們這麼多人給妳作證，他們不敢欺負妳的。」

程嬌嬌也急忙衝過來，擋在幾人中間，就怕楊月紅會受連俊傑的威脅，不敢說她這些傷是葉紅袖打的。

「楊月紅，妳想想妳那被打得半死都不承認自己是小偷的娘。」

連俊傑如墨的幽深眸子定定地落在她身上。他在試探她。

楊月紅的頭垂得更低了，淚水奪眶而出的同時，她也跟著開了口。「我身上的傷不是紅袖打的，是——」

「是我打的！」連俊傑突然開口，將她的話打斷。

所有人都愣了，一時還沒反應過來。

葉紅袖是最先回過神的。「連大哥……你？」

她的擔憂被他一個眼色給壓住了。

眾人的心思這個時候才從楊月紅轉移到了連俊傑身上。

「你?!」站在他們面前的程嬌嬌瞪大了眼睛。

「當然是我，程嬌嬌，妳仔細聽清楚了，楊月紅身上的傷是我連俊傑揍的，和紅袖沒有一點關係。」

他瞇著眼睛死死地看著她，他身上的霸道還有眼裡的狠戾，讓程嬌嬌的心裡猛地生出一股膽寒。

大哥生氣的時候，也有些讓她害怕的眼神和表情，但從來沒有一次像連俊傑這樣，嚇得她差點魂都要沒了的。她真怕自己下一刻會被他攥得咯吱作響的拳頭給揍死。

「好啊，連俊傑，光天化日之下，你一個大男人把月紅姊揍成這樣，你還有理了是吧？走，這事絕不能就這麼算了，咱們報官，一定要報官！不能讓你這樣猖狂！」

程嬌嬌被嚇得啞口無言之際，一旁的林彩鳳又蹦躂了起來。

她看到連俊傑當著眾人的面承認是自己打了楊月紅，樂得差點要跳起來了。即便動手的不是葉紅袖，這事也得受牽連，最後肯定也落不到好果子吃。

「諸位鄉親們，你們可都仔細聽清楚了啊，剛剛可是他當著咱們所有人的面，親口承認是他揍了月紅姊。你們看看月紅姊被他打成什麼樣了，他這個人真的是畜生不如啊，一個大男人竟然動手打女人，等會兒咱們把他押去衙門的時候，你們可都得幫月紅姊作證啊！」

「對！作證！肯定作證！」

人群中，突然衝出了一胖一瘦兩個身影，正是程天順的狗腿子齊三、黃四，兩個人躲在人群中有好一會兒了，是挑準了時機跑出來的。

「月紅，妳放心，我們也會給妳作證的！絕不會讓妳白受了這個欺負！」

「對，月紅，我們不會讓他欺負可憐人的！」

「走！咱們現在就把連俊傑抓去衙門！」

有程嬌嬌、林彩鳳、齊三、黃四的共同攛掇，終於，一道趕上山的村民們也都跟著開了口。

「程嬌嬌，妳腦子有病吧！連大哥可從來就沒有目無法紀，反而一直都是妳在這裡顛倒黑白，挑撥離間！」葉紅袖這個時候走了過來。

「妳胡說八道！」聽她反過來指責自己，程嬌嬌剛剛被嚇得慘白的臉色又氣黑了。

「我胡說八道？」葉紅袖反指著自己的鼻子笑了，她慢悠悠地晃到程嬌嬌面前。「程嬌嬌，妳現在站的地方，是連大哥花錢租下來的，這裡是他的地盤，他願意，妳才能站在這裡。他要是不願意不開心的話，可以現在一腳就將妳整個踹下山去，妳就是當場摔死了，都是活該！」

「妳……」程嬌嬌氣結，卻又拿不出話來反駁。

連俊傑現在是這座山的主人，附近整個十里八鄉都知道，倒是沒有想到，他成了這裡的山大王。

山大王？程嬌嬌的腦子猛地閃過這個詞，突然就明白葉紅袖為什麼在這個時候竟然還能笑得出來了。

看到程嬌嬌氣得說不出話來，葉紅袖的笑意更濃了，但看向對面剛剛還義憤填膺的村民們時，臉上笑意頓消，繃著的臉神情極為嚴肅。

「還有你們！」她指向他們。「早上村長特地通知你們的話，你們是耳朵聾了還是權當耳旁風了？連大哥說了，沒經過他的同意，擅自上山，他就打斷那人的腿。她楊月紅不顧我的阻撓硬要上山，還要偷山裡的東西，連大哥打她兩巴掌怎麼了？」

她這話一出口，村民們的氣焰立刻消了。

他們剛剛看到楊月紅被打成那樣，再經過程嬌嬌和林彩鳳等人的挑撥，還真是沒有想到這層。

齊三見狀不對，急忙衝了出來。「可他一個大男人打女人就是不對！」

說完，他揚起腦袋，洋洋得意地看向葉紅袖。

他們好不容易逮著這個機會可以壓住她葉紅袖和連俊傑，怎麼能就這麼輕易放棄？

「不對啊？那齊三，你先前和你媳婦兒大打出手，把她打得三天下不來炕，還把她打跑了，那個時候，你怎麼不好好想想這句話呢？」

葉紅袖冷笑反問，齊三差點要找個地縫鑽了，村子裡的人全都知道他媳婦兒當年是被他給打走的。

「你們說要抓連大哥去衙門，我倒要再問問，小偷進了你們的家門，偷了你們的東西，被你們當場抓了個正著把他揍了一遍，最後去衙門，不是的人反而變成你們，小偷還有理了，你們要討的是這麼個公道嗎？」

她再冷眼看向村民，目光死死鎖定人群中幾張熟悉的臉上。

剛剛說要抓連大哥去衙門的時候，這幾個平常和程家、和彭蓮香走得近的婦人最積極。

她知道，菊咬金去各家通知的時候，這些人肯定是對連大哥罵得最厲害的，因為她們平常除了自家的活計，其餘的時間都會上山，要麼採些山野貨，要麼獵些小野味。連大哥這話一說，就等於是斷了她們的收入，自然會對連大哥恨之入骨，恨不得他去衙門吃點苦頭。

「如果你們還堅持說這個是公道，那我葉紅袖就希望你們這輩子家裡都不要遭小偷，不然，到時被洗劫一空了，你們都沒地方哭去！」

那幾個被葉紅袖盯著的婦人，立馬低下頭，只敢偷偷抬起眼皮子看她。

「葉紅袖，照妳這樣說，你們打人還有理了？妳也不想想月紅姊他們家落到今天這個地步是誰害的！」

站在旁邊冷靜了好一會兒的程嬌嬌，氣勢又上來了。

「程嬌嬌，土蛋到底是誰害死的，楊家到底是被誰害到這個地步，到底誰才是真正的叛徒，妳大哥程天順心裡最清楚。」

站在旁邊始終笑看著葉紅袖控制全場的連俊傑，立馬臉色一沈，接了她的話茬。到了這個時候，也是可以向大夥兒透露一點點的真相了。

「我大哥當然清楚，不就是他葉常青幹的！這樣喪盡天良、心狠手辣的事情，除了他葉常青，沒人幹得出來！」

程嬌嬌一下沒反應過來連俊傑話裡隱藏的意思，還嘴快順著他的話說了一句。

話都說完了，她才察覺到有些不對勁，怎麼感覺怪怪的？

「程嬌嬌，這句話妳還真是說對了，能幹得出這些事的人真的是喪盡天良、心狠手辣。妳回去把這話告訴妳大哥，再順便告訴他一句，有句老話叫法網恢恢疏而不漏，他程天順的好日子，已經到頭了！」

「連俊傑，你胡說八道什麼！」

程嬌嬌這下反應了過來，他意思是大哥才是害死楊土蛋的叛徒呢。

「程嬌嬌，我可沒有胡說八道。妳別忘了，我也是從戰場上回來的，當年到底發生了什麼事，土蛋到底是怎麼死的，我和他程天順一樣清楚！」

連俊傑目光幽深地盯著程嬌嬌，眸底泛起一抹讓她不寒而慄的寒意。不知道為什麼，她竟然會在此刻心慌地覺得他這話有理。

「你、你這話是什麼意思？」

她嚇得步步後退，聲音都是顫抖的。

「我沒什麼意思，妳就回去告訴他程天順，天已經變了，要他程天順血債血償的時候也到了……」

連俊傑扯唇一笑，冰冷的笑意卻讓在場所有人都感到了他身上濃烈的殺戮之意。

# 第三十八章

這個時候，沒人吭聲，大夥兒都在蹙眉思考他這句話的意思。

怎麼聽他話裡的意思，真正害死楊土蛋的人，不是葉常青而是程天順呢？

有人覺得連俊傑這話有理，他也是從戰場上回來的，知道的肯定比他們多；他知道葉常青不是害死土蛋的凶手，不然怎麼還會和葉家，和葉紅袖走得這麼近呢？

也有人覺得連俊傑這話就是為了幫葉紅袖才說的，他打小就和葉紅袖好，自然會事事都幫她。

但不管怎樣，連俊傑現在知道，赤門村的村民們已經對楊土蛋的死、對程天順都有所懷疑了，不再像從前一般只愚昧相信程天順的一面之詞。

隨後，他轉身看向一旁目瞪口呆看著自己的楊月紅。

她剛才也在思索他的話，但心裡更多的是震驚。

「楊月紅，妳沒經過我的同意上山，我把妳揍得渾身是傷，這事妳要計較嗎？」

他冷聲詢問，望著她的眸子裡沒有一絲溫度。

楊月紅呆愣愣地衝他搖了搖頭。背個小偷的名聲比說出真相、毀了自己的名聲要強千倍百倍。

她現在更想知道自己弟弟死亡的真相，可他眼裡的冰冷讓她不敢開口多問一個字，直覺也告訴她，他是不可能會告訴她的。

「既然被打的人都不計較了，那這事就這麼算了，大夥兒都趕緊下山吧！別都圍在這兒了，還有今天這事你們都要記住教訓，以後可別再隨便上山了！」見事情都差不多了，菊咬金站了出來。

他這次再開口，村民們都不敢再多說一個字，一哄而散地下山去了。

下山後，葉紅袖立刻趕去了王懷山家。

巧的是，在他們家院門口，碰到了正打算上山去幫她的王懷山、徐長娟，和張大山、李小蘭夫婦。

他們幾人看到村子裡的人氣沖沖地被程嬌嬌領上山，覺得大事不妙，立刻把手裡的活都扔了，打算上山去幫葉紅袖和連俊傑。

「紅袖，怎麼樣了？你們沒被程嬌嬌他們怎麼樣吧？」

徐長娟和李小蘭兩人拉住葉紅袖，將她前前後後都仔細打量了一遍，見她好好的，沒受一點傷，這才鬆了一口氣。

「我沒事，嫂子，這兒有事需要你們幫忙。懷山大哥，大山大哥，我二哥、連大哥還有村長都在家等你們，他們有事要找你們商量，你們趕緊過去吧！」

「好，我們這就過去！」

了。

王懷山、張大山走了以後，葉紅袖拉著徐長娟和李小蘭進了屋，並將院門和房門都關上了。

她將山上的事，連帶山上有歹人的事，事無巨細全都告訴了她們。

她們的膽子在婦人裡算是大的，但聽了葉紅袖說的這些，還是被嚇得臉色發白。

「紅袖，還是妳厲害啊！月紅她該謝謝妳的，要是讓村子裡的人知道她遇到歹人差點被侮辱了，她的名聲可就毀了。就衝這個，她也不該再向從前那樣記恨妳了。」

「月紅姊、五嬸、五叔記恨我們家，是受了程天順的挑撥。他們傷心、心寒，接受不了這個事實，我是能理解的，所以月紅姊對我說的那些話，我並未放在心上。嫂子，這藥膏妳晚上等沒什麼人了，拿去送給月紅姊，她身上的傷用得著。」葉紅袖把自己從家裡拿來的兩瓶藥膏遞到了李小蘭面前。

「好。」

「這事說來說去，最可惡是的程嬌嬌和程家，我定要讓他們為今天的事吃點苦頭！妳們明天這樣……」

葉紅袖湊到她們二人面前，輕聲將自己的計劃告訴她們。

王懷山和張大山一到葉家，葉家院門就關上了。

葉氏為了以防萬一，和上次一樣特地端了個小板凳坐在院子裡守著，就怕又有人沒頭沒腦闖了進來。

王懷山、張大山聽了山上有歹人，還差點侮辱了村子裡姑娘的事，氣得拳頭也都攥得咯吱響。

「這歹人一再上山，實在猖狂！但這事又不能聲張，所以我打算請兩位大哥幫忙，最近一段時間能幫著一道巡巡山，看看能不能找到什麼其他線索。我們現在唯一掌握的線索，就是這個歹人在行凶的時候，會戴白色的面具，而且身手極為敏捷。」

後山是山連山，地方實在太大，連俊傑憑一己之力是絕不可能巡得來的。張大山和王懷山都是信得過的，這個時候正好能幫上忙。

「成，成，俊傑，要我們做什麼、怎麼做，你儘管安排！這事定要查個清楚，這個歹人也定要揪出來不可，這樣禍害姑娘可不行！」

事態這麼嚴重，張大山和王懷山連連點頭答應幫忙。

「村長，你再看看村子裡還有沒有其他人是嘴閉得緊、幫得上忙的，人多些才更好。」菊咬金點了點頭。「我回去再好好想想，這事咱們得謹慎著來。」

這事定下來了以後，王懷山、張大山還有菊咬金就都走了，屋裡最後就剩連俊傑和葉黎剛兩個人。

「有話你就問吧！」連俊傑知道，葉黎剛在山上聽到自己說的那些話，就對自己起疑了。

「大哥的事，你究竟是以何種身分知道得這麼清楚的？」

葉黎剛始終記得衛得韜對他的評價，剛剛在山上，他說的那些話，正好就印證了老師的話。

連俊傑笑著拍了拍他的肩膀。「這個，以後等你考上功名，上了朝堂，咱們自然會有碰面的機會。」

朝堂？葉黎剛震驚於他的回答。

但後面，連俊傑就不再開口了。他不多說，葉黎剛也沒追著不放。

因為臨近秋闈，功課耽誤不得，葉黎剛隨後就急匆匆地回了縣城。

葉紅袖從王懷山家回來時，天已經黑了，但連俊傑還沒走，正在院子裡等她。

「你趕緊回去歇著吧！今天都忙一天了。」葉紅袖邊說邊輕輕揉著自己現在隱隱作痛的胸口。

先前忙著去處理別的事情，她也沒覺得痛，現在停下來了，卻痛得異常厲害，可見楊月紅往石頭上撞的時候，是決心尋死的。也幸虧自己反應靈敏，不然血濺當場，她光是想著都能驚出一身的汗來。

「妳怎麼了？」

連俊傑見她眉頭蹙得緊緊的，臉上看起來還有一絲痛苦，眸子裡立刻染上了擔憂。

「沒、沒事。」葉紅袖急忙停下手上的動作。

「妳是不是哪裡傷著了？趕緊讓我看看。」

她越是說沒事，連俊傑就越是擔憂。

「唉呀，我、我真的沒事，不用你看！」

葉紅袖被他嚇得連連後退了好幾步，小臉更是紅得像煮熟了的蝦子一樣。

那個地方，哪裡是隨意能讓人看的！

「妳還說沒事，妳看看妳的臉，紅成什麼樣了，是不是發燒了？」

連俊傑一個箭步向前，先是伸手摸了摸她發紅滾燙的臉，可雖然臉紅成了這個樣子，額頭摸起來卻不像是在發燒。

「我沒事，真的！」葉紅袖又退了一步，身後是牆壁，已經沒有退路了。

「說實話！」

連俊傑伸手抵在牆上，將她牢牢禁錮在自己和牆壁之間。

她越是這樣，越是讓他擔心，所以，這次他不像從前那般溫柔，而是帶著幾分霸道的命令。

「我……」

她吞吞吐吐，完全不知道該怎麼開口。

連俊傑慢慢低下頭，拉近了和她的距離。「紅袖，妳以為妳能騙得過我？」

低沈醇厚的嗓音在她耳邊響起，炙熱的鼻息輕輕掃過她發燙的臉頰，這下，葉紅袖不僅是小臉發燙了，而是整個身子都在發燙，好像著火了一般。

「月紅姊要撞石頭尋死，我跑過去用身子擋著，被她撞到胸口了！」

她嚇得閉上眼睛，噼哩啪啦將實情全都說了出來。

連俊傑先是愣了一下，隨後視線由她緊閉著眼的小臉慢慢下滑到了她鼓脹脹的小胸膛前。

他腦子裡閃過她剛剛說過的那個情形。

她那裡被這麼狠狠一撞，光是想就知道肯定疼。

葉紅袖羞得已經不敢睜開眼睛了，不知道也不敢去想連俊傑聽了實情後會是什麼樣的表情，但她明顯察覺到他的呼吸慢慢變得急促和炙熱了起來。

許久，耳邊才又響起了他低沈醇厚的聲音。

「那晚上好好搽藥揉一揉，本來就小，可別這麼一撞，變得更小了。」

「什……什麼？」

葉紅袖驚詫地睜眼，可這個時候，連俊傑已經轉身走了。

本來就小？什麼意思？嫌自己的小了？

她低頭看著自己鼓脹脹的小胸膛，還特地用雙手捏著腰間的褂子，讓衣裳更貼身一些。

她仔細打量，也不小啊！可他那麼嫌棄的口氣，好像是真覺得小了。

呃……

難道要開些藥，看看能不能來個二次發育？

半夜，淅淅瀝瀝地下起雨。

葉紅袖翻來覆去，怎麼都睡不著。

這兩天發生的事情太多了，一件接一件，卻是件件都沒有一點頭緒。

等她好不容易睡著，夢中卻再次出現了那幾張青面獠牙的面具。

但這次的夢境有些不一樣，那些面具出現在她觸手可及的眼前，不再和前幾次一樣隔得很遠。

她急忙伸手，想要摘下那些面具，看看面具後到底都是什麼面孔，可就在她伸手的瞬間，那些面具突然就變了，不再是青面獠牙的面具，而是菊香說的那個有鼻子有嘴巴、只能看到眼睛的白色面具。

她愣了一下，但是伸過去的手還是沒有停下。

她要看看這個面具歹人到底是誰，竟然身手敏捷、熟悉後山的環境，不然以連大哥的身手，不可能會讓他接連兩次都脫身成功。

那個面具歹人也不躲閃，好像就等著她去摘一樣……

面具被拿下的瞬間，她看到那張再熟悉不過的臉，徹底呆住了。

「大哥?!」

「紅袖、紅袖，妳趕緊起來！」就在這時，耳畔一個聲音將她直接吵醒了。

葉紅袖揉了揉眼睛，天才剛矇矇亮。

「怎麼了？」

「妳去門口看看。」葉氏衝她指了指外頭，也沒明說。

葉紅袖起身，披上外衣走到門口。

滴著水的屋簷下，堆著一堆用青草蓋著的東西。她伸手把上頭的青草撥開，下面是幾個紅色的野果子，還有一堆根部帶著泥土的野菌子。

「誰放的？」她回頭看向葉氏。

葉氏衝她搖頭。「我一打開門，就在這裡了。」

「這麼新鮮，看著像是剛剛才採來的。」葉紅袖拿了一個籃子，把野果子和野菌子都裝了進去。「娘，中午咱們就煮菌子湯吧，也很長時間沒有吃過了。」

葉氏卻是滿臉擔憂。

「紅袖，妳敢吃啊？這都不知道是誰給咱們的，要是這人心裡是念著咱們好的，肯定會正大光明當面送來給咱們。可這偷偷摸摸、天不亮就送來，好像不願人知道，誰知道送這些東西藏著什麼壞心思？這些東西不會有毒吧？」

想到這裡，葉氏嚇得把手裡的籃子給扔了。

這突如其來的舉動不僅把屋裡的葉紅袖嚇到，也嚇到了守在院門口，一個渾身濕透、瑟瑟發抖的身影。

葉紅袖起先還沒注意到，是門口突然響起的腳步聲引起了她的注意。等她循著聲音看過去的時候，那個身影已經跑開了，但瞧著眼熟。

「誰？」葉氏急忙走到大門前，可院裡院外現在都空蕩蕩的，什麼也沒看見。

「娘，這些果子和菌子都是好東西，沒毒的，咱們可以放心吃。」

葉紅袖笑著把地上的野果子和野菌子重新撿了起來。

「紅袖，那送這些的到底是誰啊？做什麼這麼鬼鬼祟祟的？」葉氏還是不放心。

「是五嬸。」

葉氏滿臉詫異。「不會吧，妳是不是認錯了？」她不相信。

「沒認錯，上次小偷那事，她心裡就已經念著我的好了，後來拔了咱們藥田的藥也是因為受了程嬌嬌的挑撥。這次我救了月紅姊，她心裡更念著我的好了，所以放心吧，這些都沒毒，都能吃。」

看到東西是楊五嬸送的，葉紅袖比收到任何貴重物品都要開心，這說明楊家人在慢慢解開心結了。

「可五嫂她一直都因為土蛋的事恨咱們的呀，怎麼會突然就改了性子，還送咱們這些東西？不成，這些東西咱們不能吃，也不能碰。」葉氏還是不放心。

這還真是不能怪她，楊五嬸被土蛋的死刺激得瘋了以後，針對葉家做的瘋狂之事太多太多，每次都說要葉家必須死一個償命。如今突然就好了，她可不信，何況楊五嬸本就是個瘋子。

「娘，以前五嬸他們都認為土蛋是大哥害死的，可昨天連大哥當眾說了，害死土蛋的不是大哥，是程天順。五嬸這樣做，肯定是她信了連大哥的話。既然他們都信咱們了，咱們幹什麼要怕吃這些東西，放心吧，沒事的！」

儘管女兒這樣說了，也說得在理，可葉氏還是不放心，午飯沒燒那些菌子，野果子也被她收起來，不知道塞哪裡去了。

吃過午飯，雨也停了。

因為天氣不好，今天沒什麼人來看病。

葉紅袖難得清閒，抱著兩隻狼崽子在屋裡逗弄，她打算再養那麼一、兩個月，等好養活了就抱去送給金寶。

這時，屋外傳來了兩個爽朗的笑聲。葉紅袖起身走到門口，看到昨天被她交代去做事的徐長娟和李小蘭一道挽著手進來，兩人笑得這麼開心，看樣子事情辦得相當順利了。

葉紅袖端了茶水和零嘴出來，在屋裡的矮桌上擺放好。

「來，兩位嫂子辛苦了，吃些東西墊墊肚子，再喝些茶潤潤嗓子。」

她笑咪咪地給她們斟茶，還往兩人的手裡一人塞了一把瓜子。

「這是怎麼了？什麼事笑成這樣？」

從屋裡捧著針線笸蘿出來的葉氏，看到徐長娟笑得前仰後合，一頭霧水。

「妳趕緊坐下聽我們說。」李小蘭拉著她在旁邊的小凳子上坐下。

葉氏邊叮囑邊坐下。「長娟，可不能這樣笑，妳的肚子還沒三個月，不穩呢！」

「程家人現在都是滿臉滿身的疱疹吧？」

程嬌嬌上次洗的那些衣裳，得曬乾了才能穿，這一來二去的好幾天，那些藥粉才能在程家人的身上發作，現在算一下，已經到了發作得最厲害的時候了。

「那還用說，紅袖妳是沒看到，他們滿臉滿身都是密密麻麻的小水疱，一抓就破，破了就疼得直唉呀叫。程天順昨兒從衙門回來的時候，還和齊三、黃四他們說要找俊傑報仇呢！說俊傑誣衊他和土蛋的死有關，絕不會放過他。今天呢，卻是疼得躲在家裡不敢出來見人，村子裡好些狗腿子特地提了東西去看他們，誰知道……哈哈哈！哈哈！」

徐長娟還沒說完，又捂著自己的肚子笑得前仰後合。

「唉呀，誰知道什麼啊！長娟，妳倒是說啊，別光顧著笑啊！」

葉氏停下手裡的針線活，聽得正起勁，弄得她心裡格外癢。

坐在一旁的李小蘭接話。「誰知道他們提著東西剛走到門口，就被村子裡幾個愛說閒話的婦人攔住了，嘀嘀咕咕說了一堆話後，嚇得那些人臉當場就白了，撒腿就跑，根本就不敢再靠近程家。」

李小蘭故意賣了個關子。

「那說了什麼嘛！唉呀，妳們就淨知道逗我！」

葉氏更急了。她知道這些閒話都是葉紅袖昨天跑去告訴她們，也是故意讓她們兩個散出去的，可這閒話到底是什麼，她卻是不知道的。

# 第三十九章

「說程天順身上的那些疱疹，是從麗春院得來的花柳病！」

正端著茶水喝的葉氏噗地把嘴裡的茶水全都噴了出來。

「什麼?花柳病?!」她抹了一口嘴角的茶水，臉色因為太過震驚，都白了。

「哈哈哈，妳也被嚇到了啊！」

葉氏的反應讓原本就笑得厲害的徐長娟更是停不下來了。

「說什麼不好，怎麼要說是花柳病呢?」

葉氏提起這三個字就不好意思。在她心目中，那可是世上最髒、最齷齪的病，得了就不能見人。

「娘，這妳可就不知道了，要是說他們得了快要死的病，只會讓村子裡的人更同情他們，這樣的話，連大哥昨天在山上說的那些話可就沒作用了。說他們得的是這些見不得人的病，會讓他們在對程家人避之唯恐不及的時候，心裡自然而然相信了連大哥的話，覺得程天順可疑。」

「對呀，這有什麼了！那個齊三、黃四不是經常吹牛，說很多人求程天順辦事，又是去香味閣，又是去麗春院的嗎?那時候，程天順回來知道後，還當眾罵了齊三、黃四一頓呢！

說什麼他這樣有公職在身的人，絕不會去那種地方。現在說他得了花柳病，就是向大夥兒證明他說的那些都是假話，大夥兒都知道他說假話了，自然也就會懷疑他從前說的話，那他說常青是叛徒的話就更讓人懷疑了。」

「紅袖娘，妳是沒看到啊，那些人聽到程天順得的是花柳病，還是面對面說上兩句話就會染上的，跑的時候腿都在打顫呢！有幾個膽小的，當時就被嚇得一屁股坐在了地上呢！妳現在得空不？得空咱們就去看看，可好玩了！」

好不容易才止住了笑聲的徐長娟，又忍不住哈哈大笑了起來。

「走，趁現在還有狗腿子不知死活往上趕，咱們再去看看笑話！」徐長娟說完就拉著葉氏出了門。

「程家這下不可能再和從前一樣風光了，這事鬧出來，程嬌嬌這輩子怕是連嫁人都難了。」

李小蘭不是特別愛湊熱鬧，就沒跟著去，而是和葉紅袖聊天。

「他們這是咎由自取。對了嫂子，那幾個嬸子散這些閒話的時候，沒人察覺出什麼不對勁吧？」

「沒有，妳都沒露面，我也沒和她們明說花柳病這三個字，只說我看到縣城裡得了髒病的人是這個樣子。她們原本就記恨彭蓮香從前在村子裡仗勢欺人，這好不容易逮著這個機會了，不用我多說什麼，她們也會添油加醋的。」

「嫂子，我想問問妳，昨天妳去楊家送藥的時候，月紅姊和五叔說什麼了嗎？還有五嬸。」

葉紅袖記得早上在大門口的那些東西，還有楊五嬸濕漉漉的背影。

「沒，月紅拿著藥瓶咬牙掉淚，沒吭聲，五叔蹲在院子裡，只聽到他嘆氣，五嬸看到月紅哭得厲害，也跟著抹淚。我走的時候，他們都沒說一句話。」

「嫂子，這兩天妳得空了常去她家走走吧！五嬸是個腦子不清醒的，肯定不知道該如何安慰月紅姊，妳和她多說說話，寬寬她的心，別讓她鑽牛角尖。」

儘管楊家人什麼都沒說，但楊五嬸冒雨送來東西已經說明了他們現在的態度，這是不小的改變，這下她更有信心等大哥回來弄清楚真相，兩家能重歸於好了。

隔天，連俊傑一大早就和王懷山、張大山等人巡山去了，屋裡現在就剩連大娘和金寶。剛才過來的時候，她喊了二妮抱著狼崽子一道來，現在兩個小傢伙正在院子裡逗狼崽子逗得歡。

葉紅袖坐在炕邊陪連大娘說話，低頭的時候，腦子裡突然閃過那天吃飯的時候，二哥露出手腕的那串佛珠。

突然跑去寺廟求神拜佛，還允諾一輩子都不吃肉，這不像是二哥這種性子即興會做的事；畢竟大哥的事已經發生好一段時間了，且連大哥都說大哥已經在回來的路上了，二哥為什麼會在這個時候去寺廟呢？

連大娘看著眼前越長越嬌俏的面孔，心裡越來越安慰。這丫頭，不枉俊傑為她回來走這一遭，也不枉他為她在背後做那麼多的事。

「紅袖姊、紅袖姊！不好了，妳家的藥田出事了！」

院子裡突然傳來一個急促的聲音。

葉紅袖轉身出去院子，看到海生氣喘吁吁、滿頭大汗，顯然是剛剛從山上跑著下來的。

「什麼事？」

「妳家藥田口躺著一個姑娘，也不知道是死的還是活的。」

「什麼？」葉紅袖心裡咯噔一下，來不及細想，忙和海生以最快的速度衝上山。

自家的藥田旁，果然躺著一個姑娘。連俊傑、菊咬金還有王懷山在旁邊守著，見她來了，忙起身。「我們一上來就看到她躺在這裡。」

葉紅袖走過去給她把脈的時候，將昏迷中的姑娘從頭到腳打量了一遍。

小姑娘因為滿臉污垢，也看不清楚到底長得什麼樣，但身子瘦瘦小小，估摸也就十歲的模樣，還瘦得很。

「沒事，就是被山茄子劃了幾道口子。」

葉紅袖邊說邊將昏迷中的小姑娘從地上扶起來，隨後手指在她的人中重重掐了一下。

昏迷的小姑娘，漸漸睜開了眼。她的眸子在對上葉紅袖的時候，先是愣了一下，大大的眼睛裡閃過一絲驚喜。

「姊姊？姊姊！」她衝葉紅袖連喊了兩聲。

葉紅袖聽著這個聲音有些耳熟，再定睛一看，那雙小鹿般的大眼睛更眼熟了。

「覓兒?!」

「是我！姊姊，我是覓兒，阮覓兒！」

「小丫頭，妳怎麼在這兒啊？妳可讓我們好找！」

葉紅袖是又驚又喜。蕭歸遠派人去打聽了那麼長時間都沒有消息，沒想到今天她突然就出現在眼前了。

「姊姊一直在找我嗎？」

「嗯，委託了人，找了很長時間都沒找到。妳怎麼在這裡啊？妳不是被老鴇子賣給了一戶農家嗎？」

葉紅袖拉著她，將她前前後後都打量了一遍。小丫頭看起來哪兒都好好的，就是身上臉上髒了一些，好像又瘦了一些。

「姊姊快別說了，老鴇子把我賣了的時候，我還以為自己裝病成功，終於跳出火坑了，想著清清白白的人家怎麼也要比窯子強的，誰知道是從一個火坑跳進另一個火坑。那戶人家是買了我去沖喜的，我還沒進門，那個病得快要死的人就已經死了，他們生氣極了，不但說是我剋死了他，還要我陪葬。他們以為我得了重病快要死了，沒太在意我，我就在他們商量後事的時候乘機跑了。我不敢走大路，怕他們會追上，就專等晚上走林子裡的小道，後來就碰到鳳兒姊姊，要不是她照顧我，我早就餓死了！」

阮覓兒看到眼前的是自己的救命恩人，也是歡喜得不得了。

「上次來我們藥田的是妳們嗎？妳看到我和二哥為什麼不出來？」

「我沒看到啊，我們第一次偷東西，緊張得不行，看到這裡有人影立馬就跑了。」阮覓兒說著吐了吐小舌頭，偷東西畢竟不是什麼光彩的事。

「為什麼要偷東西？」小丫頭淪落到偷東西，葉紅袖的心裡極不是滋味，也更心疼她，這一路肯定吃了不少苦。

「嗯，鳳兒姊姊上次路過一個林子，被歹人侮辱了，還有了身子。別人說藏紅花能打胎，我們沒錢買，聽到這裡種了，就想來弄一些。」

葉紅袖迅速在她的話裡捕捉到了兩個重要資訊。樹林子？歹人？

「那個侮辱她的歹人，行凶的時候是不是戴著只能看到眼睛的白色面具？」

「姊姊，妳怎麼知道？」阮覓兒一臉驚詫。

「妳們還真是什麼都不知道啊！那個面具歹人，最近可常常就在這一帶的山上出沒啊！好幾個姑娘都差點遭殃了，妳沒碰到，真是行大運了！」

「什……什麼?!」

菊咬金的話嚇得阮覓兒面如白雪，差點又癱倒在地上，幸虧有葉紅袖扶著她。

想到還有另外一個單身姑娘在山上，葉紅袖、連俊傑不敢耽擱，急忙讓她帶路進了林子。

一行人跌跌撞撞地奔了約莫半個時辰，最後停在了林子深處，一條雜草叢生、深不見底的蜿蜒羊腸小徑前。

路邊有塊破敗斑駁到幾乎要看不清字的路牌，上面寫著「和峴村」三個字。

「等一下。」原本走在最後頭的菊咬金突然衝了過來，攔住正要繼續向前的葉紅袖和連俊傑，並一臉凝重地回頭看向阮覓兒。「妳們現在住在這裡面？」

「是啊，怎麼了？」

菊咬金沒再開口，而是拉著海生後退了好幾步，像是有意遠離她一樣。

「村長，怎麼了？」

葉紅袖看出了不對勁，敏銳地在他眼裡捕捉到一絲驚慌和害怕。

害怕？她愣了一下，還以為是自己看錯了。

可很快地，她在王懷山和張大山的臉上捕捉到了同樣的神情。他們二人臉上的害怕可沒像菊咬金那樣含蓄。尤其是王懷山，驚慌失措地後退的時候，還被腳下的草給絆倒了，爬起來的時候，更是一副見了鬼的樣子。

「紅袖，妳當年還小，俊傑你去打仗了，估計都不知道這事。這和峴村五年前可是發過瘟疫的啊！裡頭的人一夜之間全都死了！」

「啊?!」

年紀最小的阮覓兒被嚇得一屁股坐在了地上。葉紅袖伸手把她扶起來的時候，看向菊咬金。

「村長，你知道是什麼瘟疫？是因為什麼才引起的嗎？」

「不知道，就是一夜之間村子裡的人全都病了，然後又突然著了一把火，裡頭的人全都死了。這幾年沒人敢進去，姑娘，妳們怎麼就跑到裡面去了呢？」

五年前？聽到這時間，葉紅袖第一個反應是看向連俊傑，巧合的是，他也在看她。

「這樣吧村長，你們在外頭等我，我進去看看情況。」

「紅袖，裡面去不得！真的，太危險了！」菊咬金急忙勸阻，一臉擔憂。

「我是大夫，裡面有人，我不能置之不理。而且我更想弄明白裡面的瘟疫是怎麼回事。」裡面究竟是什麼情況，葉紅袖還是決定進去探探。

「我和妳一道去。」

連俊傑走到她跟前。這樣危險的地方，他自然不會讓她一個姑娘家獨行。

阮覓兒也走了過來。「姊姊，我和妳去，我不怕！」

「還有我，我也要去！」隨後，菊海生也跟著湊了過來。「爹，是你說的，讓我跟著連大哥好好學學本事的！」他又補上了這麼一句。

「那我們就在外頭等著，有事的話，你們讓海生出來給我報個信。」

一行四人，順著雜草重生的蜿蜒小道朝和峴村走去。

越往裡走越是安靜，最後安靜到一點雜音都聽不到，過於安靜的壞境讓葉紅袖和連俊傑不由得提高了警覺。

倒是走在最後頭的海生興奮得不得了，他這個年紀正是對未知事物感到好奇的時候。但讓他失望的是，直到他們最後站在被燒成了殘垣斷壁的和峴村前，也沒發生什麼讓他更興奮的事件。

進村前，連俊傑先將周邊都掃視了一遍，因為時間有些長了，燒黑燒塌了的房子四周雜草橫生。

這個和峴村，他很多年前來過一次，那次是他在山裡追著一頭野豬，最後射箭獵殺野豬的時候，旁邊突然飛出了另一枝箭，兩枝箭幾乎是同時將野豬射死的。

山裡規矩，獵物身上插著誰的箭，獵物便是誰的，插著兩個人的，這獵物便是兩個人的。最後兩人合計了一番，連俊傑以最便宜的價格把自己的那一半賣給了老獵戶，幫他扛著獵物回村拿錢的時候，來了和峴村。

那時候的和峴村山青水綠、柳綠花紅，村子不大，也就住著十幾戶人家，村子裡的人都和藹，他進村的那天，不管碰到誰，都笑咪咪地衝他點頭打招呼。

老獵戶告訴他，村子裡的村民大多以打獵為生，老獵戶留他在家吃飯的時候，隔壁幾戶人家也都拿著酒菜來，說是要結識結識他這個身手不凡的少年。

其間，屋裡還來了一個年紀比他稍小一些的姑娘，眾人拿他們開起玩笑，他當時綳著臉說自己已經有了心上人，這種玩笑開不得，那個姑娘當下就捂臉跑開了，其他人卻是樂得哈哈大笑。

沒想到如今再來，這裡竟變得頹敗荒廢，甚至是讓人聞之色變。

待他確定周邊真沒什麼危險了，才小心翼翼拉著葉紅袖慢慢進了村。

幾人七拐八拐的，最後才在一戶破敗得稍微好一些的農戶前停了下來。

「姊姊，鳳兒姊姊就在裡頭。」阮覓兒邊說邊推開門。

破敗到只剩一半的房門一推開，葉紅袖就看到裡頭的草堆上躺著一個姑娘。

她快步到了鳳兒身邊檢查，好在她呼吸還算均勻，就是身子滾燙得厲害，再看她的小腹，微微隆起。

鳳兒費力睜開眼睛看向扶著自己起身的葉紅袖。「妳……」

在她眼裡劃過驚慌的瞬間，阮覓兒及時湊了過來

「鳳兒姊姊莫怕，這就是我常常和妳說的那個救命恩人，她是來幫我們的。」

她邊說邊伸手和葉紅袖合力把鳳兒從草堆上扶了起來。

見屋裡沒啥奇怪和稀奇的東西，只往大門裡走了一步的海生又退了出來，他站在屋子外頭，將周邊的殘垣斷壁又細細打量了一遍。

一夜之間所有的人都死了，這聽著就讓人毛骨悚然的事，他卻極感興趣，總覺得這事裡透著一股蹊蹺。

海生越想越興奮，視線掃向周邊的時候都變得格外認真，想著自己能不能從中看出點玄機。

恰在這時，他的目光和遠處林子裡一個藏在暗處的視線撞在了一起。

「有人——」屋外突然響起了海生的聲音。

連俊傑急忙奔出屋子，站在門口的海生臉色煞白地衝他指向林子裡那個一閃而過的影子，他疾步追了過去，隨後葉紅袖和阮覓兒攙著鳳兒從屋裡走了出來。

「海生，你看清楚了嗎？」

葉紅袖看海生的面色不對勁，像是被嚇著了。

「紅袖姊，我看得真真的，那人整張臉都是黑的。他也看到我了，但等我回過神來，他就轉身跑了！」菊海生很肯定地衝她點了點頭。

「黑臉的？」葉紅袖不確定地又問了一遍。

「嗯，黑臉的！整張臉都是黑的！」

葉紅袖這下覺得有些懵了。

如果是白臉的，她還能很肯定那人一定就是面具歹人，可怎麼突然又冒出了一個黑臉的呢？

「妳們住在這裡的這段時間，看到過其他人嗎？」

想不通的她回頭看向鳳兒和阮覓兒，她們對這裡應該了解得多些。

「沒有，我們什麼都沒看到。」兩人同時搖了搖頭。

話音剛落，就看到剛剛追出去的連俊傑又轉身回來了。

葉紅袖急忙朝他奔了過去。「怎麼樣？你沒事吧？」

她將連俊傑前後都打量了一遍，就怕他有事。

連俊傑笑著揉了揉她的腦袋。「我沒事，那不是人，是狗。這裡不是久留之地，咱們趕緊走。」

聽到這話，葉紅袖也不敢耽擱，一行人急匆匆出了村子。

# 第四十章

下山回村的時候，葉紅袖怕大夥兒一起進村太惹眼，會引起村民的注意，便讓大夥兒分開了走。

王懷山先進村，約莫半盞茶功夫後，菊咬金和海生進了村，最後直等到夜深人靜，村子裡沒什麼動靜了，葉紅袖和連俊傑才悄悄領著阮覓兒和鳳兒進了自家。

得了消息的葉氏早就把藥箱、熱水全都備好了。

一進門，鳳兒被放上了炕，誰知道沒等眾人開口，她翻身爬起來，跪在葉紅袖面前。

「姑娘，我求妳，幫我把肚子裡的這個孽種拿掉吧！要不是念著我爹娘，我真的寧願死了一了百了啊！」

「妳先別激動，妳現在身子弱，不適宜落胎，等過兩天身子好些了，我再幫妳，好嗎？」

鳳兒邊落淚邊點頭。

堂屋裡，連俊傑、菊咬金等人正在商量從鳳兒那裡得來的訊息。

「這個淫賊實在太猖狂了！還不知道毀在他手下的姑娘究竟有多少呢！」

菊咬金氣得直跺腳，同時也在心裡慶幸那天虧得葉紅袖和連俊傑及時趕到，不然自己的閨女真的就要慘遭毒手，還可能和裡頭那個有了身孕的姑娘一樣。

「就是因為這些受了傷害的姑娘，為了保全名聲不敢報官也不敢吭聲，所以才讓這個淫賊越發猖狂。他是慣犯，我看他一下兩下是不可能會停手的。」連俊傑摸準了那個面具淫賊的心思。

「那怎麼辦？難道就要讓他一直這樣逍遙法外嗎？」聽到這個淫賊還不會善罷甘休，菊咬金更惱了。

「咱們現在在什麼都還沒摸清楚的情況下，就只能先加強戒備。還有，這事得想辦法讓人散播出去，讓所有姑娘都別再單獨進林子裡。現在不能進的已經不只是咱們的這個後山了。他在咱們這裡一次兩次沒得手，之後就會去別的地方。」

「這好辦，明天隔壁村子有個小集，讓小蘭嫂子擺攤的時候，在那些喜歡說閒話的嫂子大嬸面前故弄玄虛地說上兩句，保證不出兩天，這事就能傳得有鼻子有眼。」

對於這些婦人的能力，葉紅袖在經過程天順的事件後是深信不疑的。

「成，我等會兒就回去和妮兒娘說一聲，哪個婦人的舌頭長，喜歡添油加醋，她是最清楚的。」一張大山連連點頭，覺得這個主意不錯。

「那今天便先這樣吧，咱們明天再上山去仔細巡查一遍，這兒已經有個姑娘被迫害成這樣了，可不能讓第二個姑娘再遭毒手。」

菊咬金說著，朝屋裡瞥了一眼。那姑娘和自己閨女菊香差不多大，現在被害成這樣，他是真心痛。

「村長，這事我看不能再是咱們小範圍的防備了，最好明兒上午傳言出來了，下午就想法子去縣裡和縣官大人透露，也好讓他心裡有個底。還有，這個人我和他也算是交過手，他身手不一般，敢這麼猖狂，膽識自然也是不一般的，想要抓他沒那麼簡單……」

連俊傑說起這個，眉頭深深蹙了起來。以自己的身手，想要單獨對付或者抓個人是易如反掌，可這人卻兩次從他的眼皮子底下逃脫，這讓他生了前所未有的挫敗感。

「好，我明天巡了山就去縣裡。」菊咬金覺得連俊傑這話有理，點了點頭。

隨後眾人就散了，葉紅袖送連俊傑出門。

院門前，他看向站在自己面前低著頭的小姑娘。

「小丫頭，是累到了還是被嚇到了？」

「都沒有，我是在想和峴村的事，怎麼那麼巧也在五年前呢？」

回來的路上，她一直都在想這件事。

「明天我再去和峴村看看，妳先把裡面的幾個人照顧好吧！」

葉紅袖回到屋裡時，阮覓兒已經把髒兮兮的小臉小手都洗乾淨了，還換了一身自己的舊衣裳。

小丫頭身子小小瘦瘦的，穿著她的衣裳，看起來很是滑稽。

她眨巴著大眼睛衝葉紅袖拍了拍自己旁邊的小凳子，示意她坐，還把剛剛盛好的飯菜放在旁邊。

葉紅袖看屋裡的燈已經滅了，知道鳳兒已經歇下了。

她走到桌邊，還沒坐下，阮覓兒就甜糯糯地開了口。「姊姊，那個救了我，長得很好看的哥哥呢？他怎麼不在呀？」

直到阮覓兒開口，葉紅袖才猛地想起來，小丫頭最大的救命恩人其實根本不是自己，而是二哥。

「他現在正在書院抓緊時間讀書呢！馬上就要秋闈了，時間緊得很，等他考完了就會回來，到時妳親自和他好好道謝。」

「好！」

「趕緊吃飯吧！妳看看妳多瘦，和我家紅袖一樣，小小年紀就吃了這麼多的苦，真是造孽喔！」

葉氏挾了一塊肉塞進阮覓兒的碗裡。剛剛在屋裡給她找衣裳的時候，阮覓兒把自己的身世都說了。

看著小丫頭眼睛大大，小臉尖尖，葉氏越看越覺得她和自個兒的紅袖小時候很像，尤其吃了這麼多的苦，更讓她打心眼裡疼這個成了孤兒的小丫頭了。

吃過晚飯，阮覓兒進裡屋去睡了。小丫頭這些天肯定是餓壞累壞了，足足扒拉了兩大碗米飯，吃完了就眼皮子打架，都睏得差點站也站不起來了，還說她要去洗碗幹活。

葉氏瞧她小手白白淨淨，又知道她從前是大戶人家的小姐，哪裡捨得讓她幹活，最後把她趕上了炕。

葉紅袖在屋裡抓藥的時候，葉氏掌燈走了過來。

「紅袖，這兩個丫頭的事，明兒要怎麼對外說？家裡一下來了兩個外人，是肯定瞞不住的。」

「就說來的是遠房親戚。」

「那鳳兒的肚子……」

「沒事，等她身子好一些了，我就幫她把孩子落了。」

「真是造孽喲！好好的姑娘被這麼糟蹋了！」

「娘，別說了。」

葉紅袖急忙拉住情緒激動的葉氏，衝她對裡屋使了個眼色。這話讓鳳兒聽了只會更難過。

「娘，我和妳商量件事，覓兒現在無父無母，我想把她留在家裡，以後就跟著咱們。我呢就當是多了一個妹妹，娘呢就當是多了一個女兒。」

「成，妳覺得怎麼好就怎麼辦。不過這事妳最好和妳二哥說一聲，他讀書喜歡清靜，覓兒性子活潑，別妳二哥覺得吵，不喜歡。」

葉氏對阮覓兒喜歡得不得了，自然不介意家裡多一個嘴甜的小丫頭，但她擔心自家的老二會不同意。

「娘，這妳就放心吧！覓兒來咱們家，要說最開心的，可就是二哥了。」

葉紅袖衝她笑了笑，眼裡閃過一抹興奮的狡黠。

「這是為什麼？」葉氏這下好奇了。這可不像是她認識的老二。

「沒什麼，時間不早了，咱們也早點去歇著吧，明天可還有不少事呢！」

葉紅袖沒多說，拉著母親一道進了屋。

再睜開眼，天已經大亮，屋裡就剩她和在炕上做針線活計的鳳兒。

葉紅袖看她這個樣子也放心了些。看得出她是個堅強的，這事之後，她應該是能重新振作起來的。

「妳繡什麼呢？」葉紅袖注意到她繡的花紋有些特殊。

「這是我娘教我的雙面繡，嬸子看覓兒腳上的鞋子已經破得不能穿了，讓我幫忙做雙新的。」

「這個花樣好看，鳳兒能給我二哥做一雙嗎？他馬上要秋闈了，咱們讓他穿上新鞋子去考試，也博個好彩頭。」

葉紅袖看那花紋是真漂亮，之前二哥回來的時候，她看他腳上的鞋子已經很舊了。

「那我先給妳二哥做吧，這讀書人的事最是耽誤不得。」

「成，妳覺得怎麼好就怎麼來，反正這兩雙鞋子現在交給妳了！」給鳳兒找些事做，也是不想讓她一個人在屋子裡胡思亂想。

葉紅袖走出屋子的時候，看到覓兒穿著一身不合身的衣裳，尤其是褲子，挽了一大截還是大得慌。

不合身的衣裳已經讓她走路都困難了，那兩隻狼崽子還圍在她腳下，更是讓她寸步難行。

「唉呀，你們別鬧，我還要和嬸嬸學認藥材呢！」

葉紅袖這才注意到她被寬大袖子遮住的小手裡抓著一根草藥，沒想到小丫頭還挺好學的。

「紅袖，妳來得正好，她一直問我這些藥材名怎麼寫，結果我倆都不識字。」葉氏忙把手裡的紙筆遞給她。

「覓兒，妳不識字？」葉紅袖倒驚訝了。阮覓兒以前是大戶人家的小姐，按理說應該識字的。

「以前爹爹是請了個教書先生教我讀書，但是我懶，那個教書先生也不正經，整天都喝得醉醺醺地來，閉著眼睛教我念，我就閉著眼睛跟著讀。最後念是能念出些幾句糊弄人的話，可要寫字，我就只會寫自己的名字。」

阮覓兒小臉紅紅地嘿嘿笑了兩聲，可愛的模樣把葉紅袖給逗笑了。

「小鬼靈精！」她笑著捏了捏她的小臉。

「紅袖、紅袖！」

院門口突然響起了幾個熟悉的婦人聲。

葉紅袖回頭，是村裡最先找自己看病的幾個嬸子。她們衝她喊著的時候，還都連連招手，示意她趕緊過去，一臉神秘兮兮的樣子。

「幾位嬸子，怎麼了？」

葉紅袖走到她們身邊，看她們挎著籃子、揹著背簍，像是剛剛從縣城的集市做了買賣回來。

「紅袖，這後山往後妳可千萬不能一個人上去啊！」

「怎麼了？」

葉紅袖有些猜到她們要說什麼了，但是她們是從縣城的集市回來的，李小蘭去的是隔壁村子的小集市，按理說流言要傳到縣城至少也得一天時間。

「這山林子裡有專門糟蹋黃花閨女的歹人！妳是不知道，聽說這歹人已經糟蹋好些姑娘了，所以往後妳可千萬不能獨個兒上山啊！」

「嬸子，妳這都是從哪兒聽來的？別是聽岔了吧！」

「沒有、沒有，現在整個縣城都傳來了，誰都知道山林子裡有戴著白色面具的歹人，聽說還把好幾個閨女給生生糟蹋死了！我們聽了都嚇出了一身冷汗，想著妳要常常上山採藥，急忙回來先告訴妳一聲。縣官大人都已經發話了，說一定要將這個歹人抓了。我們剛剛回來的時候，在路上還碰到了滿臉水疱的程天順呢，指不定是被縣老爺喊回去抓歹人了。」

葉紅袖的眉頭微微蹙了起來。之前一點消息都沒有，今天突然整個縣城就已經傳遍了，這事，她怎麼覺得有些蹊蹺呢？

更蹊蹺的還有李小蘭回來說的話。

李小蘭說沒等自己趕到集市，流言就已經傳開了，她還道：「那天俊傑不也說了這面具歹人的身手不一般嗎？還能在山林子裡跑上跑下一點都不費勁，外頭的人都說這人肯定是打小就在山林子裡長大，至於身手，這幾年咱們縣裡不是出去了許多當兵的，所以大夥兒合計來合計去，就合計出了這面具歹人就是那些在山林子裡長大，還去當過兵的。這會兒各村的村長都在合計各自村子裡哪些當過兵的後生呢！」

葉紅袖沈思。那個面具歹人狡詐得很，恐怕很難把他這樣就揪出來。

李小蘭把這話帶到就走了，葉紅袖覺得關於這個歹人的很多事情和細節還得去問問鳳兒。

她端著飯菜進屋，鳳兒聽到門口的動靜，停下手裡的活計朝她看過來，衝她笑了笑。

「做得這麼快？我還以為這一雙鞋子最少得好幾天才能做出來呢！」

葉紅袖一臉驚訝地走過去，把碗筷遞給她的時候，也把她手裡已經做了一半的鞋面接過來看了看。

不得不說鳳兒的手巧，黑色鞋面已經繡好了一半的祥雲紋圖案。

「妳怎麼想著要繡這個？」平步青雲，確實是個好兆頭。

「我原本還為到底繡個什麼花樣傷腦筋，想著妳二哥是讀書人，一般的花樣肯定入不了他的眼，覓兒進來了，聽了後就讓我繡祥雲，說是平步青雲的好兆頭。」

「這個丫頭，還真是個鬼靈精！」

想著又是覓兒，葉紅袖臉上的笑意更濃了。

「這丫頭是個惹人喜歡的鬼靈精，就是身世太可憐了些，不過她自己倒是個想得開的，總笑嘻嘻的，讓我也想開些，說這世上總是好人多。」說起覓兒，鳳兒的臉上也浮起了一抹笑意。

「鳳兒，我能問妳一些關於歹人的事情嗎？」

葉紅袖問得小心翼翼，望著她的神情也是小心翼翼的。

鳳兒正要端起碗筷吃飯，聽了葉紅袖的話，不但停下了手上的動作，還一臉驚詫地看向了她，眼裡閃過一抹驚慌。

葉紅袖伸手撫上她的手背。

「我沒有其他的意思。剛才外頭的話，妳應該都聽到了，有好些個和妳一樣的姑娘受到了傷害。大夥兒現在都在想法子把他給揪出來，但這個人手段奸詐狡猾，我怕這一時半會兒也查不出什麼頭緒來，就想著妳當時被他傷害的時候和他是靠得最近的，有沒有在他身上發現什麼特別奇怪的地方？」

葉紅袖看鳳兒的臉色越來越蒼白，被自己覆著的手抖得也越來越厲害，也不忍心再追問了，可這些細節都很關鍵。

鳳兒明白她的意思，她也一心想要把這個歹人揪出來好給自己報仇，於是，她強忍著傷痛和噁心，回憶當時的情形。

如今冷靜下來好好細想，還真讓她察覺到了一些異樣。

「那人好像是左撇子……不對，他就是左撇子，不管做什麼，他用的都是左手，而且我能明顯感覺到他左手的力氣比右手要大。」

鳳兒先是不確定，但細想了一下後，不確定變成了肯定。

「這個訊息很重要。妳先吃飯，把身子養好，明天我就給妳落胎。」

得了這個重要訊息後，葉紅袖連飯都沒吃就出去了。她想找菊香和楊月紅確定下，差點傷了她們的歹人是不是情況和鳳兒說的一樣。

她到了菊家的時候，菊香、菊花正在屋裡吃飯，菊咬金和菊海生都跟連俊傑上山去巡山了，家裡就只有她們兩個。

菊香看到她來了，立馬放下碗筷朝她奔了過來。

葉紅袖看到她臉上的傷痕都退了，面色紅潤，精神頭也不錯，知道她已經走出陰影了。

「紅袖，還沒吃吧？我這就去給妳盛飯。」菊花轉身要去廚房。

「嫂子，不用了，我來問菊香幾句話，問完了我就走。」

「紅袖姊，什麼事？」

看到菊香已經走出陰影，葉紅袖有些不忍心把她再拽回那個痛苦的記憶中。

「我問妳，那個面具歹人，他是左撇子嗎？」

「是不是左撇子我不知道，但他左手的力氣比右手大。他從背後是用左手捂住我的嘴的，力氣大得和牛一樣，我怎麼掰都掰不開。但我後面喊救命的時候，他捂住我嘴的是右手，我一掰就掰開了。」

菊香的反應倒是讓葉紅袖有些意外，她並沒有因為想起那天的事而害怕，看得出現在是已經完全恢復了。

「菊香，既然妳沒事了，那和我一道去趟楊家吧！我還得問問月紅姊，但我和她的關係妳是知道，這事妳們都一樣是受害者，妳開口問比我要好。」

雖然那天楊五嬸冒雨送了些東西來，但她並未認為楊家對自家的態度會因此而改變太多。

「成，我原本就打算吃完了飯去找月紅姊好好聊聊的。妳幫了她家那麼多次，月紅姊不好再和從前那樣恨你們的。」

菊香答應得爽快，甚至吃了一半的飯就放下了，和葉紅袖一起出門去了楊家。

# 第四十一章

兩人剛到楊家院門口，就聽到裡頭傳來了各種吵鬧聲。

「月紅，我們這都是為妳、為妳爹娘好啊！」

「我用不著你們對我好！」

先是一個婦人苦口婆心的聲音，跟著響起的是楊月紅的暴怒聲和摔東西的聲響。

「妳這個丫頭怎麼就不知道好歹呢！」另一個男人聲摻了進來。

「大伯，是我不知道好歹，還是你們別有用心？你們說的那個老財主，敢把自己的女兒嫁給她嗎？」

聽到這聲大伯，葉紅袖猜出了裡頭那對夫婦是誰。是楊老大，楊老五的大哥。

「月紅，妳怎麼能和我家的月仙比呢？我們家可沒有瘋婆子。」

婦人的聲音再次響起，但這次的聲調明顯變了，不再是苦口婆心，而是嫌棄和鄙夷。

「妳說什麼?!」

「妳別瞪我，妳娘是個瘋的啊，妳已經十七了，家裡還欠一屁股的債，這個老財主會要妳，妳知道大伯母我費了多少唇舌嗎？而且人家都說了，只要妳答應，他立馬幫妳把家裡的債全都還了，還要出錢幫妳家蓋間新房子，也會給妳爹娘養老送終的，這多好的事啊！」

「他自己都快要一隻腳踏進棺材了，怎麼給我爹娘送終？大伯母，妳別以為我不知道妳打的是什麼算盤，妳就說那個老財主許了妳多少好處吧！不然這麼好的事，妳怎麼會想到我楊月紅？」

「妳──」

「你們都走吧！我們家的事用不著操心！」

「楊月紅，妳別不識好歹，妳──」

楊老大夫婦還想要開口，卻被楊月紅推出院門了。

幾人推推搡搡地到了院門口，正好碰到了站在外頭的葉紅袖和菊香。

「姓葉的，妳來這裡做什麼？」

楊老大在楊月紅那裡吃了一肚子的癟，看到葉紅袖，立刻把怒氣都衝她撒了過來。

「這是你家嗎？我來做什麼還得向你報告？」葉紅袖冷眼看他。想把氣撒到自己身上，他還真敢想。

「妳少囂張，葉常青害死我們家土蛋的仇，我們還要找妳報呢！」

楊老大見葉紅袖壓根兒沒正眼瞧自己，火氣更大了，邊說邊疾步向前，想要拿拳頭和她說事。

誰知道楊月紅卻突然衝了出來，用身子擋在了葉紅袖的前面。

「土蛋是我弟弟，要不要報仇、怎麼報仇，那都是我們家的事，還輪不到你們來多事！」

看到楊月紅竟然維護葉紅袖，楊老大夫婦的眼珠子都差點要從眼眶裡掉出來了。

「月紅，妳瘋了嗎？怎麼胳膊肘往外拐呢？」

楊月紅回頭看了一眼站在自己身後的葉紅袖，眼裡閃過一抹複雜情緒。

「我沒瘋，我娘也沒瘋，我們心裡清楚誰是好人，誰是歹人！」

「我看妳是真的瘋了，要麼就是腦子壞了！前幾天妳才被這個死丫頭揍了一頓！難道妳忘了？」

「你才傻！你是瘋子！你才是瘋子！你們一家都是瘋子！」

院裡，楊五嬸突然挑著笤帚衝了出來，邊嚷嚷著邊衝楊老大夫婦二人的臉上砸了過去。

這把用來掃院子的笤帚是用河邊的竹子紮的，結實得很，長時間劃過地面的竹條早就變得尖銳無比。

這些尖銳的竹條立馬把楊老大夫婦的老臉給劃得血跡斑斑，臉上全都是細微的血口子，兩個人都痛得驚叫了起來。

楊月紅也沒攔著自己的娘，讓她繼續拿著掃帚趕人。

楊五嬸是個神智不清醒的，打了自家人都只能算白打，楊老大夫婦哪裡可能會傻乎乎地站在原地讓她揍，立馬捂著臉跑了。

拿著掃帚的楊五嬸跟在二人的身後，追了很長一段時間。

這個滑稽的情景，逗得葉紅袖和楊月紅、菊香都忍不住笑了起來。

這時，葉紅袖回頭看向楊月紅，可她急忙撇過了目光。

雖然她未開口，但她剛才維護自己的行為讓葉紅袖知道，她現在在心裡念著自己的好。

再看她的臉，臉上被歹人打了留下的印記全都不見了，看樣子自己讓李小蘭拿來的藥膏，她用了。

「月紅姊，紅袖姊，咱們進去吧，說正事要緊呢！」

菊香看兩個人都好像不好意思開口，開口調和了一句。

楊月紅沒說話，而是站在門口讓她們率先進了院子，等自個兒的娘拿著掃帚回來了，才把院門關上。

菊香拉著葉紅袖進屋，把掃帚扔在了院子裡的楊五嬸衝了進來，笑嘻嘻把家裡最好的凳子端到了葉紅袖的面前。

「坐、坐！」

她衝葉紅袖指了指，隨後自己蹲在了門檻前，笑嘻嘻地看著她倆。

「紅袖姊，五嬸心裡清楚著呢！知道妳救過她，救過月紅姊，心裡感恩呢！」菊香看出了楊五嬸的意思。

楊月紅也走了進來，葉紅袖便不廢話。「我來是想問問妳，那天抓妳的歹人，他是左撇子嗎？」

「月紅姊，妳好好想想。那天傷我的人，他就是個左撇子，早上村子裡的那些流言，妳肯定也聽到了，大夥兒正在想辦法抓他呢！」

菊香怕楊月紅不願也不好意思開口，便立馬接了葉紅袖的話。

「我不知道他是不是左撇子，但他甩我那兩個耳光的時候，左手的力氣明顯比右手要大。我原本是想把他的面具拿下來的，但是那個面具戴得太緊了，摘不掉。後來掙扎的時候，我把他的脖子抓出血，徹底把他惹惱，他就一拳把我打暈了。」

「菊香，妳記住了嗎？等會兒回去的時候，一定要把這個告訴妳爹！」

「嗯，我知道。這個歹人是當過兵在山林子裡長大的，是個左撇子，脖子還被抓傷了，只要有人符合這些條件，那他就是這個面具淫賊！」

該問的都問清楚了，屋裡突然安靜了下來，氣氛也變得有些尷尬。

葉紅袖抬起眼皮悄悄看了一下楊月紅，沒想到和她偷偷投過來的視線撞在一起。兩人都愣了一下，隨後又立馬收回了視線。

「對了，上次那張藥方能再給我看一下嗎？我沒有騙妳，裡面好些藥材和五嬸的病是會有衝撞的，她用不得！」

葉紅袖原本想說完就走的，但她還記得那張藥方，要是弄錯藥了，吃了會出人命，疏忽不得。

「那張藥方在山上的時候就已經丟了……」

「月紅姊，妳就讓紅袖姊治五嬸的病吧！我弟弟海生的病妳是知道的，從前總是會犯，現在可是已經被紅袖姊治好得差不多了。五嬸的病好了，土蛋哥在天之靈也會高興的。」

「可……」楊月紅低下頭，神情糾結。

「這樣吧，我先給五嬸把把脈，再給她開些藥吃了試試；要是效果你們覺得行，就帶著五嬸來找我，要是覺得不好，那就算了！我還是那句話，土蛋哥真要是我大哥害死的，我們葉家就欠你們一條命。但我更希望咱們兩家的關係不要被有心人給挑撥了，程天順和毛喜旺到底是什麼樣的人，咱們一個村子住了這麼長時間，妳也應該清楚。」

楊月紅低著頭，仍舊不說話。菊香這下急了，這可是楊、葉兩家和好的絕好機會，絕不能就這麼錯過了。

「月紅姊，五嬸把病治好了，她自己也好過啊！難道妳真願意看著她被人指著鼻子罵一輩子的瘋子嗎？難道妳也要一輩子不嫁人嗎？妳願意，土蛋哥也不願意啊！」

「那……那好吧……」好半天，楊月紅終於擠出了這幾個字。

原本沒抱什麼希望的葉紅袖，猛然間聽到這幾個字，還沒反應過來，還是菊香情緒激動地將她直接拽到了楊五嬸的面前，再把楊五嬸的手腕塞進了她的手裡。

「好，紅，果。」

在葉紅袖把脈的時候，楊五嬸還笑嘻嘻地衝她說了這幾個字。

菊香和楊月紅聽不明白，葉紅袖卻瞬間懂了。「五嬸，妳給的紅色果子好吃，我全都吃了。」

聽葉紅袖說全都吃了，楊五嬸嘿嘿笑得更厲害了。

楊月紅這才知道自己娘竟然偷偷給她送了紅果子。

「五嬸的病和我上次說的沒什麼差別，我回去開些藥，妳熬了讓她睡前喝，這樣她晚上就不會再和從前一樣鬧騰了。」

從楊家出來後，葉紅袖的心情格外好，沒注意到迎面急匆匆走來一個人影。

直等程天順陰著臉、冷著眼走到她們跟前，她和菊香才停下了嘻笑。

不過，等她們看到了程天順那張慘不忍睹的水疱臉後，忍不住又笑了起來。

這兩天，程家到底是個什麼情況，葉紅袖一直都是聽村子裡的人說，也沒親眼看到過，今天看到程天順這個樣子，便知道程家人肯定沒一個好的了。

看到葉紅袖笑得一臉燦爛，身上奇癢難耐，還在衙門憋了一肚子氣的程天順瞬間爆發了。

「妳們笑什麼？」

他一個箭步衝到葉紅袖和菊香的面前，盯著她們的眼睛就像是要吃人一樣。

他早上得了面具歹人的消息，急匆匆地趕去衙門。

他激動得不行，放眼整個臨水縣，有本事能抓到面具歹人的，除了他程天順還有誰？這要是抓住了，可是頭功一件，他的職位必還得往上升。

興奮難以自抑的同時，他都覺得身上原本奇癢難耐的水疱也不癢了。

於是他立馬把平常要好的兄弟都喊了過來，準備著手去抓這個面具歹人的事。誰知道，他這邊計劃都盤算好了，知縣大人一出來，卻是當場黑著臉把他給趕了回來，說他身為公職竟然去逛窯子，還染上了一身髒病。

他是百口莫辯啊！他雖然和那些請自己辦事的人逛過兩次窯子，也碰過幾個姑娘，但壓根兒就沒染病。

可無論自己怎麼解釋，知縣大人就是不聽，不但把他趕回來，還把他的職位撤了，說是要先停職一段時間。

在這個節骨眼上停職，那不是要他的命嗎？

可儘管心裡再不滿，他也不敢在知縣大人的面前多說什麼，只能灰溜溜地趕緊回來。回來之前，他還特地去百草廬看了一遍，百草廬的大夫很肯定他身上的水疱不是因為逛窯子染上的髒病，但到底是為什麼，卻說不出個所以然來。

葉紅袖和菊香兩人急忙連連後退，但她們不是被嚇的，而是嫌棄的，兩人臉上都寫滿了對程天順的嫌棄。

「有高興的事當然要笑了。還有，程天順，你得了不乾淨的病，可得離我們遠些，我們還是沒出閣的黃花閨女呢！要是被你傳染了，我們還要不要嫁人了！」

話一說完，葉紅袖忍不住又笑了出來。

反正程嬌嬌經過這次的事以後，想要嫁好人家是絕不可能了，他程天順想要娶好姑娘，也是絕不可能了。

程天順看她越笑越開心，心裡突然蹦出了這個念頭——家裡的人突然蹊蹺生病，還有村子裡的這些流言，都是她葉紅袖在背後搞的鬼！

「葉紅袖，是不是妳在搞鬼?!」

「我？」面對程天順的質問，葉紅袖也不生氣。「程天順，你是捕頭，最應該知道說話做事是要講究證據的吧！你沒有任何證據證明是我，可不能胡說八道啊！還有，關於你們家的流言，我可從來就沒有多嘴說過一個字，還常常對傳流言的人說事情在未確定前不要亂說，這個你隨便去抓個村子裡的人問，都能問得到。」

「我可以作證，紅袖姊說過你們身上的水疱看起來不像是染了髒病，可你當初去逛窯子的事，齊三、黃四說得整個赤門村的人都知道，誰知道你這病是從哪裡來的！」

菊香也跟著開口，說完又拉著葉紅袖連連後退了好幾步，看著程天順的眼神是又嫌棄又解氣。

她一直覺得弟弟摔壞腦子的事和他脫不了干係，現在看到他成了這副人不人鬼不鬼的樣子，心裡不知道有多開心解氣。

「妳——」

「程天順！」

程天順氣得抓狂正要上前，葉紅袖卻突然厲聲喊了他的名字。

這個時候，她臉上的笑意消失了，望著他的眸子裡甚至帶著一絲狠意。

程天順望著她突然變了的臉色，有些錯愕。

「妳想幹什麼？」

「我就是想告訴你，你現在的樣子真醜，就像個癩蝦蟆！」

葉紅袖說完，一把拉著菊香笑著跑開了，只留下氣得要冒煙的程天順一個人站在原地。

吃過晚飯，葉紅袖和葉氏在堂屋裡揀藥材，阮覓兒和鳳兒在房裡學做針線活。

阮覓兒從前是大戶人家的小姐，哪裡碰過針線做過女紅，鳳兒手把手地教了她好半天，才讓她學會穿針引線，這會兒正拿了一塊邊角料學上針下針。

葉紅袖和葉氏在外頭閒聊的時候，不時能聽到從屋裡傳來的慘叫聲。聽到後頭，葉氏都心疼了，扔下手裡的活計走到了房門口。

「覓兒，要不就別學了，妳這樣我聽著比扎了自己的手都要疼。」

「嬸嬸，剛剛鳳兒姊姊都說了，她們小時候也是這樣過來的，多扎幾次後面就不會了。我得多學些東西，只有什麼都學會了，才不會被人嫌棄給扔了。」

阮覓兒邊眨巴著大眼睛，邊把自己滿是針眼的小手指塞進了嘴裡，吮吸了一下後又重新低下小腦袋認真學習。

害。

聽了她這話，葉氏對她更心疼了，知道她先前被老媽子賣給窯子，心裡受了很大的傷害。

「對了，娘，昨天忙，我也沒來得及問妳和峴村的事，妳有沒有從爹的口中聽說過關於這個村子的事啊？」

也是五年前出的事，葉紅袖覺得這個巧合有些蹊蹺。

「妳爹當年走村串巷去的地方太多了，我也沒能全都記得住，但這個和峴村我還是有些印象的。」

葉氏說完走過來，把女兒手裡的磨藥碗拿了過去，裡面的藥是磨好準備明天拿來給鳳兒落胎的。

「當年妳爹常一個人進山採藥，時間長了便也認識一些住在山裡的人，這裡面就有和峴村的人。我聽妳爹說，和峴村的人都以打獵為生，村子裡不管男女老幼，不僅都會些拳腳功夫，還都認識草藥，所以這和峴村的人都極少生病，也都極少找妳爹看病。這還有個有趣的事呢，當年妳爹帶妳二哥去過一次和峴村，妳爹說妳二哥去了差點出不來。」

說起當年的這件趣事，葉氏便笑了。

「還有這事？」

「那和峴村的村長生了三個女兒，沒有兒子，他見妳二哥模樣清俊，還能識文斷字，可喜歡了，拽著妳二哥，說他那三個女兒隨便讓妳二哥選，便是三姊妹他都看上了也成，只要他能留在和峴村給他當女婿。」

「那我二哥肯定當場臉就黑了！」

葉紅袖幾乎能想像自己二哥聽了這話，俊臉瞬間黑如鍋底的樣子。

二哥最注重的便是禮義廉恥，這樣的玩笑就是天王老子都開不得的。

「是啊！妳二哥當場就甩袖子跑出來了，妳爹攔都攔不住！後來妳爹還聽和峴村的村長說妳二哥和另外一個他喜歡的後生性子很像，一句玩笑便能當場黑臉，但這樣的性子他喜歡，覺得這樣的人沒有彎彎腸子。」

「娘，那妳知道和峴村瘟疫的事嗎？」

聽到這裡，葉紅袖更覺得和峴村突如其來的瘟疫來得奇怪了。

「這我就不清楚了，當年妳爹沒了，我傷心難過得想要跟他一道去，後面妳又一病不起，我全部的心思都在你們身上，哪裡還有閒心去管其他的事情？等妳爹的後事辦好了，妳的病好了，這和峴村便沒了。這些年，沒人敢去，要不是湊巧她們進去了，這世上恐怕都不會有人再記得還有和峴村這個村子。」

一夜之間整個村子的人都沒了，葉氏說起這件事也是唏噓不已。

# 第四十二章

隔日清晨，葉紅袖老早就起來了，她讓葉氏燒了滿滿一桌豐盛的飯菜，還特地叮囑鳳兒一定要吃飽喝足。

為了能順利落胎，鳳兒也是卯足了勁，連扒了兩大碗米飯，還喝了一碗菌子湯。

吃過飯，葉紅袖關上院門和大門，在房裡幫鳳兒落胎。

落胎過程很順利，鳳兒沒受多少苦。

施完針，她走出屋子，阮覓兒正一個人坐在大門口低頭繡東西。

小丫頭這些天很用心，十個手指頭都扎傷了也沒停下來，現在已經會繡些簡單的小花樣了。

她今天穿的衣裳是前兩天葉氏給她新做的，淡粉色的布料襯得小丫頭越發的粉嫩可愛。葉氏還給她梳了個雙丫髻，髮髻上別了兩朵院子裡的粉色小花，腳上也換上了鳳兒做的新鞋子。

小丫頭這樣看起來，還真是有大戶人家千金小姐的派頭。

葉紅袖笑著摸了摸她的腦袋。二哥還不知道她被找到的事，要是回來突然看到她就在家裡，會是什麼樣的表情呢？想想還挺期待的。

兩個人正說著話，外頭突然嘈雜了起來，葉紅袖朝院門口走去，隨後就看到李小蘭急忙奔了進來。

「紅袖、紅袖！」

葉紅袖看她的神情不對勁，臉上的笑意瞬間凝結了。「嫂子，怎麼了？」

「紅袖，妳大哥回來了！」

「什麼？嫂子，妳說的是真的還是假的！」葉紅袖簡直不敢相信自己的耳朵。

「真的！是真的回來了！可是……」

「可是什麼？」

李小蘭正欲開口，就看到一大幫的村民烏泱泱地朝葉家走了過來。

葉紅袖急忙在人群中尋找，可找了半天都沒在人群中看到她熟悉的面孔，倒是走在最前頭的程天順，還有跟在身後的齊三、黃四異常打眼。

看到這三個人雄赳赳氣昂昂地走在最前頭，葉紅袖的心裡頓時閃過不祥的預感。

「葉紅袖，這妳怎麼說！」

開口的是程天順。他臉上身上的水疱這個時候已經消了一大半，看起來沒最開始的時候恐怖了。

他說完，衝身後的人揮了揮手，人群中走出三個村民，把他們架著的一個衣衫襤褸、陷入昏迷中的男人扔在了葉紅袖的面前。

葉紅袖先是愣了一下，沒認出倒在自己腳邊的男人是誰。

等她緩緩低下身子，把覆蓋在男人臉上的亂髮撥開，盯著他看了好半天才認出這張被打得鼻青臉腫的面孔，正是自她穿越來了以後一直在等著盼著的大哥葉常青。

「怎麼會這樣？」

因為太過激動，她撥開亂髮的指尖在顫抖，聲音也忍不住跟著顫抖。

「大哥……大哥……」

她對著已經面目全非的葉常青喊了兩聲，可他沒有任何回應。

「葉紅袖，妳就別再裝了！還有一件事，我猜妳恐怕是早就知道的！」

就在葉紅袖欲把葉常青扶起來之際，程天順突然從齊三的手裡接過一張白色的面具，扔在葉常青的身上。

這個時候圍過來的鳳兒，看到那張再熟悉不過的面具後，瞬間腿軟了下來，煞白的臉就和那張白色的面具一樣，沒有任何血色。

「程天順，你這是什麼意思？你別想誣衊了我大哥是叛徒之後，還想誣衊他是面具歹人！」

葉紅袖抬頭，惡狠狠地看向程天順。

「我誣衊？好笑，葉紅袖，葉常青帶著這個面具出現在村口，幾乎整個村子的人都看到了，人贓俱獲，這可不是我誣衊！」

「對，我們都親眼看到了！」

程天順的話音剛落，齊三、黃四就急忙附和，隨後其他跟著一道來的村民也都陸陸續續開口。

「我們原以為常青是個好孩子，畢竟是眼皮子底下看著長大的，先前妳一直說咱們沒證據證明他是叛徒，不要亂說話，可現在卻是證據確鑿了。」

「還真是沒有想到啊！幾年沒見，葉常青竟變得這麼歹毒了，先是當叛徒害死自己的兄弟，現在又喪心病狂做出這麼傷天害理的事情，那些被他禍害了的閨女可怎麼辦喲！」

哐——身後突然響起一個巨響。

葉紅袖回頭，看到鳳兒倒在了地上。

不好！她起身衝到鳳兒的身邊，將倒在地上的她抱住。她要是這個時候說了什麼不該說的話，那大哥就是跳進黃河也洗不清了。

「鳳兒，妳聽我說，我大哥不是這樣的人，他不是的，妳要信我！」她以只有彼此能聽到的聲音在她耳邊解釋。

可這個時候，鳳兒哪裡能聽得進去？她將摟著自己的葉紅袖推開，驚恐地看著她。

「信妳？我怎麼信妳？我真是萬萬沒有想到，那邊妳大哥畜生不如地對我，這邊妳假惺惺裝一副好心腸來幫我，你們這一家到底是什麼人啊！」

站在院門口的程天順見那個眼生的姑娘反應不正常，感覺她肯定是知道些什麼，正欲踏步朝院裡走去，卻看到葉氏舉著一把菜刀從屋裡衝了過來。

「我看你們誰敢誣衊我家常青！你們要敢上前一步，我就和你們拚了！」

葉氏情緒激動地衝程天順他們揮舞著手上明晃晃的菜刀，可當她看到躺在地上、面目全非的葉常青後，情緒瞬間崩潰了。

程天順立馬乘機一把奪過她手裡的菜刀，然後一腳將她踹翻在地。葉氏猝不及防，直接摔在葉常青的旁邊。

「常青，我的兒啊……你睜開眼睛看看啊，我是娘啊！我是娘啊！」

葉氏顧不得身上的疼痛，將陷入昏迷的葉常青抱進懷裡。可無論她怎麼呼喊，葉常青就是緊閉雙眼。

這邊是崩潰的鳳兒，那邊是陷入昏迷的大哥和哭到無法自抑的娘，還有領著眾人來算帳看戲的程天順，葉紅袖恨不得這個時候可以把自己劈開當好幾個來用。

沒有法子，她最後轉頭看向站在一旁的覓兒。

「覓兒，幫我拉著鳳兒，讓她別在這個時候說出什麼不該說的話來。」

這邊搞定了，葉紅袖立馬朝大哥和娘走過去。她剛要伸手摸摸大哥的脈搏，想弄清楚他的昏迷是怎麼回事，就被程天順和齊三、黃四合力推開。

「葉紅袖，葉長青是面具歹人，證據確鑿，所以我們現在要將他抓去衙門！」

程天順一臉得意地看著葉紅袖，他是真沒有想到事情會突然變得這麼順利。

他今早還在家和齊三商量著怎麼去捉到那個面具歹人，可手頭沒有一點線索，人手又不足，這正愁眉不展呢，黃四突然急忙跑來，說葉常青回來了。

聽到這幾個字的當下，他整個人就軟了下來。沒想到葉常青竟然真能活著回來……他回來了，那土蛋真正的死因就瞞不住了，與其一起的，還有那些指證葉常青是叛徒的證據也肯定會被推翻，這就是說，連俊傑說的變天是真的了。

這事要是順藤摸瓜地查出來，那他可就危險了。

就在他心驚肉跳之時，黃四另一句話立刻讓他鎮定了下來——已經走到了村口的葉常青，連聲都沒來得及吭一下就倒了；最離奇的是，他的手裡還緊緊攥著白色面具。

於是他立刻將計就計，跑去見到葉常青的第一句話，就是引著所有圍觀的人咬定葉常青就是面具歹人。

最近面具歹人的事甚囂塵上，葉常青拿著一張白色面具被揍得面目全非地回來，村民們一看就先入為主地認定他就是面具歹人，再加上他在旁邊挑撥，立刻群情激憤。

只要進了衙門，關進大牢，那就是自己的地方了，葉常青就是不死也得被活剮兩層皮，他就看這天還怎麼變！

「程天順，這都是你一面之詞，我大哥都沒醒，他一個字都沒有說！而且你不能單憑這一張面具就證明他是面具歹人！」

葉紅袖急忙起身。

「他手裡拿著的面具就是物證，我們這些看到他拿著面具的就是人證，現在人證物證俱在，葉紅袖妳就不要再狡辯了！」

看到她急得臉都白了，程天順嘴角的笑意更濃了。

和他作對，這就是下場！

「都讓讓，前頭的人都趕緊讓讓，楊老五和五嬸來了！」

人群後突然傳來了一個聲音，隨後裡三層外三層地堵在葉家門口的村民自發地讓出了一條路。

他們可沒忘了楊家和葉常青之間的血海深仇。

最先跌跌撞撞跑進來的是掛著一臉淚水、神智不清的楊五嬸。

她剛靠近，程天順就笑著衝她指了指被齊三、黃四架了起來的葉常青。「五嬸，殺妳兒子的仇人在這兒呢！」

「啊——你還我土蛋！你還我土蛋！」

楊五嬸當場瘋狂地大叫了起來，衝到葉常青的面前，揚手就是兩巴掌。

兩個清脆的巴掌聲聽得站在旁邊的人都心驚肉跳，葉常青的嘴角當即留下了一條暗紅色的血跡，隨後楊五嬸又抓著他的一隻胳膊，張嘴咬了下去。

葉紅袖急了，剛要和葉氏一起衝過去，就被程天順還有他身邊其他的狗腿子伸手給攔住了。

被攔著的她們只能眼睜睜看著葉常青的胳膊被楊五嬸咬出血來。

「五嬸，妳不能這樣啊！常青不是害死妳家土蛋的凶手啊！他不是啊！」葉氏到了這個時候徹底崩潰了。

看到眼前這混亂的一幕，程天順的心裡越發得意了。變天？要變天的只怕是葉家吧！可就在他的目光再次落在葉常青身上時，嘴角的笑意瞬間凝結了。

葉常青竟然醒了。

一直緊咬著葉常青胳膊不鬆口的楊五嬸也沒料到他會醒。

她先是愣了一下，嘴上也停了下來，可很快地，被憤怒仇恨淹沒、根本沒有理智的她，下嘴咬得更重了。

可讓人沒想到的是，清醒過來的葉常青，第一個反應不是奮力掙扎，而是怔怔看著楊五嬸，好一會兒，緩緩流出了兩行眼淚。

「五……嬸……對不……住……我……沒把……土蛋……帶回來……」

他的聲音很嘶啞，像是嗓子受了傷，說得也很慢，幾乎是一個字一個字吃力地從口中蹦出來。

楊五嬸這下徹底愣住了，一鬆口，怔怔地看著葉常青，不敢相信自己聽到的。

葉常青估計是因為疼痛才清醒的，衝楊五嬸說了這句話之後又昏過去了。

這下程天順急了，生怕葉常青又醒過來，急忙衝齊三、黃四開口。「你們還愣著幹麼！

趕緊把人抓去衙門啊！」

齊三、黃四急忙架著葉常青轉身。

「你們不能把我大哥帶走！」

葉紅袖疾步向前，卻再次被程天順攔住。

「有話妳到衙門去和知縣大人說，就算他不是面具歹人，他現在也是嫌犯，都得跟我去衙門！」

說完，他一把將葉紅袖甩開，然後帶著齊三、黃四還有其他村民朝縣城去了。

葉紅袖正欲扶著雙腿發軟的葉氏追去，鳳兒卻在這個時候突然朝她衝了過來。

看到葉常青被帶去了衙門，原本就幾近崩潰的她更沒法子冷靜了。

「你們還我清白，你們還我公道！」她瞪著淚眼衝葉紅袖大聲咆哮著。

「鳳兒，我說了妳要相信我！」

「我還怎麼相信妳？所有人都看到他帶著面具回來了！妳昨天才親口和我說妳大哥長年在山林子和妳爹上山下山採藥，他也是從部隊回來的，這些哪一個和他沒對上?!」

鳳兒說完，突然臉色一白，並急忙縮回自己的手，然後一步步後退。

「你們……你們都不是好人！他傷了我，妳就當好人想要封我的口，你們都是壞人！你們這裡是狼窩！」

未等葉紅袖解釋，鳳兒就衝出了葉家。

鳳兒一跑，受不了這個刺激的葉氏臉色一白，直接暈了過去。

葉紅袖急忙和李小蘭合力把她扶進屋。大哥那邊一刻都不能耽誤，葉紅袖給葉氏施針了以後，只能委託李小蘭照顧母親。

「三姊，我和妳一起去！」在葉紅袖衝出大門的瞬間，阮覓兒跑了過來。

「覓兒，妳留在家裡等我好嗎？我現在沒時間照顧妳。」

「三姊，我不用妳照顧，這個時候妳需要有人在身邊幫忙！」

說完，她主動拽著葉紅袖出了院門。

兩人急匆匆朝縣城衙門奔去。阮覓兒畢竟年紀小，先前又是千金小姐，赤門村去縣城的路途遙遠，哪裡走過這麼又急又遠的路程。

她一路小跑著跟在葉紅袖身邊，累得滿頭大汗，上氣不接下氣也沒吭過一聲。

等兩人跑到衙門的時候，卻已經晚了，看門的衙役說葉常青已經被身為捕頭的程天順以證據確鑿之名關進大牢了。

「大叔，那你讓我們進去看看我大哥成嗎？現在壓根兒就沒有證據證明我大哥就是面具歹人！」

葉紅袖不甘心就這樣離開。她得見到大哥，聽聽他親口說的，絕不能就這麼不清不楚地被程天順扣上面具歹人的罪名。

「妳還想進去，我沒用棍子把妳們打走算是客氣的了！」聽到葉紅袖是葉常青的妹妹，衙役的臉色立刻變了。「什麼沒有證據，人證物證俱在，妳知道妳這個畜生不如的大哥害了多少黃花閨女嗎？前兒就有人來報案，說他們兩個閨女都被他害死了，妳還想進去看他，回去等著給他收屍吧！」說著，還一把將二人推開了。

看他的態度，葉紅袖知道自己這個時候不管說什麼都是白費唇舌。

見不到大哥，她只能立馬轉身去找二哥。

# 第四十三章

兩人趕到白鷺書院的時候，面具歹人是葉常青的消息在書院已經散開了，散播消息的正是剛剛經過衙門的葉淩霄。

葉紅袖帶著阮覓兒進書院的時候，正好看到他在書院門口用各種誇大的詞語形容大哥如何窮凶極惡、手段殘忍，那幫圍著他的狗腿子，還有書院裡其他不明所以的學生們，正聽得津津有味。

葉淩霄正說得洋洋得意，就看到葉紅袖牽著阮覓兒站在人群之外冷冷地看著自己。

他先是愣了一下，隨後又接著開口，當是沒有看到她。

現在可是打壓葉黎剛千載難逢的好機會，葉家出了這樣的事，葉黎剛有個這樣的大哥，這次秋闈的解元別想和自己爭。沒了他這個有力的競爭對手，那解元就非自己莫屬了，明年春闈的狀元便也跑不了。

葉紅袖正欲向前，沒想到阮覓兒卻先一步跑了過去，揚著小腦袋看著還在滔滔不絕的葉淩霄。

「你是白鷺書院的學生嗎？」

葉淩霄沒認出阮覓兒，但看她模樣粉粉嫩嫩，十分惹人喜愛，便衝她點了點頭。

「可你壓根兒就不配！」

阮覓兒的話讓葉淩霄臉上的笑意瞬間凝結了，眸子裡染上一層怒意。

「妳說什麼？」

「我說你不配當讀書人，更不配穿你身上的這身白衣裳！」阮覓兒瞪著大眼睛，怒氣沖沖地看著他。

「死丫頭，妳胡說八道什麼呢！」

葉淩霄惱了，現在看阮覓兒一點都不覺得她可愛。

見葉淩霄一副要打人的樣子，葉紅袖立馬上前想去維護阮覓兒，沒想到她又開了口，堵得葉淩霄啞口無言。

「我沒有胡說，你來書院是讀書的，書裡自然教過你流丸止於甌臾，流言止於智者這句話。現在都沒有任何證據可以證明大哥是面具歹人，可你這個讀書人卻像個長舌婦一樣到處宣揚流言。你說你配當讀書人，配穿你身上的這身白衣裳嗎？」

葉淩霄沒想到自己竟然會當眾被一個小黃毛丫頭教訓。

「妳——」

下不來臺的他氣得揚手，想好好給這個丫頭片子一個教訓，就在這時，他的身後突然傳來了一個暴怒的聲音。

「葉淩霄，你動她一根毫毛試試！」

眾人詫異地回頭，一身白衣裳的葉黎剛正大步朝他們走過來。

他冷冽如利刃的眸子在葉凌霄和他那幫狗腿子的身上掃過，視線最後落在了那個粉嫩的小團子身上。

冷冽的視線瞬間變得溫和，眸子裡還劃過了一抹微不可見的驚喜。

阮覓兒瞬間對穿著一身白衣，眉目如畫的他看呆了。這世上怎麼會有這麼好看的男人呢？

她歪著腦袋看了他好一會兒，才向前朝他奔過去。

「二哥！」她甜甜糯糯地喊了一聲。

葉黎剛沒想到她會這樣稱呼自己，更沒想到她會突然朝自己奔來，差點沒接住她，還被她撞得後退了一步。

阮覓兒抱著他的腰，大大的眼睛笑成了彎彎的月亮。

她也不知道為什麼，見到他的那一瞬間便覺得親切，有安全感。

葉黎剛從未和女子這般親密地接觸過，且她的身上還有淡淡的甜香，更讓他覺得不自在了。

他將懷裡的她推開一些。「妳怎麼在這裡？」

他剛剛從蕭歸遠那裡聽說葉凌霄在書院和學生大肆宣揚大哥是面具歹人的流言，正要來勸阻，沒想到有個小姑娘在幫他教訓葉凌霄。

但他更沒有想到，這個小姑娘竟是他心心念念的那個小丫頭。

「我和三姊一起來的。」阮覓兒主動牽住他的手，指了指朝他們走來的葉紅袖。

「妳是被麗春院扔了的那個丫頭片子！」

葉淩霄終於認出了這怎麼看都覺得有些眼熟的阮覓兒。

「哼，我也認出你了！你就是那個見死不救的偽君子！」阮覓兒回頭衝他皺了皺自己的小鼻子，一臉嫌惡。

「葉淩霄，我勸你謹言慎行，我的忍耐是有限度的！」

葉黎剛衝他冷聲威脅了一句。葉淩霄臉色一頓，立馬帶著自己的狗腿子們跑了。

等人都走光了，葉紅袖便把大哥如何被抓進衙門的前後經過都告訴了葉黎剛。

「二哥，現在怎麼辦？」

「妳先別著急，知縣大人還沒回來，沒定案之前大哥不會有事的。現在最重要的是咱們能進去見見大哥，問清楚這到底是怎麼回事。」

葉黎剛比葉紅袖想像的要冷靜。

「可衙門不讓咱們進去！」這才是讓葉紅袖最著急的地方。

「咱們現在去找先生，他和知縣大人是故交，和衙門的人都相熟，只要他肯幫忙，咱們就能進去。」

「可你們那個先生個性那麼古怪，我記得你曾經說過他生平最厭惡的便是旁人借他之手和知縣、衙門的人打交道，他會幫咱們嗎？」

葉紅袖對個性古怪的衛得韜一直沒什麼好感，不敢把救大哥的希望壓在他的身上。

「不管怎樣，先試試吧！」

了解老師為人的葉黎剛，心裡也沒多大把握。

三人急匆匆來到衛得韜住的竹屋前，沒想到，蕭歸遠正覥著笑臉敲門。

「先生，您就幫幫忙吧！您只要幫了黎剛兄這次，往後不管您老要喝什麼茶，我們蕭家都無限量供應，您老人家就是拿來泡澡都成！」

「你當我是茶葉蛋嗎？還用茶葉泡澡！」

蕭歸遠的話音剛落，屋裡就傳來了衛得韜暴躁的聲音。

葉紅袖聽了，額頭抽了抽。這個糟老頭子哪裡有一點為人師表的樣子了？

貼在門上的蕭歸遠也被嚇了一跳，但他沒就此放棄，而是一臉諂媚討好地伸手拍了拍自己的嘴。

「是學生愚鈍不會說話，反正我的意思是只要您老肯幫忙，您老人家想喝什麼茶，想喝多久都沒有問題。再說了，黎剛兄不是您最得意的門生嗎？您看馬上就要秋闈了，您老總不能因為這事讓他考試分心吧！到時他沒考上，心痛難過的不還是您老人家嗎？」

屋裡很久沒有動靜，幾人幾乎是同時屏住了呼吸在等待。

半晌後，屋裡才傳來了一個稍顯遺憾的聲音。

「其他的事都好說，就唯獨這事不能破例。我的性子黎剛是知道的，他不會怨我！」

葉黎剛牽著阮覓兒小手的大掌，不由自主地緊了兩分力道。

阮覓兒抬頭，看到了他越蹙越緊的眉頭。

他不開心，她便也跟著難過。她可不想讓自己的大救命恩人不開心，於是她鬆開了葉黎剛的大掌，跑到了竹屋門前。

她先伸手敲了敲房門，然後衝屋裡喊了起來。

「裡面的老先生，你要是耽誤了我二哥的前程，我就日日夜夜都纏著你。我告訴你，我可纏人了，我爹娘都說我是這世上最麻煩的纏人精，你要不幫忙，我就讓你領教我的厲害！」

阮覓兒的童顏稚語逗得旁邊的蕭歸遠噗哧笑了出來。這是哪門子的威脅？

「還有，我們大哥是被冤枉的，知縣大人要是斷錯了案，他自己也吃不了兜著走，那你就是包庇真凶的惡人！你這樣的大惡人，有什麼資格在這裡教書育人！」

一直緊閉的房門，突然嘎吱一聲打開了，屋裡的衛得韜黑著臉，氣勢洶洶地衝外頭的人質問了起來。

「哪裡的野丫頭，還輪得到妳來教訓我?!」

阮覓兒早在房門打開的瞬間衝回葉黎剛的身邊，還縮到他身後。

葉黎剛怕老師真的責怪阮覓兒，急忙開口。「老師，是我——」

「老不正經先生！」

他說了一半的話，被從他身後又跳了出來的阮覓兒給打斷了。

衛得韜聽到這個稱呼，先是愣了一下，眼睛直勾勾地盯著阮覓兒看了好一會兒。

「覓……覓兒?!」

衛得韜幾乎如一陣風般衝到了阮覓兒面前，他雙手抓握著阮覓兒瘦弱的胳膊，將她仔仔細細打量了一遍。

待確定她真的是阮覓兒後，臉上更驚訝了。

不只衛得韜一臉驚奇，站在旁邊的幾人都是一臉驚訝，沒想到這一老一小竟然會是故人。

「覓兒，妳怎麼會在這裡？妳爹娘呢？妳娘也來了嗎？在哪兒？她在哪兒？」

他邊說邊環顧著四周，臉上的盛怒早就被驚喜和激動給取代了。

「老不正經先生，你別找了，我娘已經不在了……我爹娘都已經不在了……哇啊——」

估計是戳到了阮覓兒的痛處，她說完便哇的一聲撲進他懷裡，大聲痛哭了起來。

聽到這個消息，衛得韜整個人都傻了。「怎……怎麼會……她怎麼會……」

他呆呆抱著阮覓兒站在原地，好半晌都沒反應過來。

「老不正經先生，我已經沒了爹娘了，剛剛才又重新有了家人，你不能讓我再沒了大哥，你幫幫我們的大哥好嗎？」

阮覓兒抬頭，眨著淚汪汪的大眼睛看著他。

看到這雙似曾相識的大眼睛，再想到那人已經不在人世，衛得韜的心瞬間碎了。

「可……」

他這個人有原則，當初便是因為太有原則，才眼睜睜看著她娘成了別人的娘子。

「哇……老不正經先生，連你也不疼我了嗎？覓兒自爹娘死了以後，就一直被人扔來扔去，我現在好不容易才有家了，有娘，有大哥二哥，我不想再被人扔了啊！」

「我欠她一輩子啊……」衛得韜看她的小身子哭得亂顫，心更痛了。「好，我帶妳去。」

阮覓兒也沒聽清楚他說什麼，看到他如願地衝自己點了點頭，才慢慢止住了哭聲。

和他一道朝衙門走去的時候，還悄悄回頭對跟在身後的葉黎剛、葉紅袖眨了眨眼睛，含著淚花的大眼睛裡全是狡黠。

真沒想到這竟然是小丫頭故意在衛得韜面前唱的苦肉計。

一幫人趕到衙門的時候，恰好碰到得了消息也急匆匆趕來的連俊傑。

他也被看門的衙役攔在了外頭，但和驅趕葉紅袖離開時的態度不同，看門的衙役估計是被他身上的氣場嚇到了，說話的時候和顏悅色的，甚至用的還是勸導的語氣。

「大兄弟，真不是我故意為難你，是我真不能讓你進去。這面具歹人可是大案子，不能隨便讓你進去見嫌疑人。」

「可現在所有的說辭都是程天順的一面之詞，常青到現在一句話都沒說，你們怎麼能這樣不分青紅皂白地把他關進去。」

連俊傑並未因為他的和顏悅色便有好態度。

他心裡清楚，現在知縣大人不在，身為衙門捕頭的程天順就一人獨大，常青現在是羊入虎口，只怕想要活著出來難如登天。

「這個後生，你可別滿口胡說八道啊！這裡是衙門，是最講理的地方，知縣大人都還沒回來斷案呢！你們要想證明葉常青的清白，現在就去把真的面具歹人給抓來，在這裡和我嚷有什麼用！」

這下衙役的臉色也變了，看到連俊傑油鹽不進，也懶得廢話。

「那老郝頭什麼時候回來？」衛得韜牽著阮覓兒大跨步走了過來。

「唉唷，衛先生啊！」剛剛還黑臉的看門衙役，一看到衛得韜，立刻堆滿了諂媚的笑意，並疾步朝他奔了過去。「這屬下也不知道啊！昨兒收到隔壁知縣大人的書信，說是他們那邊有好幾個姑娘被面具歹人害了，屍體都搬去衙門了，知縣大人得了消息後就急匆匆過去了。這面具歹人真的是無法無天，所以這怨不得屬下不通融啊！」

看門衙役也是個眼力極好的，見到衛得韜領著葉黎剛、葉紅袖都來了，便知道他是來幫忙的。

他這話一說，便將自己攔著不讓他們進去的行為摘得乾乾淨淨。

「我們來說的正是面具歹人的事情，既然他還沒回來，那我就去裡頭等著了。你要是著急，現在就趕緊派人送個信過去，說我正等著。你也知道馬上就要秋闈了，我和我最有前途的學生可沒那麼多的時間浪費！」

衛得韜邊說邊牽著阮覓兒往衙門裡走。

看門衙役哪敢就這麼大剌剌地讓他進去，之前程天順就交代過了，不准讓任何人進去，更不准讓任何人見葉常青。

可衛得韜和知縣大人是什麼交情，他也不敢真的伸手去攔他，只能腆著笑臉追在他身後。

「衛先生，要等你還是去書院等吧！這一去一來的送消息，也得好半天的時間呢，既然你們時間金貴，就更不能浪費了。」

「怎麼？難道我還用得著你來教？」

衛得韜老臉一橫，瞪著看門衙役的眼神就像是要吃人。

以往他不管何時來衙門，都是一副不正經、笑咪咪的樣子，看門衙役沒見過他這副橫眉冷對要發飆的樣子，還真是被嚇到了。

正在他不知道該如何張口之際，聽到動靜的程天順趕了過來。

看到衛得韜領著葉紅袖、連俊傑眾人站在衙門口，程天順的臉色立馬沈了下來。

先前看門的衙役把葉紅袖打發走的時候，他立刻乘機去牢房安排了送葉常青上路的事宜，之後便去了衙門的大堂，和手下的那幫兄弟興奮地討論立功的事。

他人就在大夥兒的跟前，有大夥兒幫他做不在場的證明，所以這個時候，葉常青在牢房裡暴斃，不是意外就是畏罪自殺，和自己沒有任何關係。

想變天，他就看這天怎麼變！

但他沒料到，衛得韜會突然半路殺出來。

「衛先生，你這個時候來妨礙咱們公務，不合適吧？」

衛得韜和知縣是故交，程天順就是再不悅也不敢和他當場撕破臉皮，只能忍著心裡的怒氣，陰陽怪氣地開口。

「什麼妨礙公務？你用不著拿這一套來唬我，我也懶得和你廢話了，你趕緊派個人送消息給老郝頭，就說我在這裡等著！」

衛得韜最見不得就是旁人用這種陰陽怪氣的語調和他打官腔，一臉不耐煩地衝他揮了揮手。說完，也不等程天順開口，便牽著阮覓兒，領著身後的人進了衙門。

程天順見他們硬闖，氣惱的同時也覺得自己在衙門的威信被無視、挑釁。要知道，衙門可是他的地界，這裡除了知縣大人，就數他最大。

同時，牢房的事情才剛安排上，只怕讓葉常青上路還沒那麼快，他們要是這個時候闖進去了，那自己所有的計劃可都泡湯了。

他疾步追上去，再次將衛得韜等人攔住。

「衛先生，這裡是衙門，可沒有你一個教書先生說話指揮人的分兒，你要想指手畫腳教訓人，去你的白鷺書院！」

這次他一點情面都不留，還想用他平常的那股氣勢壓住他們。

他對待那些不聽話的犯人就是這樣的，每次只要他一瞪眼，不管多凶神惡煞的犯人都得乖乖就範。

# 第四十四章

但這次，程天順的氣勢並未嚇到衛得韜，倒是他臉上未完全消下的水疱，反而把衛得韜給逗笑了。

「哎喲，程大捕頭好氣勢啊……不對，你現在還在停職呢！在老郝頭未親自開口讓你復職之前，你可不是衙門的人。你一個不是衙門的刁民都能在衙門指手畫腳地教訓人，我學生可是你們知縣大人厚祿要請來的師爺，怎地他就沒有資格進來呢？」

想用這套嚇唬自己？自己當年和那些深藏不露、殺人不見血的老狐狸交手的時候，他程天順還不知道在哪裡穿著開襠褲玩泥巴呢！

「什、什麼？師、師爺！」

程天順被這個突如其來的消息震得結結巴巴，臉瞬間垮了下來，身上剛剛咄咄逼人的氣勢也消失了。

程天順知道知縣大人最近在籌謀請幕僚的事，但一直諱莫如深，從不主動在衙門任何人的面前提及。

他也著手打聽過，師爺在衙門那可是壓他一頭的職位，他得弄清楚這師爺到底是何許人，好不好打交道，但打聽了許久一直沒什麼進展，卻沒想到這個幕僚竟然是遠在天邊近在眼前的葉黎剛。

猛地聽到這個消息，葉黎剛也嚇了一跳。他也是此時才知道。

「怎麼？現在我們有資格進去嗎？」

衛得韜瞇著眼反問，但未等程天順反應過來便掠過他，帶著眾人進去了。

葉黎剛從程天順身邊路過的時候，冷眼看他。

「現在，最沒有資格進衙門的是你！」

這個時候，看門衙役的臉也變了。

葉黎剛的本事他是知道一些的，他常聽到知縣大人和衛得韜對他讚不絕口，最近也常聽縣城的人說這次秋闈的解元、明年的狀元都非他莫屬。

一個是未來的狀元郎，一個是還不知道什麼時候會復職的捕頭，他自然知道該傾向誰了，於是，立馬殷勤地在前頭帶路。

路上，葉黎剛走到衛得韜的身邊。

「老師，你前些天只讓我考試的時候莫要出風頭，怎麼今天突然說要讓我當知縣大人的幕僚呢？」

之前，衛得韜並未向他透露一絲消息。上次便是因為他給了自己隱藏鋒芒的建議，自己才跑回家去找連俊傑商量。

自己當時的想法是一定要中解元，讓葉家揚眉吐氣。

「官場並未你想得那麼簡單，鋒芒太露，還未來得及顯山露水便會被人針對打壓，並不是好事，所以我才建議你隱藏鋒芒，還打算把你扔到老郝頭這裡歷練一段時間。原本這事是打算在秋闈之後再告訴你的，沒料到會突然蹦出你大哥這麼個事來，現在只能先說了。」

聽了衛得韜的這些話，疾步跟在他身後的葉紅袖突然對他刮目相看了。

之前一直覺得他性情古怪，是個老不正經的，沒想到竟然這麼有謀略。

一行人很快到了關押葉常青的大牢前。

起先進大牢的時候，守在門口的獄卒還會伸手攔著，等看門衙役指明了葉黎剛的身分後，眾人立刻跟著改了臉色。

葉常青在牢房最裡面陰暗潮濕的囚室，一般關押的都是罪大惡極的重刑犯，單單牢門上就有三把大鎖，還有專人在門外看著。

但奇怪的是，衛得韜等人趕到的時候，緊閉的囚室門口壓根兒不見獄卒的影子。

「欸，這看門的兄弟呢？」

在前頭引路的看門衙役，說話時左右環顧了一遍，也是滿臉不解。

「看管重刑犯，不是一刻都不得離人的嗎？這裡的人呢？」

察覺不妙的連俊傑一個箭步衝到衙役面前，質問的聲音陰沈冷厲。

「我……我也不知道，這平常是沒離過人，也是不能離人的啊！」

看門衙役這次也慌了，不僅被連俊傑的氣場給嚇到了，也為那個擅離職守的兄弟捏了把汗。

被衙門未來的師爺抓了個正著，他別想保住自己的飯碗了。

葉紅袖和葉黎剛兩人心裡同時閃過不妙的預感。

「在這裡看管的人是不是毛喜旺？」

他們都想起了毛喜旺被程天順弄來當獄卒的事。

「是、是啊！」看門衙役呆愣愣地衝他們兄妹二人點了點頭。

「不好！」

葉黎剛和連俊傑幾乎是同時叫了起來。

「你趕緊去把毛喜旺找來！」

葉黎剛衝看門衙役厲聲命令，衙役被嚇了一跳，乖乖聽話去找毛喜旺了。

葉紅袖立馬扯開嗓子朝緊閉大門的囚室喊了起來。「大哥！我是紅袖！大哥，你聽到了應我一聲啊！」

「來不及了！」

連俊傑邊說邊掏出了自己隨身攜帶的短刃。

也不知道他那柄短刃是用什麼製成的，竟然削鐵如泥，直接把掛在囚室上的三把鐵鎖都給削斷了。

他抬腳把門踹開的瞬間，救人心切的葉紅袖想也沒想便衝了進去。

幾乎是在她衝進囚室的瞬間，一條拇指粗的花斑蛇從天花板上朝她撲了過來。

「小心——」

葉紅袖還沒反應過來，就被拉進了一個結實的胸膛裡。

等她再抬頭，只聽到耳畔傳來了倒吸口氣的聲音，這才發現那條張嘴朝她撲過來的花斑蛇正死死咬住連俊傑的胳膊。

葉紅袖急忙搶過他手裡的短刃，把花斑蛇劈成兩半後，想也沒想便張嘴對著他胳膊上的傷口吮吸了下去。

好在這花斑蛇不是劇毒之蛇，但她還是被嚇得小臉都白了。

把蛇毒都吸出來了之後，她又拿銀簪子在他胳膊周圍的穴位扎了幾針，防止毒液跟著血液運行。

「還疼不疼？有沒有哪裡不舒服？你不要亂動，等出去了趕緊去濟世堂找點藥。」

她嚇得心臟都要從胸膛裡跳出來了。

「我沒事，妳大哥要緊。」

倒在囚室稻草堆上的葉常青，身上還蜷縮著好幾條花斑蛇，連俊傑靠近的時候，還衝他吐出了長長的蛇蕊子。

連俊傑伸手借了銀簪子，隨後瞅準時機射了過去，一舉將那幾條蛇全都給扎穿了。

葉黎剛先跑到葉常青身邊，給他把了下脈。大哥受了極其嚴重的內傷，怪不得一直都昏迷著。

也因為他一直陷入昏迷沒有動彈過，倒沒有被這些蛇咬傷。

幾人剛從囚室出來，程天順就領著他在衙門的那幫狗腿子跑來，首當其衝跟在身後的便是應該守在囚室門口卻失蹤的毛喜旺。

「說話！」

因為自己還沒復職，講話名不正言不順，程天順只能讓毛喜旺代替自己開口。

「你、你們、你們想幹什麼？」

毛喜旺不知道是被嚇得還是怕得，冷汗不停往下淌，聲音更是抖得聽都聽不清楚。

「我大哥是被冤枉的，我們是來幫他伸冤的！」

揹著葉常青的葉黎剛冷眼看他，幽深的眸子暗藏著無法抑制的憤怒。

先是在村子裡誣衊大哥是叛徒，現在還誣衊大哥是面具歹人，又想殺人滅口，這些仇他不和他們算清楚，他都不配姓葉。

「伸冤？這案子知縣大人都還沒斷，他葉常青的罪名都沒定，哪裡來的冤情？可你們現在藐視王法闖大牢，還把嫌犯給帶出來了，你們這是劫獄！我即便是停職了，也得冒死阻攔！」

程天順終於給自己找了個名正言順的藉口。他不能讓葉家人，尤其是葉常青活著出去。

說話時，他還懸著心仔細打量了一下被葉黎剛揹在身後的葉常青，看著像是沒死，卻又像是死了。

他現在只惱恨當時沒快些下手，只是找那些蛇就費了好大一番功夫。

「程天順，毛喜旺，你們想殺人滅口是嗎？」

葉黎剛的話音剛落，未等毛喜旺開口，連俊傑便厲聲問了一句，同時一步一步向他們靠近。

他身上過於強大的陰鷙氣場，逼得毛喜旺不敢與他對視，還不停步步後退，兩條腿更是抖得和篩花一樣。

他不敢開口，只能不停看向旁邊的程天順。

「你看我做什麼？咱們是衙門的人，怎麼會幹知法犯法的事情，他們這是誣衊！」

程天順氣得臉都黑了，就知道這廝膽小如鼠靠不住。

他的話讓毛喜旺反應了過來，急忙回頭看向連俊傑，連著吞了好幾口口水才鼓足勇氣開了口。

「對，你們這是誣衊！」

「毛喜旺，那囚室裡的毒蛇，你怎麼解釋？」

葉紅袖也走了過來。想要殺大哥滅口，這就更證明他們心裡有鬼了。

「這、這……」

毛喜旺結結巴巴地回頭看向程天順，他這人最不擅長的就是說謊了。

程天順也知道讓他那張嘴說謊，遲早會說溜嘴，索性衝他翻了個白眼，然後一把將他拎到自己身後。

「有什麼好解釋的，囚室陰冷潮濕，蛇是冷血動物，自然喜歡那樣的環境，鑽進去一、兩條有什麼稀奇的。」程天順早就準備好了答案。

葉紅袖冷笑一聲。「那可真不是一般的巧啊！恰好就有蛇進去了，恰好毛喜旺就不在，你這話是拿來矇三歲孩子的嗎？」

「它就是巧合，但你們現在劫獄，這就不是巧合，而是有預謀的！葉常青是面具歹人，害死良家婦女，罪無可逭，你們是同謀，還有預謀地來劫獄，同樣罪無可逭。」

程天順邊說邊把同伴身上的佩刀抽了出來，同時眼裡閃過一抹歹毒。葉常青是絕不能出去的，現在已經到了不得不拚個你死我活的地步了。

說完，他舉刀朝揹著葉常青的葉黎剛砍去。

這樣的非常時期，連俊傑怎麼可能會讓他傷葉常青一根寒毛？他先是把葉紅袖拽到了安全地方，抽出自己的短刃，一舉將程天順手裡的長刀劈成了兩半，然後抬腳朝他的小腹踹了過去。

程天順沒想到他的身手這麼快，手上的長刀斷成兩截時，他還沒反應過來，就被他一腳狠狠踹翻在地了。

這一腳實在是猛，他感覺自己肚子裡的腸子都要被踹吐出來了。

看到身手比自己要好的程天順一腳就被連俊傑解決，一旁的毛喜旺臉色更白了，他顫顫巍巍地看向連俊傑，正欲開口，卻見連俊傑已經大跨步朝自己走了過來。

他一把揪住毛喜旺的前襟，將他從地上拎起來，然後以只有他們兩人才能聽到的聲音開口。

「你要想活，就趕緊把當年指使你們的人給引出來，不然，我連俊傑讓你嘗嘗什麼滋味叫生不如死，也讓你知道知道，什麼是真正的人間煉獄！」

「你——」

毛喜旺不可思議地看向連俊傑，望著他的眸子裡充滿驚恐。

怎麼可能？他怎麼會知道這麼多？

看到毛喜旺眼裡的驚恐越來越濃後，連俊傑才鬆開了他的衣襟。他對毛喜旺並沒有下重手，而是笑著拍了拍他的臉，道：「嗯，我都知道了，還是你識相！」

隨後他冷笑著瞥了一眼倒在地上，好半天都沒爬起來的程天順。

程天順頓時傻了，看向毛喜旺的眼神立刻充滿了懷疑。

「我……你……我說什麼了？我、我什麼都沒有說啊！」

毛喜旺先是一臉不解地看向連俊傑，隨後又急忙轉頭看程天順。

但這個時候，程天順眼裡的質疑卻是越來越深了。

對他，他是最了解的，知道他這個人禁不住嚇，一嚇什麼話都能說出來，包括那個說了會要性命的……

這下，程天順更不敢讓葉常青和連俊傑活著出去了，他忍痛從地上爬起來，衝一幫兄弟們開口。

「你們還愣著幹什麼？他們這是劫獄！咱們是秉公執法，傷了任何人的性命都不打緊，知縣大人回來還會給咱們論功行賞！」

這些平常和程天順走得近、臭味相投的，當下就拔出了腰間的佩刀，氣勢洶洶地朝連俊傑他們圍了過來。

看到一下子這麼多人打算一擁而上，葉紅袖的心立刻提到了嗓子眼，拔下自己髮髻上的銀簪子，走到連俊傑的身邊，打算和他一起並肩作戰。

葉紅袖靠過來的時候，連俊傑愣了一下。這是他完全沒想到的，但看到她站在自己身邊一臉凝重，他的心暖乎乎的。

「妳離遠些，就這麼幾隻貓貓狗狗，我連俊傑還沒放在眼裡。」

他衝她笑了笑，把她推到了葉黎剛身邊。

那幾個圍上來的捕快聽到他竟然將他們比喻成貓狗，更惱了，立馬揮刀朝他衝了過來。

只可惜的是他們那些三腳貓的功夫，在連俊傑的面前還真是貓狗都不如，壓根兒沒來得及近他的身，就被教訓得一個個全都躺倒在地上。

這下，程天順的臉色更難看了。

連俊傑的身手完全出乎他的意料，他突然有些懷疑起他的身分了。能知道已經關在死牢裡的葉常青會出來，還一再警告自己要變天了，他的身分，絕不簡單……

可這個時候，容不得他再多想，當務之急是不能讓他們出去，但身邊的人壓根兒就攔不住他們呀！

「這裡是衙門，你們想幹什麼！眼裡還有沒有王法了?!」

就在程天順急出了一腦門子冷汗之際，身後傳來了一個暴怒的男聲。

眾人回頭，正是去隔壁縣城辦案的郝知縣。他的臉色非常難看，比鍋底還要黑。

「知縣大人，面具歹人已經抓到了，可他們不伏法，竟然還膽大妄為要劫獄，屬下們正在執法呢！」

程天順急忙向前通報。這個時候，葉常青還沒醒，他先說便是先占理。

「面具歹人逮到了？是誰？在哪兒？」

郝知縣一聽到面具歹人逮到了，眼睛立刻亮了，也沒心思去管什麼劫獄不劫獄，只想知道面具歹人是哪個。

「大人，面具歹人就是葉常青，證據確鑿。」

程天順邊說邊指了指葉黎剛揹在肩上的葉常青。

「葉常青？」

聽到這個熟悉的名字，郝知縣的臉色也跟著變了。

葉常青是叛徒，害部隊吃了敗仗死了一萬多人的事，他是全都清楚的，也知道他被關押在刑部大牢，卻沒想到突然就被放出來了，更沒想到他竟然就是面具歹人。

「程天順，你那是什麼證據確鑿，這事自始至終都是你一個人的誣衊之詞。不僅如此，你還想殺人滅口，知縣大人，你要不信，現在就去關押我大哥的囚室看看。」葉紅袖冷聲開口。

郝知縣聽聞，立刻回頭看向程天順。

「大人，您千萬不要聽信這些刁民的讒言，他們現在走投無路才反咬的。」

程天順雖然這樣說，但和郝知縣對視的時候，眼神卻不停閃躲。

郝知縣沒再開口，而是派手下去囚室查看，同時也把眼前所謂劫獄的一行人給逐個兒打量一遍。

衛得韜的那張老臉就不用多看了，讓他驚訝的是他牽在手裡的粉嫩小姑娘。

這個老頭子無兒無女，也一向嫌小孩囉嗦，今天去哪裡找來的這個小丫頭？不過看小姑娘的眉眼間，倒是和他認識的那位故人有幾分相似。

葉黎剛是自己認識且一直欣賞的，這些天他還在琢磨怎麼把人攬到自己身邊。

他揹的人應該就是葉常青了，但怎地傷成這樣了？

隨後是站在旁邊的一對男女，還真是一對璧人，只是相比葉紅袖，連俊傑身上的強大氣場更引他注意。這個應該就是老衛頭前些天和他說的，那個不簡單的後生。

去囚室查看的衙役很快回來了，手上的刀還挑著好幾條死蛇的屍體。

「大人，關押重刑犯的囚室長年陰暗潮濕，且好幾年沒關押過犯人，讓蛇鑽了進去，確實是屬下們的疏忽。但是葉常青是面具歹人真的是證據確鑿，並不是屬下的一面之詞。當時葉常青拿著面具出現在村口，是整個赤門村的村民都看到的，外頭就有村民可以作證，大人要是不信，現在就可以傳喚他們進來！」

程天順邊說邊從另一個衙役的手裡把面具遞到了郝知縣手裡。

看到面具的那一刻，郝知縣的臉色更難看了。

「這真的是……」

「這真的是從葉常青的手裡拿來的！」程天順又重複了一遍。

「大人，面具雖然是從我大哥手裡拿來的，但到底是怎麼回事，根本就沒人清楚。我大哥從露面到現在，一句話都沒有說過，難道他傷成這樣出現在村口，大人就不覺得可疑嗎？還有，要是我大哥真是面具歹人，他為什麼會蠢到帶著面具出現在村口？這裡面實在有太多疑問，還請大人一定要明鑑，還我大哥一個清白。」

衛得韜那麼有謀略，郝知縣是他的知己故交，葉紅袖看他的樣子也不像是個會聽信一面之詞的糊塗官，便將自己心裡的疑點都說了出來。

他只要順著這些疑點去查，必定能查出蹊蹺和真相來。

「大人——」

「好了，都不必多說了，這事我心裡有數！」

程天順還想開口，卻被郝知縣厲聲打斷了。

「來人！」

「是！」

「你們兩個把葉常青搬去大牢。」

# 第四十五章

聽到郝知縣還要把大哥關去大牢，葉紅袖也急了。「大人——」

「這裡是衙門，究竟該怎麼做事，用不著你們任何一個人多嘴！」

聞言，她也不敢再隨意張口了，只希望他別真的是個糊塗的。

站在旁邊的連俊傑看出她的緊張，伸手摸了摸她的頭。葉紅袖回頭，連俊傑又衝她指了指另一邊的衛得韜。

葉紅袖見他神情自在，一副不擔心自己故交會斷出冤案的樣子。他那麼看重二哥，應該不會讓大哥出事的……想到這裡，她稍稍安心了一些。

聽到郝知縣又要把葉常青關進大牢，程天順重重鬆了一口氣，同時朝葉紅袖等人這邊看過來的時候，臉上還劃過一絲得意。

可這抹得意就只持續了一小會兒。

「葉常青現在是嫌疑人，你們現在把他關進大牢，要寸步不離地守著他，但凡他有個什麼意外，我唯你們是問！」

「是！」

郝知縣派了自己身邊最得力的兩個衙役看管葉常青，那兩人得令以後，立刻走到葉黎剛的身邊，把昏迷中的葉常青接了過去。

葉黎剛起先還不願撒手，滿臉擔憂，但看到衛得韜衝他點了點頭，最後還是鬆手了。

「你，去把濟世堂的大夫找來，大夫診治的時候，你給我在旁邊瞪大了眼睛看著，豎好了耳朵聽著，不准讓大夫和葉常青提和案件有關的任何一個字眼。」

看門衙役得了郝知縣的吩咐後，立刻出門去了濟世堂。

他又指了旁邊另外兩個衙役。「還有你們，去把赤門村那些願意作證的村民都傳喚進來，一個一個錄好口供。」

最後，他才回頭看向程天順。「你還沒復職，礙於你和葉常青之間的關係，這件案子你就不要再摻和了！你也是，還有你們。」

他順手指了指站在一旁，已經恐慌到不知所措的毛喜旺和衙役們。

「你們也都出去！」最後的最後，他指了指葉紅袖、葉黎剛等人。

「可……」

就這麼走了，葉紅袖還是不放心。

「葉常青沒醒，這件案子壓根兒就斷不了，我為官這麼些年，從不斷錯案冤案，妳大哥他要不是面具歹人，我自然會還他一個清白！」

郝知縣說完，便拂袖轉身走人了。

「走吧，老郝頭這些年青天大老爺的名聲不是白掙的。」對自己的老友，衛得韜是放心的。

「妳和我一道去書院吧！」他低頭看向牽在手裡的阮覓兒。她娘沒了，往後，自己便是她的依靠。

「不要，我要和二哥在一起。」

看到事情都辦得差不多了，阮覓兒立馬鬆了他的手，主動跑到葉黎剛的身邊，還把小手放進了他的大掌裡。

掌心突然插進了一雙柔若無骨的小手，葉黎剛錯愕了下，隨後便抓緊了。

「罷了，妳願跟著他便跟著他吧！」

衛得韜也沒強求，說完也走人了。

沒多久，紀元參就揹著藥箱隨著看門衙役來了。為免引起不必要的麻煩，在紀元參進大牢之前，葉紅袖一個字都沒有和他說過。

幾人在衙門外等了個把時辰，才等到他出來。

「紀大夫，我大哥醒了沒有？」

紀元參衝他們搖了搖頭。「沒有，他身上的內傷太重了，估計不到明天都醒不來。」

「你摸清楚了這內傷是因為什麼造成的嗎？」

這麼重的內傷，更讓葉紅袖疑惑大哥在回來的路上發生的事情。

「是被打傷的。下手之人極狠，可以說得上是下了死手的。好在你大哥底子好，這要擱一般人，可就扛不過去了。紅袖姑娘放心，知縣大人剛剛在裡頭也交代過了，讓我一定要把妳大哥治好，絕不會斷錯案冤枉妳大哥。我還要回去配藥，就不和你們聊了。」

「有勞紀大夫了。」

見不到大哥，在衙門口等著就只是浪費時間。葉紅袖和連俊傑等人只能急匆匆回赤門村。

「黎剛，紅袖，這可怎麼辦啊！」

葉氏看到自己閨女兒子回來了，感覺有了主心骨的她反而哭了。

「娘，先別哭了，咱們趕緊想辦法才是當務之急。」

葉紅袖邊說邊扶著她進了屋，其他人也都跟著進去了。

進屋後，連俊傑把衙門的情況都說了，聽到自己只匆匆見了一面的兒子受了那麼重的內傷，好不容易才忍住眼淚的葉氏又心疼地哭了起來。

為免她的情緒會打擾到大夥兒想正事，葉紅袖索性讓在場的幾個女眷拉著她去裡屋勸慰了。

「現在救常青只有兩個法子，一個是有人站出來，證明他不是面具歹人。」

待裡屋的哭聲小了後，連俊傑率先開了口。

「可這怎麼證明？這個時候不管誰站出來，知縣大人肯定都會說是咱們在包庇長青的。」

菊咬金覺得這個方法行不通。

「所以，這個時候得是個讓知縣大人相信的人。」蹙著眉頭的葉黎剛緊接著開了口。

「可誰站出來知縣大人會相信呢？」菊咬金還沒明白連俊傑和葉黎剛的意思。

葉紅袖卻是明白了。「只有受害人。」

「受、受害人？」

菊咬金起先還沒反應過來，直等到所有人的視線都落在自己的身上，他才猛地反應了過來。

「你、你們的意思是讓菊、菊香？」他嚇得結結巴巴，話都說不完整。「不、不行！不行！」

未等葉紅袖他們開口，菊咬金就連忙搖頭。

「這事關姑娘的清譽啊！菊香要是站出來，那就是讓臨水縣整個縣的人都知道她受辱的事情了，那她還有活路嗎？」

菊咬金不是不想幫忙，而是這事他真的幫不了，他得為閨女的未來著想。

「你們不是還有一個法子嗎？那說說另一個法子是什麼。」

避免連俊傑他們還把希望寄託在自己閨女身上，菊咬金急忙開口追問另一個法子。

「另一個法子就是抓住真正的面具歹人。但是這麼長時間了，一直都是他在暗，咱們在明，咱們連他的行蹤都摸不準，而且他也不是固定在一個地方行凶，臨水縣又這麼大。早上才在衙門聽說，他前段時間還在隔壁縣犯了案，直接害死了好幾個姑娘，要想一下子抓住他，簡直是大海撈針！」連俊傑說這些的時候，臉色很凝重。

「那、那就再沒有其他的法子了嗎？」

菊咬金這下慌了，他比葉紅袖、葉黎剛都要著急擔心。

找不到真正的歹人，就只能讓自己的閨女出面了。他是有心要救葉常青的，但這付出的代價實在太大了。

「沒有了。」連俊傑和葉黎剛同時搖了搖頭。

其實連俊傑的心裡是還有另一個法子的，只是這個法子，不到萬不得已，他是不會用的。

「不是，紅袖，不是還有鳳兒嗎？咱們去把她找回來幫常青作證就是了！」

「村長，鳳兒會走就是因為不相信我大哥，而且她走了有一段時間了，現在想追也追不上了。」

葉紅袖到現在都還記得鳳兒那充滿懷疑驚恐和心寒的眼睛。

「那讓月紅出來作證吧！這個時候，她能作證是最好的。」

菊咬金這下是真急了，把他知道的能作證的證人都說了一遍。

「村長，你覺得月紅姊可能嗎？」葉紅袖苦笑著反問了他一句。

楊月紅要是能站出來給大哥作證確實是最好的，所有人都知道她恨自家，恨大哥，這個時候她的證詞是最有說服力的。

但早上，楊五嬸當場將大哥的胳膊咬得鮮血淋漓，那麼深的恨意，又怎麼可能會去縣衙不顧自己的清譽幫大哥？這簡直就是癡人說夢。

怎麼救葉常青的事，直討論到深夜，都還是沒有結果。

葉紅袖怕所有人累壞，便讓菊咬金他們都回去了。

菊咬金臨走前，望著葉紅袖、葉黎剛嘆了很多次的氣，兩兄妹也都理解他的難處，開口讓他別多想。

葉紅袖最後送連俊傑出門時，遞給他一個藥瓶子。

「搽了藥以後，記得千萬別沾水。」

「嗯。妳好好歇息，妳大哥的事別太擔心，船到橋頭自然直。有我在，便是沒橋了，我都能給妳鋪上一座橋！」

「謝謝連大哥。」

葉紅袖輕輕點了點頭，儘管心裡對營救大哥的事還是一點底都沒有，但是有他這句話，有他這個時候在身邊，她格外安心。

# 第四十六章

第二天，天剛矇矇亮，連俊傑就駕了馬車過來，把葉家一家都載去了衙門。

昨晚因為擔心葉常青，一家人都沒睡。葉紅袖、葉黎剛還好，還能打起精神來。葉氏因為受了驚嚇，加上原本身子骨就不好，一夜未睡，臉色憔悴得不成樣子。

阮覓兒卻是因為年紀小，昨天又跟著葉紅袖上上下下奔波了一天，再加上一夜未睡，這會兒坐在馬車上靠著葉黎剛，實在是扛不住了，上下眼皮直打架，呵欠連天。

葉黎剛摸摸她的腦袋，又拍了拍自己的大腿，阮覓兒會意，趴在他的大腿上打了個瞌睡。

讓他們意外的是，趕到衙門時，天才剛亮，可衙門口卻圍滿了人。

馬車路過的時候，葉紅袖、連俊傑看到一幫穿著喪服的人舉著又大又長的白色橫幅，上面用紅筆寫著「殺人償命，還我公道」，門口還擺著兩個用白布蓋著的東西。殺人償命，也就是說，地上躺著的是兩具冰冷的屍體。

這一幕，看得葉紅袖心裡隱隱閃過一絲不祥預感。

馬車停穩後，幾人才下馬車，就看到圍在衙門口的那些人突然回頭衝他們看了過來。

「他們就是葉家人！」其中有人喊了一聲。

葉紅袖這邊還沒反應過來，就看到人群中突然衝出了一群氣勢洶洶的村民。衝在最前面的是一對穿著喪服、頭髮花白、面色憔悴的老夫婦。

「你們賠我閨女性命，賠我閨女性命！」兩人哭嚷著衝葉紅袖他們叫了起來。

「你們幹什麼？」

連俊傑在他們離葉紅袖兩步之遙的距離將他們攔住了。

「我們幹什麼？我們要讓害了我們閨女性命的歹人償命，要你們都償命！」

婦人看著葉紅袖、葉黎剛等人的眼睛裡閃著恨意。

「你們家葉常青那畜生實在太歹毒了！他害死了我們兩個如花年紀的姪女，是兩個啊！我們大哥大嫂就這麼一對姑娘，後半輩子全都指望她們的，如今讓他們白髮人送黑髮人，你們姓葉的得償命！」

旁邊衝出一個中年男子，義憤填膺地衝葉紅袖他們控訴著。

葉紅袖現在明白眼前這對夫婦是何人，到底是怎麼回事了。肯定是有人散播了面具歹人已經被抓的消息出去，苦主來衙門討公道了。

「可是大叔大嬸，知縣大人都沒斷案，也沒任何證據證明我大哥就是面具歹人，你們不能在什麼都不清楚之前，就憑流言斷定我大哥是面具歹人。」葉紅袖耐心解釋。

「不，你大哥葉常青就是殺人凶手，就是他！我這有證據證明就是他！」

婦人邊說邊衝葉紅袖晃了晃自己攥緊的拳頭，看樣子證據就攥在她的掌心裡。

「證據？」

葉紅袖和連俊傑都未料到一大早衙門口會來這麼一齣，也沒料到老婦手裡竟然還攥著證據，幾人面面相覷，臉色都變了。

就在這時，一直緊閉的大門突然吱呀一聲打開，隨後走出兩個穿著官服，繃著臉，神情嚴肅的衙役。

老夫婦一聽到衙門大門口的動靜，立刻折身跑回去，邊哭邊撲通一聲跪在了地上。

「大人，我們的閨女就是被葉常青這個畜生害死的，你們一定要給我們主持公道啊！」

兩人話音剛落，那中年男子也立馬跑了回去，和他們領來的村民一起揮舞起了早就準備好的橫幅。

「殺人償命，還我公道！殺人償命，還我公道！」

「陸家的，都別吵了！」

兩位衙役冷聲開口，他們冷眼將衙門口的所有人都掃視一遍，表情更冷了。

「兩位兄弟，人人都說咱們臨水縣的郝知縣是再世包公，是青天大老爺，我兩個閨女都是被葉常青害死的，你們不能不替我們作主，讓我那兩個閨女白白枉死啊！」

老婦跪爬到衙役的腳下，抱著他們的大腿，邊哭邊說。

那兩位衙役臉上的嚴肅並未因為陸氏夫婦又哭又求而緩解，而是默默往後退了一步再冷聲開口。

「知縣大人說了，鑑於這次的案情實在重大，提早升堂！」

兩位衙役說完就轉身走了。

聽到提早升堂，又聽到那對夫婦說有證據，早就嚇得六神無主的葉氏臉色一白，雙腿軟了下來，站在旁邊的葉黎剛、葉紅袖立刻伸手將她扶住。

「常青，我的常青啊……這可、這可怎麼辦啊？」

葉氏嘶啞呢喃開口的時候，哭腫的眼睛又淌下了擔心的淚水。

「娘，妳放心吧！既然郝知縣是再世包公，他就不會斷錯案冤枉了大哥，大哥不會有事的。二哥，你和覓兒扶娘上馬車歇息吧，我進去。」

葉氏站都站不穩，一點風吹草動，隨時都會被嚇暈，她這樣的狀態還真不適合進去看審案。

「我去，你們在外頭等著。」讓葉紅袖一個人進去，葉黎剛不放心。

「不行，昨天衛先生才說你是郝大人想請的師爺，要是讓他們知道了，即便能證明大哥無罪，肯定會被說是郝知縣在包庇咱們，你不適宜出面。」

「黎剛，你放心，我陪紅袖一起進去，你們就在外頭陪嬸子。」

一旁的連俊傑也開了口，說話時，他還將湧進衙門的面孔一個個都掃了一遍。

可疑的是，直到現在都沒看到程天順和毛喜旺。這樣的非常時機，他們可不會不出現……

「那也成。」有連俊傑在，葉黎剛是放心的。

進衙門之前，葉紅袖還特地敲了幾下衙門口的鳴冤鼓。

聽到鼓聲的衙役出來，一見到敲鼓的是葉紅袖，先是愣了一下。

「妳幹什麼？」

「我來伸冤！」

葉紅袖說完便放下了手裡的敲棒，走進衙門。

衙門裡，公堂之上，地上除了擺著那兩具用白布蓋著的屍體，還有一塊木板床，木板上躺著的正是已經醒了的葉常青。

「大哥！」

葉紅袖驚喜地喊了一聲，正欲衝過去，卻被守在公堂口的衙役攔住了。

聽到喊聲，躺在木板上的葉常青艱難地回頭朝她這邊看了一眼，青腫瘀紫的臉費了好大的勁，才扯出了一抹牽強的寬慰笑意。

陸氏夫婦見葉常青竟然笑得出來，惱了。

「你這個畜生，我和你拚了！」說著從地上爬了起來，直接衝他撞了過去。

躺在木板上的葉常青雖然醒了，但是身受重傷，抬個頭衝自己的妹妹擠出個笑容都難，哪裡躲得過她的衝撞。

就在葉紅袖的心都懸到了嗓子眼之際，耳畔突然響起了一個聲音，隨後就看到陸氏突然一個趔趄，倒在地上。

葉紅袖急忙乘機推開攔著自己的衙役，衝了進去。

陸氏很快爬了起來，不甘心的她還打算朝葉常青撞過去，好在葉紅袖這個時候已經趕到了。

「妳要敢傷我大哥一根寒毛，我都不會放過妳！」

她邊說邊狠狠將陸氏推開。

她死了兩個閨女固然可憐，可現在事情的真相都沒搞明白，她動不動就要死要活，自己脾氣就是再好也忍不了。

「你們葉家人真是好啊，害死了我兩個閨女，還說不會放過我！老天爺啊，這世上還有沒有公理了！」

陸氏話一說完就坐在地上，當眾呼天喊地了起來。

「知縣大人來了！」忽然，有人悄悄說了一聲。

葉紅袖回頭，只見穿著官府、戴著官帽，神情肅穆的郝知縣走了出來。

他往公案後一坐，手裡的驚堂木再往桌上啪地一拍，原本就安靜下來的公堂更靜了。

郝知縣神情肅穆地將公堂上所有人都冷冷掃視了一眼，葉紅袖和陸氏也都跪了下來。

「堂下何人？為何擊鼓鳴冤？所為何事？」

「我——」

陸氏正欲開口，葉紅袖卻突然更大聲地搶先說話。

「民女葉紅袖，擊鼓是為我大哥鳴冤！他被誣陷，面具歹人另有其人，他更不是殺人凶手，還請大人明鑑，別冤枉了好人！」

剛剛安靜下來的公堂，因為葉紅袖的這句話，頓時又如炸鍋了一般沸騰起來。

「明明是陸家夫婦來狀告葉常青，要他殺人償命的！怎地突然變成了她給葉常青鳴冤了呢？」

站在公堂外的連俊傑也錯愕了，剛剛葉紅袖在衙門口擊鳴冤鼓的時候，他還不知道她想幹什麼，沒想到是有這麼一手。小丫頭幹得不錯，知道先發制人。

「妳──妳──」

陸氏氣得臉都白了，話也說不出來，身子還抖得厲害，還是旁邊的陸老頭反應了過來。

「知縣大人，您可千萬不要聽信她的胡言，我兩個閨女都是被面具歹人害的，是兩個啊！一個十五，一個十六，都是如花的年紀啊！而且我們有證據證明葉常青就是面具歹人，就是他害死了我兩個閨女，您一定要替我們主持公道！」

陸老頭邊說邊衝郝知縣指了指公堂上蓋著白布的兩具屍體。

衙役走到老婦面前，伸手把屍體上的白布掀開了，躺在地上的確實是兩個如花年紀的小姑娘。

一看到自己沒了氣息的閨女，陸氏又止不住地嚎啕大哭了起來。

躺在旁邊的葉常青也在這個時候側頭看了一下那兩具屍體，葉紅袖見他轉身困難，爬到他身邊，輕輕將他半扶了起來。

「大、大人，我從沒有……見過這兩個姑娘，她們不是我害死的，我也不是……面具歹人。」

因為內傷過重，他說得斷斷續續，辯解聽起來毫無說服力。

「你還說不是你，大人，我們有證據證明害死我兩個閨女的就是他！」

陸氏邊說邊把一直攥緊的拳頭鬆開了。

「大人，我閨女出事後，這枚鐵牌就被她死死攥在手心裡，屍體被抬回家的時候，手都沒鬆開過，最後還是我們硬扳開的。」

葉常青一看到她掌心裡的那枚鐵製標牌，臉色立刻變了。

# 第四十七章

「大哥？」

葉紅袖察覺到大哥突然繃緊的身子。

「怎麼……可能……」葉常青一臉不可思議地看向陸氏夫婦。

「呈上來！」

郝知縣一聲令下，旁邊的衙役立刻把陸氏手裡的鐵牌呈了上去。

郝知縣拿著呈上來的鐵牌前後翻看。這個他認得，每個臨水縣出去打仗的後生都有一塊。

這枚只有兩個大拇指寬的鐵製標牌是用來辨別在部隊打仗的士兵身分的，鐵牌雖然一樣，刻的字卻是不一樣。每塊鐵牌上刻的都是這枚鐵牌擁有者的名字、年紀、籍貫等相關資料。

每個人只有一塊，有了這塊鐵牌，即便死在戰場上，也能根據這個知道他是哪裡人、叫什麼、家鄉在何處。

郝知縣將那枚已經鏽跡斑斑的鐵牌翻看完了之後，抬頭用犀利的眼神看向葉常青。

這是他的，他要真不認識那兩個死了的姑娘，這枚代表他身分的鐵牌不可能會落到陸氏夫婦的手裡。

「大……大人，我的鐵牌……早在麓湖戰場上就丟了，不可能會在這兒的，刑部的天牢有記載。」

鐵牌一出現，葉常青便知道事態嚴重。他掙扎著想要起身，奈何身上傷勢太重，壓根兒起不來。

葉紅袖看大哥連開口都費勁，摸了一下他的脈搏，便抽出了髮髻上的銀簪子，當下在他背脊上最重要的幾個穴位扎了下去。

穴位一扎，葉常青立馬察覺到一股炙熱的氣息從丹田湧了上來，並擴散到身體的各處。

他一臉驚詫地看向自己多年未見的妹妹，被她這麼好的醫術嚇到了。

但未等他開口，陸氏夫婦就又指著他控訴了起來。

「你滿口謊言！鐵牌在這兒，大人，現在證據確鑿，您一定要替我兩個女兒作主啊！」

兩人邊說邊跪地衝郝知縣磕起頭，直磕得咚咚作響，額頭都磕出了血來。

他們的哭聲和磕頭聲聽得那些站在公堂之外的群眾們更心疼和義憤填膺了。

「大人，人證物證俱在，您絕不能偏袒，這個葉常青一定要當眾處死才能洩民憤啊！」

「殺人就該償命！他這樣喪天良的惡徒，就是死一百次都不為過！」

群情激憤的人群中，連俊傑終於找到了那兩張熟悉的面孔。

程天順見此情形，唇畔露出了一抹陰險的冷笑。站在旁邊的毛喜旺好似察覺到連俊傑投過來的視線，回頭看了一眼。

一對上連俊傑陰鷙的眸光，嚇得他立馬哆嗦了一下，急忙收回了視線。

「大人，鐵牌上雖然有我大哥的名字，但是我大哥說了，鐵牌他早就丟了，而且這個是可以仿造的，大人不能光憑一枚鐵牌就認定我大哥是殺人凶手！」

這事有疑點的地方太多，葉紅袖開始懷疑陸氏夫婦是被有心人指使來誣衊大哥的。

「這妳就錯了，旁的東西能仿造得了，這個由兵部專門製造的鐵牌可仿造不了。」

郝知縣的話讓葉紅袖的心裡咯噔了一下，她看向自己的大哥，葉常青臉色難看地衝她點了點頭。

「大人，那這樣便是人證物證都在，能證明他葉常青就是殺人凶手，是面具歹人了！你們還愣著幹什麼啊！趕緊現在就把他抓了，拉去遊街示眾，當眾處死啊！」

郝知縣的話讓陸氏夫婦更激動了。

「休得喧譁，是你們斷案還是本官斷案？難道本官斷案還要你們來教不成？」

「郝知縣，你不會是有心想要包庇他葉常青吧？昨天我們可都知道了，你是想花大錢請他弟弟葉黎剛給你當師爺的！」

「這不就是要包庇，才會問這麼些牛頭不對馬嘴的問題嗎？難道真當咱們這些人是傻子好糊弄的嗎？老陸頭，你儘管放心，這裡要是不給你公道，咱們就去告御狀！」

郝知縣話音剛落，公堂外的人群中就響起了兩個陰陽怪氣的聲音。

葉紅袖回頭，是程天順的狗腿子齊三和黃四。

「你們，去把那兩個人拖出來！」

未等被挑起情緒的民眾開口，郝知縣便指派了兩個衙役去把人群中的齊三、黃四抓來。

齊三、黃四也不怕，未等那兩個衙役靠近，他們自己大搖大擺地走進了公堂。

他們意在鬧事，剛剛說的那話，怕是已經在大夥兒的心裡留下了郝知縣有意要偏袒葉常青的印象。所以這時候，郝知縣要不想敗壞了自己青天大老爺的名聲，就只能讓葉常青死，不然就服不了眾。

齊三、黃四走進公堂，還滿臉鄙夷地掃了葉紅袖和葉常青一眼。

「公堂喧譁，藐視誣衊本官！每人掌嘴二十！」

讓人沒想到的是，郝知縣邊說邊啪地扔下了一塊權杖。

一旁的衙役撿起地上的權杖，陰沈著臉走到齊三、黃四面前，同時還有四個衙役也走過來，兩個對一個的，將齊三、黃四箝制得動彈不得。

齊三、黃四兩人這下慌了，沒有想到郝知縣會來這麼一招。兩人慌裡慌張地你看看我，我看看你，剛要開口，嘴上就重重吃了一巴掌。

用來掌嘴的是剛剛郝知縣扔在地上的權杖，那是用實木做的，衙役也沒手下留情。

只這一下，兩人的嘴當場就被打得皮開肉綻，痛得兩人像殺豬似地嚎叫了起來。

他們想掙扎，可衙役將他們箝制得死死的，壓根兒動彈不得。

這啪啪響的二十掌下來，兩個人半條命都沒了。

箝制他們的衙役一鬆手，已成了真正血盆大口的二人軟綿綿地跪趴在地上，連動彈的力氣都沒了。

「本官一再說過，公堂之上不得喧譁，你們二人不但不聽，還公然藐視本官！告御狀？好，本官給你們機會去告，但在去之前，睜大你們的眼睛看完本官審完這樁案子！如若再有人敢喧譁，打斷本官斷案，下場就和他們一樣！」

郝知縣的官威一出來，公堂之外剛剛那些被齊三、黃四兩句話挑起了情緒的民眾們立刻都乖了。

事態發展突然不受控制，人群中剛剛還笑得一臉奸詐得意的程天順，臉色驟然變了。就在這時，靠在葉紅袖懷裡的葉常青突然回頭朝他看了過來。

幽冷的眸子直接和他對上，程天順的心裡咯噔一下，一股寒氣從腳底板湧了上來。

「葉常青，本官問你！」

郝知縣的話讓葉常青回了頭。

「你這身傷是怎麼來的？」

「是被面具歹人打傷的。」

「什麼？」

葉常青的話一出口，不管是坐在公案前的郝知縣，還是跪在公堂之下的葉紅袖、陸氏夫婦，還有站在公堂之外的眾人，都露出了震驚表情。
「你再說一遍！」郝知縣深怕自己沒聽清楚。
「我途經常豐縣的時候，路過一個樹林子，聽到裡頭有姑娘的求救聲，我衝進去，正好看到面具歹人要害那個姑娘。」
「然後呢？」
郝知縣也急著要知道所有經過，旁邊的人也是屏住了呼吸。
「但最後還是被他逃脫了，我怕還有姑娘會慘遭他的毒手，就特地四處散播謠言，說山林子裡有面具歹人。因為我散播的流言起了作用，姑娘們被嚇得不敢進山林子，壞了面具歹人的好事，他懷恨在心，便在我回家的時候偷襲我，還栽贓。」
「大人，你不會聽信這麼荒唐的謊言吧？這一聽就是編的啊？」
葉常青的話還沒說完，陸氏夫婦便激動地叫了起來，尤其是陸氏。
「編的？要是編的我就問問妳，我大哥這身嚴重到差點要了他性命的傷是哪裡來的？總不會是自己打自己吧？還有，整個縣城的人都知道官府在抓面具歹人。這樣的風頭上，我大哥得蠢成什麼樣才會眾目睽睽之下拿著面具出現，讓你們所有人知道，他就是背負著幾條性命的面具歹人？」
葉紅袖相信大哥的話，每一個字都相信。
「他那不是蠢，他那是無法無天，他知道知縣大人會包庇他，所以才敢這樣的！剛剛這兩位兄弟都說了，知縣大人要請你們葉家的老二當師爺。」

陸氏逮住了剛剛齊三、黃四說過的話。

「那我大哥這身傷，又如何解釋？」

「他是害死自己生死兄弟的叛徒，這樣的畜生誰不想他死啊？他這身傷那是報應，報應知道嗎?!」

陸氏急紅了臉，說的話毫無根據可言。

「土蛋……咳咳，土蛋不是……不是我害死的……」

葉常青一聽到陸氏罵自己是害死兄弟的叛徒，情緒也跟著激動了起來。

「知縣大人，人證物證都在這裡，您要是不還我們陸家一個公道，我老婆子就一頭撞死在這公堂之上。」

說完，陸氏真就從地上爬了起來，並悶頭朝公堂上的柱子撞了去，幸虧旁邊的衙役反應快，將她拽住了。

「這裡是公堂，不是妳尋死的地方，妳要真就這樣死了，這兩個已經死了的女兒會瞑目嗎？死了還沒看到凶手伏法，那妳的性命不是白搭進去了？」

「可是知縣大人——」

郝知縣的話讓陸氏錯愕。她以為他會偏袒葉常青的，可這話的意思聽著又不像。

「我什麼？我何時說過我相信他的一面之詞了？我一直都說凡事要講證據。」

郝知縣起身甩袖，指派旁邊一個衙役。「去，把仵作傳來！」

衙役很快就把仵作領了過來。

「大人，仵作到！」

郝知縣把手裡的鐵牌遞給仵作。「他們說這是那姑娘臨死前從葉常青身上摘下來的，死後緊攥在手裡，扳都扳不開。」

仵作從郝知縣的手裡接過鐵牌，轉身走到兩具屍體前。

「請問，是哪個姑娘攥在手裡的？」

「是梅花！」

「是荷花！」

陸氏夫婦的聲音同時響起，喊的卻不是同一個名字。

兩人目瞪口呆地望著對方，完全不知道該怎麼再開口。

站在中間的仵作沒有理會二人，徑直掀開了蓋在屍體上的白布，將兩個姑娘的手掌心都仔細檢查了一遍。

「大人，這兩個姑娘的手掌心都沒有任何痕跡。按理說，要是這枚鐵牌真的是這其中一位姑娘臨死前拽在手心裡的，死人的肌膚沒有彈性，應該會在手心留下鐵牌痕跡，而不是一點痕跡都沒有。屬下可以推斷，兩位姑娘在死前都不曾抓握，甚至是碰過這枚鐵牌。」

仵作邊稟告，邊將手裡的鐵牌重新呈到郝知縣的面前。

「大膽！公堂之上竟然敢作偽證誣衊！」

郝知縣手上的驚堂木再一拍，陸氏夫婦的身子立刻軟了下來。

「大人，我不知道什麼是偽證，也不知道什麼是誣衊，我只知道我的閨女們死得淒慘！前兒她們還笑著對我說，就算她們嫁人了，也會和從前一樣孝敬我們……兩個活生生的人兒啊，只是進個林子採個菌子，轉眼就只能躺在這裡一動也不動了……」

陸氏哭得傷心欲絕。

「大人，您要給我們主持公道啊！葉常青是害死自己的手足兄弟、害死上萬人的叛徒，整個臨水縣的人都知道，您不能放過他這樣的畜生啊！」

說完又咚咚咚地磕起了頭，早就紅腫的傷口鮮血直淌。

這一幕，看得旁人都極其不忍心。

「我不是叛徒！」葉常青突然情緒激動地開口。「害咱們部隊打敗仗，害死土蛋、害死上萬人的不是我……我是被誣衊和陷害的！」

他攥緊拳頭，眼裡充滿了憤怒。

「怎麼不是你？要不是你，怎麼會無緣無故被關進大牢！」

「要是我……害死了那麼多人，關進了刑部的天牢，我能活著回來嗎？」

葉常青冷聲反問陸氏。

陸氏的嘴巴動了動，卻不知道該怎麼反駁。

「我和土蛋上戰場的時候，我對他發過誓，我既然帶著他平平安安上了戰場，就一定會平平安安把他帶回去……可是我食言了，我沒有做到……」

想起自己的生死兄弟，葉常青的眸子劃過一抹深深的傷痛。

「我們這五年經歷了大大小小各種戰役，都活著從死人堆裡爬出來了，約好了打完最後一場仗，我們就回家娶媳婦兒，過平平淡淡的小日子。」

葉常青說著說著，眼裡的憤怒化為了悲傷，這些和土蛋在最苦的日子裡暢想美好未來的場景，這輩子再也不會有了。

男兒有淚不輕彈，他流淚不是因為自己被冤枉而難過，而是為自己失去了這個世上最好的兄弟。

「你們永遠無法體會眼睜睜看著自己兄弟躺在懷裡嚥氣，他卻死不瞑目的心情！」

葉常青的眼淚還有這番情真意切的訴說，讓整個公堂都靜了下來。

但很快地，這個情景就被另一個暴怒的聲音給打破了。

「你自己都說了，土蛋死不瞑目，他死不瞑目就因為是你把他害死的！你還說你不是叛徒！」

質問的聲音是突然從人群中傳來的，葉常青、葉紅袖同時回頭，卻沒看到說話的人。

「不是，害死土蛋的不是我！要是可以，我寧願當時死的人是我！」

「可為什麼偏偏死的不是你，而是我們家的土蛋呢！」

隨後，人群中出現了三個人，是楊老五、楊五嬸和楊月紅。

沒人想到楊家竟然會在這個時候出現。

「壞人！叛徒！賠我家土蛋！你賠、賠我家土蛋！」

情緒激動的楊五嬸哭著喊著要衝進來，卻被衙役攔住了。

「公堂之上，休得喧譁！」

郝知縣手裡拍下的驚堂木，把楊五嬸嚇得直往楊月紅的懷裡鑽。

「大人，民女楊月紅要告狀！」

抱著楊五嬸的楊月紅突然開口。

# 第四十八章

「告狀？」郝知縣愣了一下，在場其他的圍觀群眾也都很意外。

「是！」楊月紅面色鎮定地點了點頭。

郝知縣衝攔著他們一家的衙役揮了揮手，示意讓她進來。

看到楊家一家突然在這個時候出現，還說要告狀，葉紅袖的心一下子懸到了嗓子眼。

他們這麼恨大哥，不會在這個時候落井下石吧？

雖然自己幫過楊家好幾次，可一命抵一命的話，他們楊家說過不下上百次，而這個時候，讓大哥抵命是最好的時機。

楊月紅跪下後，直勾勾地朝臉已經被打腫的葉常青看了過來，用一種讓人看了心裡發怵的打量目光。

郝知縣沈聲問道：「楊月紅，妳說妳要告狀，狀告何人？」

「民女要狀告的是面具歹人！」楊月紅低頭冷靜道。

「面具歹人？」郝知縣愣了一下，不明白她這話是什麼意思。

「我前幾天上山採藥，正好遇到了面具歹人，還差點被他侮辱了，所以，我要狀告的是面具歹人。」

楊月紅此話一出，不管公堂內還是公堂外，再次如炸開了的鍋。

程天順的臉色是變得最厲害的，他沒想到楊月紅會突然蹦出來，但很快地，他便冷靜了下來。

也對，要葉常青死，最好的說辭便是說自己碰到了面具歹人，還被侮辱了。只要她當場開口指證葉常青就是面具歹人，就是天王老子來了，他也只有死路一條。

楊家對葉家的恨，他可比誰都清楚，何況前幾天，葉紅袖和連俊傑還在山上將楊月紅打得一身傷，如今能逮著這個復仇機會，她怎麼可能會輕易放過？

想到這些，程天順眼裡的得意更濃了。

「什麼？閨女，妳也碰到了面具歹人？」

陸氏一臉吃驚地看著跪在旁邊的楊月紅。

楊月紅輕輕點了點頭。

心已經懸到了嗓子眼的葉紅袖，手心瞬間緊張得不停冒冷汗。

因為楊月紅是低著頭的，看不到她此刻的表情，無法從她的表情或者眼神中去揣測她此刻到底是想幫大哥，還是想乘機要大哥的命。

「那妳趕緊說說，當時是什麼樣的情形。」

郝知縣開口，楊月紅現在可是最關鍵的證人。

「那天我上山採藥，剛蹲下就有人從背後捂住了我的嘴。我費了好大的力氣才掙脫開，我和歹人交過手。所以葉常青到底是不是歹人，沒有人比我更清楚。」

說罷，一直低著頭的楊月紅突然抬頭朝葉常青看了過去，眸子幽深森寒，讓人不寒而慄。

葉常青的臉也在瞬間變得煞白如紙，他想要解釋一句，但唇畔最終只是張了張，一個字都沒有說出來，和楊月紅對視的眸子劃過深深的悲痛。

「閨女，是吧！葉常青就是面具歹人對吧！我這裡有物證，妳是人證，只要妳開口，他這樣畜生不如的東西就得當場處死！」

跪在一旁的陸氏這下更激動了，她看出了楊月紅對葉常青的恨意。

「休得喧譁！」

郝知縣看陸氏好像要攛掇楊月紅的意思，便又拍響了手上的驚堂木。

陸氏嚇了一跳，再看到郝知縣的臉都是黑的，立刻乖乖閉嘴。

「楊月紅，妳接著說。」

聽了郝知縣的話，楊月紅將視線從葉常青的身上收回，低下頭後繼續開口。

「我能證明，葉常青不是面具歹人。」

「什麼?!」

這話再一出口，公堂內外再次炸鍋。

「楊月紅，妳怕是和妳娘一樣，腦子不清醒了吧！」

說這話的是被楊月紅的話炸亂了陣腳的程天順。

他等著盼著楊月紅順手再推一把，把葉常青推下萬丈懸崖，她卻在這個時候突然伸手把站在生死邊緣的他給拽了回來。

「程天順，你說什麼？」

楊月紅回頭，厲聲質問他的時候，眼裡閃著森寒的冷意。

「我、我沒別的意思，我怕妳是因為第一次進衙門，見到知縣大人太緊張犯糊塗說錯了話！」

程天順這時候也反應了過來，急忙改口，態度也有了轉變。

「我沒糊塗，更沒有說錯話。葉常青他不是面具歹人，我很清楚自己這個時候在幹什麼。」

楊月紅冷冷瞥了一眼程天順，又回頭看向了坐在公案後，臉上同樣吃驚不已的郝知縣。

「大人，那日面具歹人抓著我，我掙扎時抓傷過他的脖子。我剛剛看了，葉常青的脖子沒有抓痕，所以面具歹人不是他。」

「妳、妳怕是真的和妳娘一樣是個傻的吧？妳知道妳在說什麼嗎？」跪在一旁的陸氏也急了。

「妳說話嘴巴給我放乾淨一點，我娘只是病了，她不是傻，她也不糊塗，她心裡比任何人都要清楚！」

「妳看清楚，那個人是害死妳弟弟的叛徒，他害死了妳弟弟，妳還撒謊幫他證明清白，妳不是個傻的是什麼？」

陸氏用看怪物的眼神打量著楊月紅，覺得她比她娘瘋得還要厲害。

「就是因為他害死了我弟弟，所以沒人比我更恨他，沒人比我更巴不得他死給我弟弟償命，可一碼事歸一碼事。他害死我弟弟是一碼事，他不是面具歹人是另外一碼事。我娘從小教我和弟弟做人要對得起自己的良心，他不是面具歹人，就不是面具歹人，我不會因為恨他而故意栽贓陷害。大人，我說的字字句句都屬實，不信你們可以查看葉常青的脖子，他的脖子上沒有傷痕。」

楊月紅的話頓時讓陸氏啞口無言。

郝知縣聽聞，立刻衝衙役指了指葉常青。

衙役會意，朝葉常青走了過去，將他的脖子前後左右都仔細查看了一遍，脖子周邊發青瘀紫的傷痕不少，卻沒有楊月紅說的抓痕。

「大人，沒有抓傷。」

葉紅袖、葉常青兩人頓時鬆了一口氣。

「不是的，大人，楊月紅她娘是個瘋的，她肯定也是個瘋子，所以她的話不能信，面具歹人是葉常青，就是葉常青啊！」

陸氏這下慌了。楊月紅那麼恨葉常青，卻在這個時候不顧自己清譽站出來為他作證，這話不管誰聽了都會相信的。

有活生生的人證在這裡，自己拿來的那塊鐵牌物證壓根兒就起不了什麼作用。

「求大人一定要明鑑，一定要還我兩個女兒公道！」為了讓郝知縣相信自己，她再次將頭磕得咚咚作響。

「公道？我倒想要問問你們想要討的是什麼公道？」

郝知縣邊翻轉著手裡的鐵牌，邊用諱莫如深的眼神看向跪在堂下的陸氏夫婦。

「我……我們……」

陸氏夫婦這下結結巴巴，不知道該說什麼了。

郝知縣啪的一聲再次拍響了公案上的驚堂木。「你們還敢狡辯！來人，將他們押住——」

郝知縣話音剛要落下，人群中突然衝出一個瘦削的身影。

「大人，救命啊！大人！救命！」

葉紅袖一臉驚訝地看著原本應該失蹤了的鳳兒。

「鳳兒？」

驚慌失措的鳳兒一看到葉紅袖，就朝她撲了過來，並緊緊抱住她。「紅袖、紅袖，我錯了！是我錯了！」

葉紅袖一臉疑惑，但能感覺到抱著自己的身子抖得異常厲害。

「怎麼了這是？」她不明白這是為何。

「紅袖，妳大哥不是面具歹人，他不是……我離開的時候，路過一個山林子，誰知道、誰知道……」

鳳兒鬆開葉紅袖，邊說邊揪緊了自己的衣裳，眾人這個時候才猛然發現她的前襟撕破了。

現在就是不用她開口，大夥兒也猜到是怎麼回事了。

「怎麼？面具歹人又出現了？」最先反應過來並開口的，是郝知縣。「妳告訴我，他在哪裡？真是太無法無天了！」

「他就在出臨水縣的那片白樺林裡，我在河邊喝水，面具歹人突然衝出來將我給拽進了樹林子。幸虧當時河中心有一群放木排的兄弟路過，他們聽到我的求救聲，立刻衝上岸來幫忙，我這才沒遭了他的毒手……」

「你們兩個把他們兩個關進牢房等我回來審問，其餘的，全都和我去白樺林追面具歹人！」

郝知縣大手一揮，公堂上下的人立刻呼啦啦地跟著他跑了。

葉常青的精氣神是葉紅袖施針用丹田的氣吊著的，時間長了，壓根兒就支撐不住，眾人一走，他的身子就軟了下來。

葉紅袖忙和隨後趕來的葉黎剛將他抬出衙門，搬上了馬車，以最快的速度朝濟世堂奔去。

馬車上，葉氏抱著多年未見的兒子，哭得泣不成聲，不管葉紅袖怎麼寬慰都沒用。

半盞茶的功夫便到了濟世堂，幾人匆匆抬著葉常青下來時，立馬引來了眾人的圍觀。

「葉姑娘，我們東家說了，讓你們去裡間。」

紀元參急匆匆趕了過來，並衝葉紅袖伸手指了指閒人不得入內的裡間。

「謝謝。」

葉紅袖衝他點了點頭，和葉黎剛把大哥抬進了隔著簾子的裡間。

到了裡間，看著裡頭已經擺好的藥罐醫具和熱水，葉紅袖一臉驚詫。

怎麼好像濟世堂的人知道自己會帶著受重傷的大哥來似的……

但這個時候她也沒閒心思去管這些了，首要任務是控制住大哥的傷情。

聽了消息，趕來濟世堂門口圍觀看熱鬧的人越來越多，紀元參和景天還有藥店的其他幾個藥童站在門口攔都攔不住。

「老紀，關門！」

二樓半掩的窗戶後突然傳來了一個冷冰冰的聲音，眾人驚詫地抬頭，但隔著窗戶卻是什麼都看不見。等他們再低頭，濟世堂的大門已經關上了。

葉紅袖足足用了兩個時辰才將葉常青身上大大小小的傷口都處理包紮好，但他因為內傷過重，又用盡了精氣，現在極度虛弱，一時半會兒很難醒過來。

「娘，妳別再哭了，大哥只要好好調理一、兩個月就能好，妳的眼睛要這樣哭下去，等大哥好了，又得犯病了。」

葉紅袖邊說邊遞了一塊熱帕子給她。她從昨天哭到今天，眼淚就沒有停過，眼睛早就腫得像兩個核桃。

「對呀，嬸嬸，妳不能再哭了，妳不是說等大哥回來了，要給他相看個又好看又能幹的姑娘當媳婦兒嗎？妳要是眼睛不行了，給大哥相了個歪瓜裂棗可怎麼辦啊！」

阮覓兒這一句勸慰的話還真是有效，坐在床邊正為兒子心疼得厲害的葉氏噗哧一聲笑了出來。

「妳個鬼靈精。」

葉氏接過熱帕子的時候，伸手捏了捏她的小鼻子。

關門後就上二樓的紀元參，這時下了樓朝他們走過來。

「葉姑娘，我們東家讓我提醒你們幾句，這個面具歹人你們怕是追不到，你們想要給葉大公子報仇也很難。」

「為什麼？」

站在床邊給大哥掖了掖被子的葉紅袖疑惑地回頭。

「這人是個手段毒辣的老江湖，因著他有一身在山林子裡出神入化的隱身本事，故而得了個活化石的綽號。多年前他一直在京城一帶犯案，被害的姑娘不計其數，後來京城出了個威名遠震的大將軍，和他交過手，並將他的右手給打傷了，這才讓他消停下來，而這也是他常用左手的原因。沒想到多年後他會跑來咱們這裡，咱們這個地方妳是知道的，山多林子多，又沒威名遠震的大將軍，想要抓到他只怕是難若登天啊！」

「他的本事真這麼厲害？」

「妳知道那個大將軍花了多長時間才追上活化石嗎？半年，足足半年，這半年他所有的心思都在這件事上，所以活化石的本事沒你們想得那麼簡單，往後你們一定要多注意一些。」

葉紅袖有些不願相信，不過隨後她想了想也是，要是這個活化石沒些本事不厲害，壓根兒就不可能兩次從連大哥的手上逃走，也不可能會把大哥傷得這麼重。

連大哥的身手她是知道的，只怕整個臨水縣都找不到能和他匹敵的。

紀元參說了這些就走了，濟世堂門外看熱鬧的人已經走得差不多了，他得重新開門做生意。

葉紅袖和眾人把葉常青扶上馬車後，抬頭看了看二樓仍半掩著的窗戶。

不知道怎麼回事，她感覺二樓後面同樣有雙眼睛正在看著自己，讓人從心底生出一股忐忑不安。

這個幕後東家究竟是什麼人？怎麼會知道這麼多的事情？

還有，他早就知道面具歹人是何人，為什麼不去衙門把這些情況告訴郝知縣呢？

這些不停蹦出腦子的問題突然讓葉紅袖對這個幕後東家改觀，覺得他不是什麼好人。可濟世堂，那是爹生平最大的願望啊，他和爹會不會有關係呢？

一行人回村後，菊咬金派了兩個村子裡信得過的後生趕了他家的驢車送鳳兒回家。鳳兒多次受驚，聽到可以回家，激動得直抹眼淚。

臨走前，她拉著葉紅袖和葉氏起碼說了不下百遍的謝謝和對不起。

把大哥在屋裡安頓好了以後，葉紅袖衝葉黎剛開口。

「二哥，你現在趕緊回書院吧！離秋闈沒幾天了，回去後代我們向你老師道個謝。」衛得韜雖然前後就只在衙門露了一次面，但正是那一次面才保住了大哥，才有了現在的轉機。

「可是大哥傷成那樣，妳和娘能成嗎？」葉黎剛不放心。

「能成的，實在需要男人幫忙時，不是還有連大哥和大山、懷山大哥他們嘛！你放心吧，沒事的。大哥已經回來了，現在咱們家最重要的事可就是你考試了。」

「那好吧，有事去書院找我。」

「好。」

院子裡，兄妹倆正說著，阮覓兒不知道何時悄悄回房收拾出了一個小包袱，站到了葉黎剛的身邊。

「覓兒，妳這是要幹什麼？」葉紅袖見她的樣子，好像一副要捲包袱走人似的。

「我要和二哥一道去書院。」

阮覓兒邊說邊將掛在身上的小包袱綁緊了一些，裡頭可都是她的好東西。

「妳去書院做什麼？」葉紅袖一臉疑惑。

「我去陪二哥讀書啊！有我陪著二哥讀書，二哥一定會事半功倍的，妳就等著二哥考個功名回來給咱們家光宗耀祖吧！」

阮覓兒眨著大眼睛，一臉天真地看著葉紅袖，同時還抬頭看了一眼站在旁邊的葉黎剛。

「小丫頭，妳二哥讀書最不喜歡的就是旁人有人晃悠，妳一個坐不住的，怎麼陪他讀書？再說了，書院裡滿院都是男的，妳一個小丫頭去不方便。」

把鳳兒送走了的葉氏進院子後朝他們走過來，伸手摸了摸阮覓兒的腦袋。

「不嘛，我就要去！我還想去和老不正經先生敘敘舊呢！」

阮覓兒邊說邊主動將小手塞進了葉黎剛的掌心裡。

和上次一樣，葉黎剛先是愣了一下，隨後就抓緊了那隻小手。

葉紅袖注意到了二哥眼裡劃過的一抹異樣，也察覺到他唇畔那抹淡淡的笑意，笑著開口。

「也成，家裡這段時間忙，我和娘也顧不上妳，妳去和那老不正經先生敘舊的時候，順帶幫我們向他道個謝。等二哥考完了，大哥好了，我們到時再一家登門重謝。」

「好嘞！」

葉黎剛牽著阮覓兒走的時候，葉氏還不放心地衝葉紅袖嘀咕了一句。「老二這個時候最重要，別覓兒不知輕重打擾了他，讓他沒考好。」

「娘，妳就放心吧！二哥不是不知輕重的人，他性子沈，讀書本來就是件悶的事情，有覓兒在旁邊調節心情也是好的。而且覓兒還小，要是就這樣和咱們留在村子裡，最多也就跟著我認點藥材；可她跟著二哥在書院，跟著老不正經先生，學到的東西可就不一樣了。」

「也是，她終歸是大戶人家出身的小姐，留在咱們這裡，只會埋沒了她。」

葉氏這下不再覺得不妥了。

# 第四十九章

濟世堂東家的話真的應驗了。連俊傑和郝知縣領著衙役還有周邊村民在白樺林裡搜查了三天三夜，累得大夥兒都要虛脫了，愣是一點線索都沒摸到，更別說抓到人了。

連俊傑回來的時候，不僅青色的鬍碴都出來了，眼睛也熬得通紅，全是血絲。

他原以為一進家門，看到的會是滿地狼藉還有餓得嗷嗷叫的一老一小，沒想到一推開院門，卻完全是另外一番景象。

圍著圍裙的葉紅袖正坐在井邊洗衣裳，娘則坐一旁，有一搭沒一搭地和她說話。旁邊曬衣裳的竹竿上，曬著好些已經洗乾淨的衣裳和被單。

金寶正追在撲騰著翅膀想飛卻飛不起來的小黃後面，他估計是剛剛吃了芝麻糖，嘴巴一圈都是黑的，乍看像是長了一圈絡腮鬍。

三人同時聽到院門口的動靜，離他最近的金寶立刻邁開小短腿奔了過來。「爹！」

連俊傑滿臉的倦意，這一刻全都消失了。

他笑著伸手揉了揉抱住自己大腿的金寶，隨後抬頭朝已經站了起來的葉紅袖看過去。

「累壞了吧？」葉紅袖放下手裡洗了一半的衣裳，朝他走了過來。

「還好。妳什麼時候過來的，妳大哥怎麼樣了？」

「大哥的傷勢已經穩住了，這兩天都在昏睡，我娘寸步不離地守著。家裡我不在沒關係，可你不在，大娘和金寶吃飯都是難事，就過來了。」

連俊傑指了指滿院的衣裳和被單。「這都是妳洗的？」

「嗯。我見這兩天天氣好，就全洗了。你還沒吃飯吧！我現在就去給你下碗麵條，很快，你先洗把臉。」葉紅袖說完就去了廚房。

看到乾乾淨淨的小院子，還有被妥貼照顧好的一老一小，連俊傑這幾天在外一直懸著的心，總算放了下來。

打水洗了把臉，擦了身子後，他也進了廚房。

葉紅袖正站在灶臺邊往燒熱的鍋裡舀菜籽油，油燒熱後，打了兩個雞蛋進去，將雞蛋煎得金黃酥脆，盛起後又挖了兩勺豬油入鍋，舀了一瓢水進去後，蓋上鍋蓋。

「你別在這兒等著了，進屋吧，很快就會好！」他滿眼都是血絲，葉紅袖看著都心疼。

「我想妳。」連俊傑衝她笑道。

這幾天沒見，他著實想她想得緊。

葉紅袖被他這麼直白的話羞得小臉通紅。她急忙低下頭，側著身子從他身旁跑了出去。

再回來時，手上多了一把翠綠的蔥。

水沸入麵條，加鹽燉煮，起鍋後將煎雞蛋擱在上面，再撒入小蔥。

把麵條端給連俊傑後，她從櫥櫃裡端出了前兩天拿來的鹹菜。

連俊傑確實是餓壞了，聞著麵條和雞蛋的香味更餓得難受，但他沒急著吃，而是將雞蛋挾起遞到了葉紅袖的唇邊。

「我吃過了，你吃吧！」葉紅袖衝他搖了搖頭。

可他卻堅持不把筷子收回去。

無奈，她只好小小咬了一口，連俊傑這才滿意地將她咬過的雞蛋吃了，然後端著麵條呼嚕呼嚕地吃了起來，沒一會兒碗就見底了。

「還要嗎？鍋裡還有。」看他吃得香，葉紅袖也是開心。

「不用，已經飽了。」

連俊傑把碗放下後，葉紅袖遞了一杯熱茶，隨後將前幾天濟世堂東家說的活化石的事全都告訴他。

「這些都是他說的？」連俊傑的眉頭蹙得很緊。

他和這個面具歹人交過好幾次手，都不知道這些。

「嗯。原本我是想多問些的，甚至還想直接去找東家當面問個清楚，可上次在濟世堂你也看到了，紀大夫說不方便見面。我更覺得奇怪的是，東家明明知道面具歹人是活化石，為什麼不早一點告訴郝知縣呢？而是要等到現在才說。」

「所以我上次才說妳這個東家見不得人。」

連俊傑現在也對這個濟世堂幕後東家的身分越來越懷疑了。

「對了，這些日子妳不要上後山了，這幾天臨水縣大大小小的林子我們都搜查遍了，都沒有活化石的影子，我懷疑他進了牛鼻子深山。」

「牛鼻子深山？那我爹留在山洞裡的醫具和藥瓶，還有上次咱們在牛鼻子深山發現的腳印，會不會就是他的？」

一聽到活化石進了牛鼻子深山，她立刻聯想到前些天的那些蹊蹺事。

「不好說，也許吧！不過這次這事鬧得動靜這麼大，那活化石應該也不敢再輕舉妄動了。我等後天再進牛鼻子山去看看，明天咱們去衙門，陸氏夫婦那塊鐵牌還得讓郝知縣問清楚。」

這些天，郝知縣忙著抓捕面具歹人的事，關押在牢房裡的陸氏夫婦也沒時間去審問。

「這還用說嘛！肯定是程天順給的啊！本來那天就可以讓郝知縣當場問出來的，可惜這個活化石又跑出來壞了事。」

那天在衙門公堂上，只差一點就能問出鐵牌和幕後主使了。

「小丫頭，這事沒妳想得這麼簡單。程天順沒那麼大的本事，他的背後恐怕還有人。這幾天好好把妳大哥照顧好，等他好一些了，我還有好多事要問他。」

「嗯，你趕緊先回屋歇著吧，這幾天肯定累壞了。」葉紅袖接過他喝完的茶杯。

「心疼我了？」

連俊傑把杯子遞給她，一把拽住了她的手腕，幽黑的眸子定定地看著她。

她眼裡的心疼讓他心裡歡喜得很。

「你說是便是吧！」葉紅袖低著頭，沒承認也沒否認。

「唉呀，圓子、團子，你們別欺負我的小黃！你們要敢傷牠，我打爛你們的小屁股！」院子裡突然響起金寶發怒的聲音。

連俊傑微微蹙眉。「什麼團子，圓子？」

「是金寶給狼崽子取的名字。其實也不是金寶取的，他原本取的是威風和凜凜，說合起來叫威風凜凜才霸氣，可二妮不同意，說兩隻狼崽子看起來肉肉圓圓的，就應該叫團子和圓子。金寶很有風度，說妳喜歡這樣叫就這樣叫吧，反正妳喜歡就好！」

想起當時的情形，葉紅袖便忍不住笑了起來。

小金寶果然對他的小青梅百依百順地好。

「好了，你趕緊進去歇息吧！衣裳脫好放在床邊，我等會兒都拿去洗了，我先去把洗好的都曬了。」

連俊傑看著站在院子裡忙著曬衣裳的葉紅袖，唇畔的笑意更濃了。

看著她這個樣子在家裡忙進忙出，恍惚有種她已經嫁給自己，成了自己媳婦兒的感覺。

葉紅袖忙完外頭，進屋的時候，炕上的連俊傑已經睡著了。

讓他把衣裳脫好放在床邊，但估計是真的太累沒記住，要換洗的衣裳全都扔在了炕裡邊，她只能脫了鞋子爬上炕去拿。

怕驚醒他，她特地放輕了動作，誰知道她剛伸手拿了扔在裡頭的衣裳，原本一直閉著眼睛的連俊傑卻睜開了眼睛，怔怔地看著她。

葉紅袖當下愣住了，抓著衣裳的動作也停了下來，心裡猛地閃過一個念頭——他壓根兒就沒有睡，閉著眼睛估計都是裝的。

「你……」

她剛要開口，連俊傑卻突然從被子裡伸手摟住了她的腰肢。

「連大哥——」葉紅袖驚呼。

可剛喊出口，她就嚇得急忙捂住自己的嘴。

要是這個時候把外頭的金寶引了進來，看到他們這樣曖昧地趴在一起，她就是長十張嘴也說不清了。

葉紅袖掙扎了好幾下，非但沒掙扎出來，還把他蓋在胸前的被子弄亂了，這才發現被子下的他上身什麼都沒有，結實的古銅色胸肌就在眼前。

她被他的大手箍得動彈不得，只能垂眸看著眼前的美景，白皙的小臉立刻浮上了兩朵紅暈。

連俊傑就是故意的，故意把衣裳扔在炕裡邊，故意引她上炕，故意不穿衣裳，故意裝睡乘機抱她。

他一直都想這樣將她抱在懷裡，緊緊箍著，恨不能將她整個箍進自己的身體裡。

「你放開我，等會兒被金寶看到了。」

她不敢大聲，只能小聲在他耳邊說，用一種近似哀求的語氣。

這聲音聽得連俊傑心都化了。

他非但沒放開，抱在她腰肢上的力道反而又緊了三分。

葉紅袖被他箍得感覺腰都要斷了，幾乎都喘不上氣。

「你、你先放開我……」

連俊傑非但沒放，還一個翻身，將她整個壓在自己身下。

葉紅袖撇過頭，不敢直視他過於幽深的眸子，可他炙熱的鼻息不停噴灑在她的小臉上，讓她原本就紅得好似能滴出血來的臉更滾燙得厲害了。

「紅袖，妳看著我。」

低沈醇厚的嗓音在耳畔響起，心跳如擂鼓的葉紅袖哪裡敢聽他的話，撇著頭就希望他能趕緊起身鬆開自己。

看到身下的人兒不聽話，他又惱了，低頭和她靠得更近了一些，只差一指的距離便能觸碰到她柔軟的唇瓣了。

察覺到了他越來越粗重的呼吸，還有身上越來越滾燙的溫度，葉紅袖被嚇得急忙回頭看向他。

「連、連大哥，真的、真的會被金寶看到的。」

她緊張得都結巴了。

看到她粉色的唇瓣在眼前一張一合，已經忍耐到極致的連俊傑再也克制不住，直接壓了下去。

但他並沒直接覆上她的唇瓣，而是貼在她的脖頸上，唇齒間輕輕啃咬著嫩滑的肌膚。

葉紅袖一怔，沒料到他會有這個舉動，脖頸處的酥麻迅速傳遍全身。

這個突如其來的舉動她還沒反應過來，連俊傑又在她耳畔低語了一句。

「紅袖，妳不知道我有多喜歡妳，也不知道我為妳做了多少瘋狂的事，更不知道我隱忍了多長時間……」

「我——」

她欲開口，卻又察覺到身下被一個炙熱的東西頂著。

她頓時傻眼了，看向連俊傑，卻又被他眸子裡噴薄而出的慾望給嚇到了。

「我告訴妳，從我成年的那一刻起，我就惦念著這件事。只是妳還太小，我不敢告訴妳，更怕會嚇著妳。如今妳長大了，這事我便不怕告訴妳了。」

葉紅袖被他這麼直白的話給嚇得目瞪口呆。

這算表白嗎？應該算吧……

「唉呀，團子、圓子，不是讓你們別欺負小黃嗎？你們還追著牠進屋，這次我真要打爛你們的屁股了！」

就在這時，外頭突然傳來了金寶的聲音，隨即又是一陣窸窸窣窣的腳步聲，連俊傑急忙再次翻身，重新躺回炕上，閉上眼睛。

葉紅袖也急忙翻身下炕。

「紅袖姨，妳的臉怎麼和著火了一樣啊？」

「熱……熱的……」

她一臉心虛地對站在房門口看著自己的金寶撒著謊，還故意拿手當扇子搧風。其實也不算是撒謊，她現在確實是熱。

「那妳的脖子那裡怎麼有塊紅紅的啊？」金寶指著她剛剛被連俊傑啃咬過的地方。

「啊？那是被蟲子咬的。」

葉紅袖急忙伸手捂住那塊肌膚，說完就急匆匆地出了房間。

「紅袖姨今天怎麼怪怪的，奶奶才說這些天天氣轉涼了呢，哪裡還熱？而且屋裡也沒有蟲子啊……更奇怪的是爹都睡著了，她剛剛又在和誰說話啊？」

金寶邊說邊疑惑地抓著自己的後腦勺，又回了院子。

炕上，連俊傑差點沒忍住，笑出了聲。

葉紅袖捂著發燙得要著火的臉，急匆匆地往家趕去。

為免回家被娘看出了什麼異樣，她特地拐彎去村口的小溪邊洗了把臉，想讓臉上退退溫度。

她站在上游，這裡地勢稍微要高一點，還有一堆茂盛的樹叢，從樹叢底下流出的溪水要更冰涼一些。

葉紅袖剛在樹叢邊蹲下，捧了把冰涼的溪水撲上臉，溪邊便來了好幾個婦人。

因著她蹲在樹叢裡，那幾個婦人都沒看到她，還在專注地閒聊。

「哎喲，我看那楊月紅真的是瘋了，和她娘一樣不正常了。」

「對呀，葉常青把她弟弟都害死了，她竟不顧自己清白去給他作證，她這要不是腦子壞了，就是被她娘的瘋病給傳染了！」

「可不是嘛！前幾天我還有一個遠房親戚說看在她可憐的分上，想娶了她去當填房，如今聽了這事，說得虧沒娶來，不然娶個破鞋回去，可就丟人丟大發了！」

「唉，可拉倒吧，妳那個遠房親戚誰不知道他那門子事厲害啊！娶了三個媳婦，都成親沒多久就被他給搓磨得病了跑了，誰受得了？」

「欸，你們說她的身子有沒有被那個面具歹人給破了啊？」

「那還用說嘛？陸家兩個閨女都死在他手裡，楊月紅沒死也得破身子啊！」

「我估摸她是破罐子破摔，再加上腦子不清醒了，才會做出去給葉常青作證的傻事。不然這事擱誰身上都會藏著一輩子，打死也不說的。」

幾人不知廉恥的對話，聽得葉紅袖的臉再次紅了起來。

卻不是羞的，而是氣的。

「唉呀，快都別說了，楊月紅來了！」

葉紅袖透過樹叢，真看到揹著背簍扛著一大捆紅薯藤回來的楊月紅朝這邊走過來。

「喲，月紅回來了，砍這麼多紅薯藤啊，要不要二嬸子幫忙啊？」

「對，我們幫妳，一個村子住著的，能幫一把是一把。」

自稱二嬸子的是王二妹，開口附和的是她的妯娌，叫金桂花。兩人說話的聲調陰陽怪氣的，說是幫忙，卻有種像要看她熱鬧的感覺。

楊月紅冷冷瞥了她們一眼，並未理會。

這些天，村子裡關於自己的議論，她早就知道了，這些人表面可憐同情自己，可一轉身就在背後說自己傻了瘋了是破鞋，她也懶得扯出假惺惺的笑臉去應付她們。

熱臉貼在冷屁股上，王二妹的臉色登時黑了下來，不滿地嘀咕了一句。

「一個破鞋還自以為了不起，真是好笑，也不打盆水照照自己的樣子！」

「妳說什麼？」楊月紅聽到了，轉身朝王二妹看了過去。

「沒說什麼。」

王二妹沒想到她會聽到，矢口否認的同時還衝她翻了個白眼。

「有什麼不好說的，她就是個破鞋！」沒想到王二妹不想撕破臉，金桂花卻不怕。「一個破鞋還眼睛長到頭頂上去了，這個看不上，那個看不上，我看能看上妳的，除非瞎子要麼就是傻子！」

「金桂花，妳說什麼！」

楊月紅放下手裡捆著紅薯藤的繩子，眼睛直勾勾地看著前幾天腆著臉來家裡給自己說親，現在卻完全變了一副嘴臉的金桂花。

「什麼我說什麼？現在誰不知道妳楊月紅是個腦子不清醒的破鞋啊！給妳臉還不要臉了，不對，妳原本就是個不要臉的破鞋，呸——」

她們兩妯娌旁邊還有幾個要好的鄰居，因此壓根兒不怕眼神狠得幾乎要吃人的楊月紅。

「好啊，我現在就抓破妳們的臉，撕爛妳們的嘴，看妳們以後誰還敢說！」

早就憋了一肚子氣的楊月紅邊說邊卸下肩上的背簍，衝王二妹、金桂花二人奔了過去。

王二妹和金桂花敢把話說得那麼難聽，就已經預料到楊月紅會生氣動手了。

楊月紅就一個人，還瘦弱，王二妹雖然個子不高，但是力氣大，比她高一個個頭，塊頭都能抵得了兩個王二妹的金桂花就更不用說了。

楊月紅剛衝上去，就被人高馬大的金桂花死死掐住了後頸。

「妳個不要臉的破鞋還想抓破我們的臉，撕爛我們的嘴，我看誰的臉會破，誰的嘴會爛！」

王二妹還動手脫下了腳上的鞋，打算用來抽楊月紅的臉。

# 第五十章

就在王二妹手裡的鞋要挨上楊月紅的臉蛋之際，突然騰空飛來一塊石頭，狠狠砸在了她拿鞋子的手上。

「啊——是哪個不長眼不知死活的！」

王二妹剛轉身，葉紅袖已經衝她撲了過來，她還沒反應過來，脖子上就被狠狠扎下一針，哀號沒來得及喊出口，喉嚨就又被扎了一針。

等王二妹被扎得哭也哭不出，喊也喊不出了，葉紅袖才將她踹開，隨後朝還掐著楊月紅脖子的金桂花走去。

「我……我……」

金桂花被她眼裡的狠意給嚇到了，更被她手裡閃著寒光的銀簪子給嚇得膽寒。

她還記得彭蓮香的嘴是怎麼被扎歪的，也怕自己的嘴會被扎歪，於是急忙鬆開了楊月紅，並捂住自己的嘴。

葉紅袖一步一步向她靠近，最後笑著衝她說：「妳放心，我不會把妳的嘴扎歪的。」

聽聞，金桂花的眼裡立刻閃過一抹不敢置信，可都沒等她開口，她的手肘處就吃了兩針，那兩針狠狠扎在了她胳膊的麻穴上。

頓時，她的兩隻胳膊又痠又麻，就像是幹了十幾天的重活從沒有歇過一樣，痠麻得抬不起來。

「妳——妳——」

金桂花一臉驚恐地看著葉紅袖，這個時候，被踹翻在地的王二妹也從地上爬了起來，但她被扎的是聲帶，不管怎麼扯著嗓子喊，就是一點聲音都沒有。

「這次只是一個教訓，下次要是再讓我聽到妳們嘴巴不乾不淨，我就讓妳們這輩子都抬不起手來，說不出話來！」

王二妹和金桂花聽聞，嚇得腿都軟了，哪裡還敢逗留，立刻灰溜溜地跑了，其餘幾個看熱鬧的婦人也都立馬跟著走了。

葉紅袖轉身看向楊月紅，楊月紅卻只瞥了她一眼便走回背簍旁，沒吭聲。

但葉紅袖看到她的眼眶紅了，牙緊咬唇畔，攥緊的拳頭抖得厲害。

「月紅姊……」

「妳不要和我說話！我討厭你們，討厭你們葉家所有人！」

葉紅袖剛開口，楊月紅就回頭衝她吼了起來。

話音一落，眼淚就不受控制地滾了下來。

她急忙抹淚，轉身想要把背簍揹上，但不知為何，抖得厲害的手卻在這個時候使不出一點力氣。

她試了好幾下，徒勞無功，最後索性蹲下，大聲痛哭了起來。

看到她哭得全身顫抖，葉紅袖的心裡也難過得緊。

她走過去，蹲在她面前。「月紅姊，謝謝妳給我大哥作證。」

「我那不是幫他，我只是說出事實而已，我……」

楊月紅抬起淚臉看向葉紅袖，倔強地解釋，可話說了一半，她又說不下去了。

「月紅姊，我大哥已經回來了，土蛋哥的死，他會給妳和五叔五嬸一個說法的。」

葉紅袖能理解她糾結的心態。大哥是她認定的害死弟弟的凶手，可她礙於良心出來給大哥作證，明明是恨大哥的，卻又救大哥，最後還毀了自己的清白。她現在的處境比誰都要艱難和尷尬。

「那就希望他能給我們一個滿意的說法！」

楊月紅抹著淚站起來，這次把背簍和紅薯藤都揹了起來。

往村子裡走的時候，葉紅袖又急忙跟了上去。「月紅姊，妳讓我治五嬸吧！我能把她治好。」

「我說了，我娘是心病，我弟弟的事情沒搞清楚之前，她的病好不了。」楊月紅說完，大跨步地先行了。

葉紅袖沒再追上去。她知道她的意思，這事還得大哥親自來處理。

第二天一大早，連俊傑就駕了馬車過來，要載葉紅袖去衙門弄清楚陸氏夫婦的事。

她走到院門口，看到坐在車頭衝自己笑的連俊傑，突然就想起了昨天他將自己壓在炕上，說了那些讓人臉紅心跳的話，小臉立馬紅得像著火了一般。

未等得及他開口，她便跳上了馬車。

這次她沒和以往一樣和他坐在車頭，而是挑簾子進了車裡。才坐下，心臟怦怦怦地跳著，壓根兒不受自己控制。

連俊傑見她嚇得看都不敢多看自己一眼，笑了。

兩人很快就到了衙門，連俊傑挑開簾子，伸手想扶她出來。

葉紅袖看著他的大掌，莫名又想起了昨天的事，急忙開口。「不用。」

誰知道，她下車的時候沒注意，腳下一崴，直接撲進了他的懷裡，小臉直接磕在他結實的胸肌上。

這下連俊傑笑得更厲害了。他將懷裡的小身子扶穩，然後在她耳邊用只有兩人聽得到的聲音開口。

「妳放心，我們說過要等雲飛回來的，我不會現在就急著吃了妳。」

「什麼？」

葉紅袖紅著臉抬頭，他卻已經拉著她朝衙門走去。

兩人走到衙門口，正好碰到了兩個衙役出來。

「連兄弟，葉姑娘，你們來了正好，我們正要去找你們呢！」

連俊傑看他們兩個人的臉色有些不對勁。「怎麼了？」

「是陸氏夫婦……」

「糟了——」

衙役的話都沒說完，連俊傑就拽著葉紅袖奔進去。

兩人直奔上次關押葉常青的牢房。牢房門口，已經圍著好些衙役，兩人還看到負手在牢房口走來走去的郝知縣。

「是不是陸氏夫婦死了？」

「你、你怎麼知道？」

郝知縣一臉驚訝地看著衝到了跟前的連俊傑。

這三天，他們一起上山下山追捕面具歹人，已經相熟了。

「怎麼死的？」

「不知，仵作還在裡面驗屍。」郝知縣神色凝重地搖了搖頭。

「大人，您有哪裡不舒服嗎？」

葉紅袖盯著郝知縣的臉色看了好一會兒才開口。他眼睛通紅，臉色蠟黃，唇畔還有些微微發紫，看著有些不大對勁。站在他身後的衙役也有相似症狀。

「沒什麼不舒服，就是這幾天忙著辦案子，勞累了一些。」

郝知縣衝她擺了擺手，表示不礙事。

「那我能進去看看嗎？」

「這不好，妳一個姑娘家最好別見那些屍體。」

「知縣大人，陸氏夫婦前幾天都好好的，今天突然死了，死得蹊蹺，我是大夫，醫術還是可以的，興許我能查出些什麼。」

郝知縣覺得這話也有理，但也不敢就這麼讓她進去，抬頭先看了看連俊傑。

「我陪她一起進去。」

「那成，但記得別破壞東西。」兩人進去前，知縣大人還叮囑了他們一句。

牢房裡，除了躺在地上的陸氏夫婦屍體，便是圍著他們打轉的仵作。

「大叔，怎麼樣？」

兩人進去後，葉紅袖忙著問仵作情況，連俊傑開始打量起周邊的環境。

這和上次關押葉常青的密閉囚室不一樣，這裡是普通牢房，進進出出能接觸到其他犯人的機會很多。

「兩人是被毒死的。但是這毒是從哪兒下的，我就不知道了。他們身上我全都仔細查看過了，沒有任何傷口，喉嚨處也不發黑，不是咬的也不是吃的，也沒掙扎過的痕跡，這就奇怪了……」

正是這個問題一直困擾著他，所以他才圍著這兩具屍體轉了又轉。

「牢房有生人進來過嗎？」

就是下毒，也得有下毒的人進得來才成。

「獄卒剛剛已經和知縣大人稟告過了，說這幾天沒有任何人進來過。」

「他們會不會撒謊？」

「不會，這兩個人都是跟著知縣大人多年的老獄卒，是信得過的。」

「我看看。」

葉紅袖拿過仵作擺在一旁的銀針，在陸氏夫婦的胸膛靠近心臟的地方各扎了一針，銀針針頭很快就泛黑了。

「兩個人的屍體什麼時候發現的？」

她看了一眼銀針。毒性很深。

「就今早，獄卒給他們兩個人送飯的時候，發現他們躺在地上一動也不動了。」

放下泛黑的銀針後，她又扳開了兩個人的嘴巴看了看。舌頭喉嚨確實沒發黑。

「不是被咬的，不是自己吃下的，那就只能是聞的了。」

葉紅袖拿了另外兩根針，分別扎進了兩人的鼻子裡。很快地，銀針也跟著泛黑了。

「這我怎麼沒想到呢！」

仵作立刻一臉驚喜地蹲下，也拿了根銀針試了一下。

「可那也不對啊！要真放的是煙霧之類的毒，隔壁牢房的應該也會跟著一起中毒，得死這一大片。可隔壁幾間牢房的病人仔細審問過了，都說沒察覺到什麼奇怪的事，也沒聞到什麼奇怪的味道。」

陸氏夫婦的屍體一被發現，隔壁的犯人就全都被轉移出去了。

就在牢房裡的三人百思不解之際，外頭突然傳來了一陣異樣聲音。

「大人，小心！」

「大人、大人！」

三人對望了一眼，覺得不對勁，立刻衝出了牢房。

牢房外頭，臉色極為難看的郝知縣被兩名衙役扶著，那名臉色不對勁的衙役也是被人攙著。

「怎麼了？」連俊傑率先走到郝知縣跟前。

「不礙事，興許就是這兩天累著了。」

郝知縣又衝他們擺了擺手，但原本就覺得他臉色不大對勁的葉紅袖卻不這麼以為。

「我看看。」她拉過郝知縣的手。

這一拉，又發現了更多不對勁。他的手濕熱得厲害，掌心全都是滑膩膩的汗。

一搭上他的脈搏，葉紅袖的臉色立馬變了。

「怎麼了？」連俊傑看出不對勁。

「知縣大人中毒了！」

「啊?!」

她的話一出口，幾乎在場所有人都震驚了。

「妳不會把錯吧？」

事關重大，連俊傑怕她是弄錯了。

「沒有。」她很肯定地點了點頭。

隨後，她又幫那名衙役也把了一下脈，症狀相同，只是衙役的要比郝知縣稍輕一些。

「可是……這不大可能啊！這幾天知縣大人幾乎是日日夜夜都和我們在一起，怎麼就他們兩個人中毒，我們卻沒有事呢？」有衙役覺得這不大可能。

「中毒的可不止知縣大人和這位兄弟。」

「還有牢房裡的陸氏夫婦！」

連俊傑的話剛說完，仵作就想起了躺在牢房裡的陸氏夫婦。

「啊?!這……這是怎麼回事……」

「知縣大人，你從陸氏夫婦手裡得的那塊鐵牌呢？」

眾人還沒反應過來，連俊傑便想起了知縣大人和陸氏夫婦之間唯一的牽連。

那塊鐵牌，他們幾人都碰過。

「在……在證物房……」

郝知縣的臉色這時候更難看了，豆大的冷汗從額頭滾落了下來。

他伸手指了旁邊一個衙役，讓他帶連俊傑去證物房。「你帶他去。」

「不能再耽擱了，咱們趕緊送知縣大人去濟世堂解毒。」

葉紅袖看郝知縣症狀越來越嚴重，自己又沒拿醫具過來，要解毒只能去濟世堂。

於是一行人架著郝知縣急匆匆地朝濟世堂奔去。

為免知縣中毒的事被旁人知道，影響案情，葉紅袖特地讓馬車停在濟世堂的後門。門開了，他們直接將郝知縣扶進裡間，動手給他催吐、解毒。

好在郝知縣和那位衙役中的毒並不深，發現得也早，等葉紅袖給他施完針，症狀已經減輕很多了，就是身子虛得有些厲害。

郝知縣剛從床上爬起來，連俊傑就和領著他去證物房的衙役趕來了。

「大人，那塊鐵牌不見了！」

「什麼?!」

郝知縣才稍稍好看了一些的臉色又難看了起來，驚得從床上坐起的身子還虛弱地晃了晃。

葉紅袖看向連俊傑，他點了點頭，隨即開口。

「我和衙門的兄弟都查看過了，證物房裡除了這枚鐵牌，其餘的什麼都沒有丟失。且從這名竊賊留下的痕跡來看，他還是衙門的熟人。」

「大人，這下不用我再說，你也知道這名竊賊是誰了吧！」葉紅袖並未當下點出名字。

郝知縣知道她說的是誰，但他是知縣，心裡知道沒用，得有證據。

「你們有查出任何蛛絲馬跡嗎？」

他抬頭看向連俊傑和那名衙役。兩人都衝他搖了搖頭。

「證物房沒線索，陸氏夫婦又死無對證，我心裡知道了又能如何？我真沒想到他會是這樣的人，當年從臨水縣出去後回來的後生們，我見他一人在軍隊立過功，便將他攬來衙門當衙役。說實話，他的為人和一些做事方法我不大認同，可他又確實能幹，辦事效率高，所以才把他升了捕頭。只沒想到，唉……」

郝知縣為自己看錯了人而羞愧。

「那總不能沒有證據，這事就這麼算了吧！」葉紅袖卻不甘心。

「自然不能就這麼算了。黃超、陸生，你們兩個等會兒去赤門村，告訴程天順和毛喜旺，他們的職位撤了，以後再和衙門沒有任何關係。」

郝知縣指了指站在一旁的兩個衙役。

「是！」

「還有，從明天開始，密切注意他們兩人的一舉一動。天網恢恢，疏而不漏，我就不信他們做了，能不露出馬腳來。」

在自己眼皮子底下殺人滅口，自己也跟著一道中毒，這麼無法無天，郝知縣哪能不惱，就這麼算了？

郝知縣走了以後，葉紅袖和連俊傑一道去了濟世堂前頭找紀元參。兩人想從他的口中套一點幕後東家的消息。

「紀大夫，東家在嗎？那天我大哥的事，我想當面對他說聲謝謝。」

「還真是不巧了，我們東家這兩天出遠門了，得有好些日子才能回來。」

「這麼巧？」

葉紅袖、連俊傑兩人看向紀元參的懷疑眼神是一樣的。

「嗯，原本早就要走的，但這邊有事耽擱了。還有，東家已經說過了，妳是咱們濟世堂的人了，用不著客氣。」

「那等東家回來了，你能安排個機會讓我見見他嗎？像你說的，咱們現在都是自己人了；既然是自己人，我總不能連自己的東家是男是女，是老是少都不知道吧！」

見不到東家的真面目，葉紅袖也不甘心。

紀元參沒立刻回她的話，而是面露難色地沈思了好一會兒。

就在她幾乎要放棄之際，他才勉勉強強地衝她開口。「我試試和東家說吧！但是東家會不會答應，我不敢保證。」

「你們東家是什麼了不起見不得人的大人物，想要見他一面就這麼難？」

連俊傑實在不願看他們弄出這副故弄玄虛的樣子，便不耐煩地開口。

這話一出口，紀元參的臉立刻難看了起來。

「你別這樣說。」葉紅袖輕輕扯了扯他的袖子，知道他是為自己好，可這樣說話實在不合適。

「連公子，願意見誰，不願意見誰，那是我們東家的事，你這樣說話可是不合適。還有，這臨水縣有你連公子在，我們東家還真算不得是什麼大人物。葉姑娘，妳自便，我先去忙了！」

紀元參繃著臉，當下就甩袖子走人了。

連俊傑看著他憤然離去的背影，再想著他剛才說的那句話，心裡的疑問更甚了。

難道……他們知道自己的身分？

兩人一無所獲地從濟世堂出來，馬車在回去的路上碰到正好要去赤門村找程天順的黃超和陸生，便載著他們一道回了村。

回村後，連俊傑和葉紅袖還特地跟著他們一道到程家。原以為程天順不在，沒想到的是，他正在院子裡優哉游哉地澆花。

這些天，他臉上的水皰已經全消下去了，看起來不再像癩蝦蟆那樣令人噁心。

聽到院門口的動靜，他抬頭看了過來。

「唉呀，這颳的是什麼東南西北風啊，把你們給颳了過來？你們也真是的，來也不事先打聲招呼！我們這窮鄉僻壤的，就是有心想要招待你們，也拿不出什麼好東西來。別到時招待不周，你們回去和其他兄弟一說，弄得大夥兒最後還覺得是我小氣呢！」

他故意忽略站在最前頭的連俊傑和葉紅袖，直接走到了黃超和陸生面前，一臉殷勤地招呼他們進院子。

「不用了，我們這次是奉大人的命來辦事的。郝大人說了，從今天開始，正式撤了你和毛喜旺在衙門的職位。」

話一說完，程天順的臉就變了。「你們說什麼？」

「你和毛喜旺從今天開始，不用再去衙門當差了。那裡已經沒有你們的職位了，至於是為什麼，我們相信你心裡應該清楚。」

說話的黃超臉色一直冷冰冰的，看得出以前他們在衙門關係也不大好。

「我清楚什麼？我什麼都不知道！我只知道知縣大人辦事不力，抓不到面具歹人，就把氣撒在我們這些下屬的身上！我不服！」

程天順此刻惱火的態度和剛剛澆花的優哉游哉截然不同。連俊傑對他這巨大的反差有了懷疑，覺得他這惱火不是本意，而是故意裝出來的。

「你不服也沒用，反正大人的話我們已經帶到了。」

黃超和陸生不願與他多談，說完轉身就走了。他們還要去通知毛喜旺。

黃超、陸生一走，程天順的目光這才直勾勾地落在連俊傑和葉紅袖的身上。

「還不走？是以為能看到我的笑話嗎？」

他冷冰冰地開口，身上剛剛才升騰起的怒氣突然消失不見了。

「你早就預料到會這樣，有什麼笑話可看？」

到了這個時候，連俊傑更肯定他剛才的憤怒都是演戲，是裝出來的。

「程天順，死人開不了口，可活人會說話。你能保證自己不開口，可保證不了別人；你不識時務，更不能保證別人也不識。」

連俊傑意味深長地和他撂下這句話，就帶著葉紅袖走了。

看著他們離去的背影，想起自己身邊那個只要多瞧一眼就嚇得直打哆嗦的孬種，程天順眼裡的陰狠漸漸濃了……

# 第五十一章

葉紅袖在家門口下馬車的時候，連俊傑突然從身後拉住她的小手，嚇了她一激靈。

「這麼怕我了？」連俊傑被她的反應逗笑了。

「我是想告訴妳一聲，我明天要進牛鼻子山了，也不知道什麼時候回來，所以我娘和金寶吃飯的事就拜託妳了。」

「你真的要一個人去啊？要不讓郝知縣派兩個衙役大哥陪你去吧，太危險了！」

牛鼻子山原本就危險，現在裡頭又有了一個危險的活化石，大哥都被他傷成那樣了，足見他身手有多厲害。連俊傑一個人貿然進去，她怎麼可能會放心？

「不用，我習慣了獨來獨往，身邊多了人，身手不行我還會覺得是累贅。放心吧，我都還沒吃了妳，不會讓自己有事的！」

「你、你胡說什麼呢！」

剛剛才正經了一會兒，他又開始不正經了起來，葉紅袖被他氣得差點語塞。

「我沒有胡說。」

連俊傑的眸子落在她紅彤彤的小臉上，捨不得移開。要不是這個時候葉氏出來了，他恨不能在她小臉上咬一口。

葉紅袖和葉氏剛進屋，就聽到裡頭傳來一個碗摔在地上的聲音，兩人忙衝進去。炕上，昏睡了好幾天的葉常青終於醒了。

「大哥，你是要喝水嗎？」

「嗯……」爬起了半個身子的葉常青微微點頭。

「你等一下，我去給你倒杯溫水！」

兒子終於清醒過來，葉氏的眼淚立刻止不住，嘩啦啦地淌了下來。

看到滿頭花白的娘為自己掉淚，葉常青的眼睛也紅了。「娘，是兒子不孝，讓妳擔驚受怕了！」

「沒有，我兒沒有不孝，沒有不孝……」葉氏邊擺手邊走到他身邊，將他扶著坐起身子。

葉紅袖很快地端了一杯溫水來，遞給葉氏，扶著葉常青喝下後，又給他把了一下脈。

「還不錯，往後只要躺著好好休養就成了。」

「紅袖，妳、妳……哪裡來的這麼好的醫術？」葉常青一臉不解地看著長大的小妹。

他離開的時候，她還是個小不點，出村時，拽著自己的衣角跟著哭了一路，眼睛都哭腫了，現在妹妹已經出落成亭亭玉立的少女了。

「爹給我的啊！」葉紅袖歪著頭笑著和他打趣。

「常青，你是不知道，咱們家的紅袖現在可是了不得了，這附近十里八村的人都來找她看病，咱們家現在吃的喝的穿的，全都是她給人看病掙來的。你還不知道，縣裡開了一間醫館叫濟世堂，他們見紅袖的醫術好，心腸又好，就讓咱們家也打了濟世堂的招牌。」

說起自己能幹的閨女，葉氏越說越激動，剛剛漫在心頭的悲傷都消失不見了。

「濟世堂？」葉常青記得這個熟悉的名字。

「對啊，就是濟世堂。你爹生前最大的願望就是開間濟世堂，只可惜他去得太早了，但咱們家的紅袖爭氣，你爹沒完成的願望，她幫著完成了。」

「我的妹妹現在這麼能幹了？」

聽聞，葉常青看向葉紅袖的眼神更驚訝了。

「可不是嘛，如今你也回來了，老二也要考試了，真是好事一件接一件，現在就差雲飛了！」

葉氏是高興得說溜嘴了，說完了才察覺到這話當著葉紅袖的面說不好，急忙捂著嘴，臉色忐忑地看了站在一旁的女兒一眼。

乍一聽到這個熟悉的名字，葉紅袖確實愣了一下，但臉上表情淡淡，並未看出有什麼不妥。

葉氏怕自己一高興，又會當著葉紅袖的面說錯話，便自己尋了個藉口出去。「常青昏睡了這麼多天，都沒怎麼吃東西，肯定餓了，我現在就去燒飯。」

「娘，熬粥，稀一點，大哥現在吃不得太濃稠的東西。」

「好。」

看女兒臉上沒什麼不悅，葉氏這才稍稍放心了一些。

「妳現在打算怎麼辦？」葉常青看向低頭站在自己面前的妹妹。

她和連俊傑的感情，他是知道的，可雲飛為她賣身，還和她訂了親，怕是不好辦……而且雲飛對她的感情，他也明白。

「不怎麼辦，連大哥說了，會和我一起等雲飛表哥回來。」

兩兄妹在屋裡正說著話，突然從外頭慌忙地躥進來一個人。

海生因為跑得太急，沒注意到腳下的門檻，差點就被絆倒了。

「海生，你急成這樣做什麼？」

葉紅袖聽到動靜，出了房，走到屋裡將他扶穩。

「紅袖姊，不好了，五嬸和虎子打起來了！五嬸還差點把虎子的手指頭給咬下來。虎子娘現在正帶著虎子一家在楊家鬧呢，還說要將楊家的房子給掀了，我爹娘都攔不住，你們趕緊去看看吧！」

「我、我和你們一道去。」

葉紅袖沒來得及開口，躺在炕上的葉常青便翻身下來了。只是他動作太快，差點直接摔下炕，還是葉紅袖和海生反應機靈，一同過去將他給抱住了。

「大哥，你就在家等著吧，我去就行了。」

他傷勢未好，在炕上起身都困難，哪裡還有力氣站起來，更別說出門了。

「不行，土蛋臨終前我答應過他，回來後我就是楊家的兒子，楊家的事就是我的事。紅袖，在衙門那天，妳不是給我扎了一針嗎，妳再給我扎一針！」

葉常青拉過葉紅袖的手，想讓她再施針。

「不行，當時咱們實在沒有辦法了才行險招。你也看到了，那一針下去，你足足昏睡了三天，不能再扎了，再扎會要你的命的！」

「妳不給我扎，我也要去！」

葉常青堅持，說完就推開了葉紅袖的手。

「好、好，咱們一家都去，楊家的事就是咱們葉家的事，咱們管！」

說罷，葉紅袖把忙著燒飯的葉氏也喊了過來，幾人扶著葉常青急匆匆地朝楊家趕去。

村民們早就聽到消息了，也都一窩蜂地朝楊家奔來。

當葉紅袖、葉氏扶著葉常青出現的時候，圍在院門口的村民們都自動自發地給他們讓出一條路。

倒不是他們有多尊敬葉家，而是院子裡此刻已經像炸了鍋一樣，被楊家記恨的葉家再一進去，那裡頭的大戲就更好看了。

「敢欺負我們家虎子，就讓你們吃不了兜著走！」

站在院子中雙手扠腰、扯著破鑼嗓子叫喚的正是虎子娘。在她旁邊，左手被一塊大帕子包著的虎子正坐在凳子上嚎啕大哭著。

說是哭，也沒見他掉淚，就扯著嗓子乾嚎，像殺豬似的。

站在旁邊的虎子奶抱著他，一會兒喊著心肝，一會兒喊著我的寶貝，倒是看她硬生生擠出了兩滴淚。

虎子爹不知道什麼時候已經爬上了楊家房頂，一臉凶神惡煞地摩拳擦掌，就等著虎子娘一聲令下掀房頂。

楊月紅、楊五嬸和楊老五都被虎子爹帶來的本家兄弟團團圍在牆角。

五嬸估計是被這樣的場面嚇到了，正縮在楊月紅的懷裡瑟瑟發抖，楊老五臉色鐵青，想要衝出去，卻被那幾個大男人給死死攔住了。

院子中央幫楊家說話的就只有菊咬金、菊花夫婦。

「虎子爹，你趕緊下來，世上沒有動不動就掀人房頂的理！你小心自己也摔了，咱們有話擺在地面上好好說。」

菊咬金衝站在房頂上的虎子爹厲聲開口，想要把他勸下來。

「沒什麼好說的，我家虎子的手指頭差點硬生生被她個瘋婆子給咬下來了！虎子以後是要讀書寫字考狀元的，現在手指頭傷了，什麼都完了！村長，這事我告訴你，沒完！」

虎子娘一句考狀元，把走到了人群前看著這一幕的葉紅袖逗得噗哧一聲笑了出來。

虎子娘循聲看過去，便看到站在人群前的葉家人。

「妳笑什麼？」

她狠狠瞥了葉紅袖一眼。

「為虎子以後能當狀元給咱們赤門村長臉高興啊！他要考上了，必定是你們家祖墳的風水好到冒青煙。」

葉紅袖笑著反諷了一句。

剛才來的路上，海生已經把事情的經過都告訴她了。

虎子手指頭會挨咬，那是純屬活該。最近村子裡關於楊月紅是破鞋的流言越傳越烈，就連虎子這樣的熊孩子也是見了楊月紅，開口閉口就是破鞋。

不僅如此，今天一大早，他還帶著村子裡其他一幫孩子，在楊家的院門口掛了一雙破鞋，恰好就被楊五嬸給逮個正著。

楊五嬸把鞋子扔了，虎子又掛上，她扔了他又掛，如此反覆十多次，最後楊五嬸也惱了，抓著他掛鞋子的手咬住就不鬆口了。

一口下去是真見血了，但也沒有傳得那麼厲害，說是手指頭已經斷了。

更好笑的是，虎子那個榆木疙瘩腦袋，到現在就只認識一個倒著貼在門上的福字，要是換個字倒貼上去，他都還能說是福字。

一個大字都不識，虎子娘竟然還敢厚著臉皮說他要考狀元，所以葉紅袖才拿祖墳冒青煙的話譏諷她。

「葉紅袖，妳說什麼？我勸妳少管閒事啊，我們家的本家兄弟都來了，可不是好惹的！」

看到葉紅袖來了，虎子娘心裡怵得很，所以開口的時候特地點明了自己的本家兄弟都在場。

葉常青暗暗推開了扶著自己的葉紅袖和葉氏，並卯足了勁站直，臉色鐵青地衝虎子娘咬牙切齒地開口。「敢欺負我的爹娘，我葉常青就是豁出性命都要和他拚了！」

說完眼神狠戾地衝著將楊家人圍堵在院牆角的幾個大男人掃視了一遍。

葉常青雖然一臉傷痕，但眼裡的狠意還是把那幾個男人給嚇著了。

被圍堵在院牆角的楊家人也瞬間愣住了。

「你囂張個什麼勁，你當叛徒把土蛋害死了，現在竟還在這裡假惺惺地裝好人，你要臉不要臉啊！」

虎子娘起先也被嚇到了，但想到楊土蛋，想到楊家對他的恨便又不怕了。

「我再說一遍，我不是叛徒，我也沒有害死土蛋！當叛徒害死土蛋的另有其人！這個人等我揪出來了，我要將他碎屍萬段給土蛋報仇！」

「哼，說得好聽！」虎子娘一臉不屑。

「說得好聽不好聽，那是我們兩家的事情，什麼時候輪得到妳來插嘴了?!」

葉紅袖厲聲開口，並還了虎子娘一個不屑的眼神。

虎子娘差點被她的這句話頂得說不出話來。

「那你們不也是來多管閒事。」
「虎子娘，我剛剛說了，他們是我的爹娘，欺負我爹娘，我便和他拚命！不信妳就試試！」
「你……」
虎子娘這次徹底被葉常青的話頂得啞口無言。
「既然他們是你的爹娘，那虎子被瘋婆子咬，正好找你們算帳！天殺的，我們虎子的手指頭差點就被硬生生給咬下來了啊！這事就是告到官府，那也得給我們作主，還我們一個公道啊！」
一直抱著虎子沒吭聲的虎子奶突然開口，說完又扯著嗓子乾嚎了起來，當眾又硬生生擠出了兩滴眼淚。
看到自個兒的奶奶嚎得大聲，虎子也立馬有樣學樣，跟著一起扯著嗓子嚎叫了起來。
這一老一小此起彼伏猶如殺豬般的嚎叫聲，吵得葉紅袖耳膜都差點要破了。
葉紅袖忍著要爆發的怒氣，朝身後的人群掃了一眼，便看到剛剛才得了消息趕來的李小蘭夫婦和二妮。
被張大山抱在懷裡的二妮，小手緊緊攥著兩個茶葉蛋。
她笑著朝他們走過去。「二妮，把手上的茶葉蛋借給姨好不好？」
「借可以，但是姨妳得還我。這是我答應了要給金寶的，說好了一人一個一起吃的。」

二妮因為謹記著對自己小竹馬的承諾，所以對手裡的兩枚茶葉蛋很在意。

「好，姨現在借妳兩個，以後還妳四個，成嗎？」

「那好，能多吃一個，金寶肯定高興。」

二妮立馬笑嘻嘻地鬆開小手，把手裡的茶葉蛋給了她。

葉紅袖拿了蛋，轉身朝還扯著嗓子乾嚎的虎子走去。

葉紅袖突然走了過來，臉上還帶著讓人捉摸不透的笑意，虎子和虎子奶都愣住了，兩人殺豬般的嚎叫聲戛然而止。

「妳、妳幹什麼？」

虎子奶臉色煞白地看著唇畔冰冷笑意越來越濃的葉紅袖，心裡陡然生出了一股不祥。

「虎子，你的手被咬傷了，我是大夫，讓我看看成嗎？」

葉紅袖沒有理會虎子奶，而是輕聲細語地衝虎子詢問了起來。

「虎子，別理她！」

虎子奶心裡不祥的預感越來越濃，總覺得葉紅袖這笑容滿面的背後藏著他們不知道的鬼心思。

「虎子，你給我看了，我請你吃茶葉蛋，剛剛才從鍋裡撈出來的喔，你聞，可香了！」

葉紅袖邊說邊將手裡的茶葉蛋在他面前晃了晃，還當著他的面將其中一個茶葉蛋剝了殼，自己吃了。

虎子看她吃得香，又聞著茶葉蛋的香味，原本就是好吃鬼的他頓時受不了了，吞了好幾口口水，急忙衝她點頭說：「我也要吃。」

「等著，我幫你把殼剝了。」

圍觀的村民面面相覷，沒人能猜出正在剝雞蛋殼的葉紅袖這到底是要幹什麼？

她不是要幫楊家出頭嗎？可這怎麼拿著茶葉蛋一個勁兒地哄虎子呢？她到底是站在哪邊啊？

葉紅袖把雞蛋剝得乾乾淨淨後，笑著遞給了虎子。

虎子迫不及待地搶過雞蛋就塞進了嘴裡，而這時，葉紅袖突然起身，左手一把抓過他的頭髮，強迫他仰頭看向天空，右手捏住了他的下顎，強迫他張口。

虎子剛將雞蛋吞進嘴裡，都還沒來得及咬下去，光滑的雞蛋順著喉嚨一滑，直接堵在嗓子眼。

那麼大個雞蛋噎在喉嚨裡，又被葉紅袖箝制得動彈不得，虎子立馬翻起了白眼。

「葉紅袖，我要和妳拚了！」

急白了臉的虎子娘大吼一聲，衝葉紅袖奔過來。

「妳試試！妳要敢再靠近一步，我現在就讓虎子嚥氣！」

虎子娘才跑了兩步，便被她這話嚇得煞住了腳。

「虎子、虎子，我的虎子欸！」

虎子奶當下也急得號哭了起來。這次的眼淚可是實打實，不再是硬擠出來的。

「葉紅袖，妳要真敢傷我們家虎子，我們和妳沒完！」

站在楊家房頂上的虎子爹這下也急了。

「我看你們真是好了傷疤忘了疼，當初虎子被鵪鶉蛋噎得差點去見閻王爺，是誰把他救活的，你們都忘了嗎？」

葉紅袖這話一出口，不只是虎子一家，在場的村民們也都想起了上次虎子一家誣衊二妮的事。

「既然你們的忘性這麼大，我覺得很有必要情景再現，讓你們好好回憶一下。」

「可我們家的虎子確實被那個瘋婆子差點咬斷手指啊，不信妳自己看，妳不能蠻不講理啊！」

虎子娘看到虎子在葉紅袖手裡翻著白眼，嚇得舌頭都打結了，不敢靠近，開口的時候聲調也變了，不似先前那麼蠻橫了。

「虎子他還是孩子啊，小孩子學大人說兩句玩笑話怎麼了，犯得著下死嘴去咬嗎？」

怕葉紅袖不鬆手，虎子娘又補了兩句，希望她能念著孩子還小的分上算了。

「孩子？這樣的熊孩子，他被咬死都是活該，誰讓他嘴巴不乾不淨，五嬸腦子不清楚，她就是真把虎子咬死了，你們告去衙門，知縣大人也不會判她有罪！」

# 第五十二章

葉紅袖這話一出，圍觀的村民頓時炸了。

「好像是有這麼個說法，說腦子不清楚的人，犯了事也沒有罪。」

「是，是這樣的！就上個月，隔壁村子的李大傻把他家隔壁的大塊頭打破了腦袋，血淌了一地，去縣衙告狀，知縣大人不都沒判李大傻有罪嗎？」

「那楊五嬸這事就算了……可妳要是讓我們家虎子出事，妳是個腦子清楚的，妳就得償命！」

虎子娘聽到大夥兒討論，又看到虎子後面連白眼都翻不動，徹底慌了手腳的她立馬不和楊五嬸計較了，轉而衝葉紅袖威脅了起來。

「償命也得是死了人才償命，現在都沒死人，怎麼償命？」

葉紅袖笑了笑，鬆開了抓在虎子下顎和腦袋上的手，然後對著他的後腦勺一拍，堵在喉嚨裡的雞蛋就囫圇地滾到地上。

被雞蛋噎得臉色發青的虎子，費了好大的功夫才喘上了氣。

葉紅袖笑著看向他。「虎子，雞蛋好吃嗎？」

鬼門關前走了一遭的虎子嚇得急忙躲到自己娘的身後，看著她的眼睛裡充滿了驚恐。

「我看你的樣子就知道你覺得這個不好吃，既然不好吃呢，以後你可得管好自己的嘴啊！什麼話該說，什麼不能說，開口之前都得好好仔細想清楚。不然，下次我再餵你的，就不是雞蛋，而是石蛋了！」

「什麼想清楚不想清楚的！我們家的虎子哪裡說錯了，楊月紅她現在不就是個破鞋嗎?!」

虎子奶看到自己的孫子現在沒什麼危險了，立刻扠腰扯著嗓子衝葉紅袖叫囂了起來。

誰知道話才剛說完，背對著她的葉紅袖反手就一巴掌朝她的臉上甩了過去。

「哪個王八蛋說月紅姊沒了清白的？」

虎子奶沒料到她會突然一巴掌甩過來，被打得頭暈眼花的她呆愣愣的，好半天都沒反應過來。

「葉紅袖，妳竟敢打我老娘！」

站在屋頂上的虎子爹這下徹底不幹了，直接從房頂跳下來，怒氣沖沖地朝葉紅袖奔來。

「我打的就是這個上梁不正下梁歪的歪梁，要不是她嘴巴不乾淨，虎子從哪裡學來的這些?!」

葉紅袖說完，把還在發懵的虎子奶推向虎子爹的懷裡。

「她也是女人，你也有閨女，要是她們受了欺負，明明清白還在，卻被不講道理、是非不分的糊塗蛋整天指著鼻子罵是破鞋，我就不信你這個男人能吞得下這口氣！」

她的質問，讓一臉怒氣、還想找她算帳的虎子爹立刻蔫了。

「還有你們！」葉紅袖隨後又看向虎子爹的那幾個本家兄弟。「你們也都有妻女，你們別說你們運氣好，一輩子都碰不到這樣的事，可你們別忘了，面具歹人到現在都還沒有抓到，誰能知道他下一個要下毒手的是哪個姑娘？今天我還真是見識到你們這些人的本事了，有氣力在這裡欺負一個受罪的姑娘，卻沒有力氣去抓興許就會對你們妻女下毒手的面具歹人，你們算什麼男人！全都是孬種、慫蛋！算帳、討公道？你們這些孬種有什麼臉面站在這裡和楊家算帳，和他們討公道？」

那幾個被葉紅袖盯著的男人，你看看我、我看看你，臉上都掛不住了，最後都灰溜溜地轉身鑽進了人群。

把那些人都驅趕了以後，葉紅袖才又轉身看向身後的虎子一家。

「你們現在還要算帳，還要掀房頂嗎？」

虎子一家哪裡敢再吭聲，立刻落荒而逃了。

菊咬金見事情都平息得差不多了，便讓圍觀的村民們都散了。但讓大夥兒散了前，他沈著臉衝所有人警告了一句，說以後要再聽到誰的嘴巴不乾不淨地喊什麼破鞋，直接讓他們都從赤門村滾蛋。

人都走了以後，楊月紅才扶著楊五嬸走過來。

縮在楊月紅懷裡的楊五嬸，眼睛直看著朝自己走過來的葉常青。

「土蛋……」她輕輕呢喃了一聲。

「娘，我就是妳的土蛋！」

葉常青邊說邊撲通一聲跪在了楊五嬸的面前。

「你不是我的土蛋……不是！你還我土蛋！你還我土蛋！」

楊五嬸哇的一聲痛哭起來，邊說邊不停拍打著跪在自己面前的葉常青。

看到受傷的兒子被打，葉氏於心不忍，想要上前，卻被葉紅袖拉住了。

「可……」

「娘，終歸是要這樣的。」

「娘，我是土蛋！我就是土蛋！我答應過土蛋，我今後就是他，我要代替他孝敬你們，給你們養老送終，我是土蛋！我就是土蛋！」

葉常青跪在地上，邊說邊任由楊五嬸拍打，但他本身傷勢就重，剛剛強撐著病體和虎子一家說話，就要了他大半精力，現在再這樣，身子撐沒多久就軟下來了。

葉紅袖正要向前去扶，一旁的楊老五卻突然伸手揪住了他的前襟，將他軟下去的身子又提了起來。

「你不是我們家的土蛋！這個世上沒有人可以代替我們家的土蛋……葉常青，土蛋的死到底怎麼回事，你最好現在就給我解釋清楚，不然，我還是要你償命！」

說完，一把將他推開。

葉紅袖和葉氏這才急忙上前，將葉常青扶了起來。

「五叔，這事說來話長，你容我慢慢和你們說。」

葉常青緩緩開口，將大夥兒的思緒拉到了一年多前——

「麓湖戰役是最後一場最重要的戰役，敵我雙方加在一起近十萬士兵，這場仗要是打贏了，咱們就不用再打仗了……可要是打輸的話，咱們還得繼續打，永遠別想有安寧的日子可以過。因為太過重要，所以咱們將軍不敢輕舉妄動。可越是謹慎，意料之外的狀況越是多，我們沒多久就發現軍隊裡有叛徒，不停有軍隊裡重要的機密被洩漏出去……」

「那個叛徒就是你！」楊老五冷幽幽地開口。

「不是！就是為了要捉這個叛徒，將軍才親自來軍隊挑選要打入敵軍內部的士兵，想要從他們那邊入手，把這個咱們一直查不出的叛徒給揪出來。當時選的是我還有另外一個士兵。可出發前，我在帳篷裡收拾，土蛋卻突然揹著收拾好的包袱來找我，說他已經和將軍說好了，由他代替那個士兵，要和我一起入敵營。我打死不肯，因為這是九死一生的事，太危險了，且我都已經做好了回不來的準備！」

「常青，你——」葉常青這話立刻揪碎了葉氏的心。

「娘，戰爭就是這麼殘酷，上了就不知道能不能活著回來……」

寬慰了自己的娘一句後，葉常青又繼續接著說：「可土蛋堅持，說我們是已經發過誓要做生死兄弟的，不能讓我一個人入虎穴。於是就這樣，我們一同打入了敵軍內部。可誰知道，讓我們打入敵軍內部本就是敵軍的一個圈套，我們進去沒多久就被抓了，還被分開關在兩個牢房裡嚴刑拷打。直到半個月後，一直被分開關著的我們突然被關在一起。那天，也是我見土蛋的最後一面……」

聽到最後一面這幾個字，楊五嬸又開始激動地痛哭起來。

「土蛋被打成了重傷，身上的衣裳全都被血染透了，可他見到我的第一面卻笑了。他和我說，說他做到了……他什麼都沒有說，一個字都沒說，以後再也沒人敢說他是慫蛋了，說他、說他給你們爭氣了……」

想起當時的情形，葉常青哽咽得說不出話來，眼淚傾瀉而出。

站在一旁的葉紅袖、葉氏也都跟著紅了眼眶，楊家人就更不用說了。

「土蛋最後因為傷勢過重沒能撐過來，臨終前，他要我發誓，讓我回來後一定要代替他孝敬你們……還說、還說你們千萬不要怪他不孝，來世、來世他還要當你們的兒子，還要叫土蛋……」

楊家院子裡靜悄悄的，能聽到的只有大夥兒落淚的聲音。

「土蛋剛在我懷裡嚥氣，我就被衝進來的一夥蒙面人給打暈了。等我再醒過來，仗已經打完了，我們雖然最後險勝，但死了上萬士兵。可我還沒徹底清醒，就被關進了刑部的天牢，說是在敵方陣營裡發現了我寫的通敵賣國的書信。這一關便是一年，真相一查也是一年，直到前段時間，刑部突然把我放了，說是查到叛徒另有其人。五叔，你想想，死的是上萬人啊！我要真的是通敵賣國的叛徒，我就是死一萬次都不為過啊！怎麼可能會被放出來?!」

葉常青抬起淚臉，一臉凝重地看向楊老五。

楊老五這個時候眼睛也紅了。許久，他才攥緊拳頭，搖了搖頭。

「你們都走吧，我們不想看到你們。」

聲音很輕很輕，像是釋然，又像是心灰意冷。

「五叔……」

「走，你走！你們都走！趕緊走，不想看到你們，不想！」

葉常青還要開口，楊五嬸突然激動地將他從地上拉了起來，連轟帶趕地把他們全都趕出了楊家院子。

門一關上，就聽到裡頭再次傳來了楊五嬸嚎啕大哭的聲音。

葉常青站在楊家院門口，不願就這麼離去，可他傷勢太重，身子硬撐不了多長時間，站了一會兒就站不住了。

葉紅袖心疼，走過去寬慰他。

「大哥，你要孝敬他們一輩子，要給他們養老送終，這些不是用嘴巴說說就行的，要實際去做。而且他們才知道土蛋哥去世的真相，你要他們一下子就能接受，也不實際。來日方長，只要你真心為他們付出，對他們好，他們會慢慢接受和理解的。」

「對啊！現在最重要的是你把自己的身子養起來，這麼一大家子呢，往後可就全都指望你了。」

葉氏抹了淚，也跟著勸慰。

葉常青覺得妹妹和娘說得有理，也看出了楊家一時半會兒不會開門，便點了點頭，和她們一道回家去了。

葉紅袖、葉氏扶著葉常青剛走出去，旁邊的巷子裡突然閃出了一個人影。

楊家前前後後發生的事情，他全程都在旁邊，就連剛才他們在院子裡說的那些話，他也都一字不落地全聽到了。

他眸光幽寒看著葉家人離去的背影，又回頭看向緊閉著院門的楊家。

「想要就這麼和好，作夢！」

第二天一早，葉紅袖剛把葉常青需要的藥準備好，二妮就來了。

「紅袖姨，妳答應要還我雞蛋的。」

小丫頭還記著昨天葉紅袖找她借的兩個茶葉蛋呢！

「唉呀，忘了，家裡的雞蛋都吃完了，這可怎麼辦啊？」葉紅袖走到她跟前，故意笑著逗弄她。

「一個、一個都沒有了嗎？」

聽到沒有，二妮的小臉立刻垮了下來，小嘴噘著，不相信的她還轉身去廚房看了一眼。

「倒是有一個，但是也不夠你們分啊！妳看到了，常青叔叔受傷了，他得吃些好的補補，雞蛋都給他吃了。」

葉紅袖跟著她一道進了廚房。

「有一個就行了，給金寶吃！那是我答應了一定要給他的，我的雞蛋就當是送給常青叔補身子了！」

聽到還有一個，二妮的小臉立刻又盈滿笑容。

「喲，小丫頭心裡這麼惦念自己的小竹馬呢！金寶要知道妳心裡這麼有他，就是不吃雞蛋也開心的。」

看到兩人這麼好，葉紅袖也高興。

「紅袖，妳不是要去連家嗎？時間不早了，趕緊過去，省得耽誤了俊傑的時間。」

從房裡出來的葉氏見了女兒急忙開口。她也知道連俊傑今天要進牛鼻子深山抓活化石的事。

「那我走了。」

葉紅袖急著挎起事先準備好的籃子，拉著二妮一道出門，朝連家去了。

連家院子裡，連俊傑正在井邊磨刀，金寶蹲在旁邊，一會兒幫忙遞水，一會兒給他遞刀鞘。

正專心致志的二人聽到院門口響起的聲音，都抬頭朝這邊看了過來。

看到自己的小青梅來了，金寶立刻把手裡的水瓢扔了，邁開小短腿朝她奔了過來。

「二妮，妳來啦！」

「我告訴妳喔，小黃長大了，會打鳴了，我還在被窩裡作夢吃雞蛋呢，就被牠給吵醒了。」

「真的？」

「嗯，我帶妳去看！」

兩個小的立刻牽著手朝雞窩奔了過去。

葉紅袖放下手裡的籃子，蹲在連俊傑身邊，看到他一大早起來又是磨刀、又是磨箭的，心跟著揪了起來。

「你真的一個人進去嗎？」

「放心吧，不會有事的。」

「要不，我和你一起去吧！」

牛鼻子山本就危險，現在山裡頭還有個危險的活化石，她終究不放心。

「妳是不想讓我放心嗎？」

連俊傑抬頭，幽深的眸子直直看著她。

他這樣說，她反而不知道該如何接話了。

這時候，連俊傑手裡的刀箭已經全都磨好，依次將刀插入刀鞘，將箭放入箭筒，才又抬頭看向她。

「妳在家等著我，才能讓我安心，才有我拚命想要回來的動力。」

說完，他伸手摸了摸她白皙滑膩的小臉，看著她的小臉因為自己的撫摸還有這句話而迅速浮上兩朵紅暈。

「那你自己一個人一定要小心。」

葉紅袖低頭說完這句話，提著籃子急匆匆進了廚房。

籃子裡裝著十多個雞蛋，說家裡的雞蛋都吃完了是故意逗弄二妮的，她可不會和小娃娃食言。

把雞蛋扔入鍋中燒熱的水裡後，她又探頭朝院子裡看了兩眼。

金寶和二妮還湊在雞窩前嘀嘀咕咕的，也不知道兩人在說些什麼，說完都咯咯笑了起來。

待鍋裡的雞蛋都煮好以後，她全撈了起來，將蛋殼一個個敲碎，再重新扔入加了茶葉和香料的水裡。

半刻鐘後，茶葉蛋好了。

葉紅袖拿了一塊乾淨的帕子，裝上自己從家裡拿來的饅頭和煮好的茶葉蛋，仔細綁好。

這些是給連俊傑帶上山當乾糧的。

捧著小包袱的她轉過身才發現連俊傑不知何時已經站在廚房口，正定定地看著自己。

她被他過於幽深的眸光給嚇了一跳，急忙收回自己的視線。

不知道為何，總覺得他剛才看自己的眼神怪怪的，好像藏著什麼讓人不敢直視的東西。

「這些你放好，天黑前一定要回來。」她低著頭，將小包袱塞進他手裡。

誰知道她抓著小包袱的手沒來得及鬆開，就被他的大掌一把拽住了，接著便被他抱著拉進了廚房，抵在他結實的胸膛和櫥櫃之間。

他的心跳很快很快，身子也很燙很燙，她撐著他胸膛上的小手都要被燙疼了。

「連大哥？」

葉紅袖驚詫地抬頭，心跳如擂鼓，呼吸也在瞬間急促起來。

炙熱的鼻息噴灑在她紅得好似能滴出血來的小臉上，幽深的眸子望著她如花瓣的唇畔。

他原是想來和她道別的，但看著她在廚房低著頭忙碌，露出了脖子上他留下的吻痕後，他再次情難自禁。

「再喊一遍……」

連俊傑低頭，粗嗄的聲音在她耳邊響起。

他喜歡聽她聲音細小如貓兒呢喃一般地在自己耳邊喊連大哥，每次她一喊，他的心都要化了。

「連、連大哥，別這樣，金寶他們……唔……」

她的話都還沒來得及說完，便被連俊傑炙熱的唇瓣給堵住了。

他的唇很熱很熱，燙得葉紅袖幾乎全身都在顫抖。

她不是一個膽小的人，但突然被他這樣撲了過來，身上裹挾著濃烈的情慾味道，她怎麼能不驚不怕……

連俊傑察覺到了懷裡小身子微微顫抖，怕自己真會嚇壞她，便強迫自己離開了她的唇畔。

葉紅袖喘著氣，不可置信地看著突然強吻自己的連俊傑。

「別怕，總有這麼一遭的。」

連俊傑被她滿臉的不可置信逗笑了，同時伸手抹了抹她被自己吻得有些腫的唇畔。

她的滋味果然如想像的一樣甜美，不，是要更甜美。

仍舊心跳如擂鼓的葉紅袖呆愣愣地看著他，完全不知道該開口說什麼，好似腦子裡所有的思緒和理智都被他吸走了一般。

等她好半天回過神來，連俊傑已經拿著小包袱、揹著弓箭走了。

# 第五十三章

天色暗下來後，葉紅袖怕在山裡奔波了一天的連俊傑會餓壞，便先做好了飯菜熱在鍋裡，這樣他一回來就能吃上熱騰騰的飯菜了。

然後，她提了熱水到院子的水井邊，要給金寶洗澡。

她從屋裡翻出了衣裳，催促蹲在院門口不動彈的金寶趕緊過來。

誰知道，一向乖乖聽話的金寶，今天卻蹲在那裡就是不動彈。

「金寶，趕緊過來，不然水要冷掉了。」

「我等會兒洗。」

金寶回頭看了葉紅袖這邊一眼後，又扭頭朝外頭看了過去。

「我水都打好了，你趕緊過來。」

金寶不動彈，她只好自己過去。

「怎麼?擔心爹啊?」

葉紅袖在他面前蹲下。天一擦黑，他就在這兒蹲著了，目不斜視地望著前方，小眉頭緊緊皺著，一副憂心忡忡的樣子。

「不擔心，爹說過天黑回來，就會天黑回來的。」

沒想到的是，小包子明明擔心得要命，卻用極其堅定的口吻道。

「是啊，你爹從不食言的，所以不用擔心了，和我進去洗澡吧！」

葉紅袖起身，伸手想要拉他起來。

「可我、我身上不髒，不用洗，紅袖姨，真的，一點都不髒！」

金寶連連衝她擺手，好像對洗澡很是抗拒。

「不行，你都瘋跑了一天，身上的衣裳乾了又濕、濕了又乾，全都是汗味，不洗不行。你趕緊跟我過去，洗了晚上睡覺才舒坦。」

葉紅袖摸了摸他還有些濕的劉海，說完便抓過他的小手，要往井邊走過去。

「紅袖姨，我不用洗！真的，我一點都不髒，不用的！」

讓葉紅袖意外的是，金寶竟極其抗拒，掙脫了她的手後便跑到院門外頭，兩隻小手緊緊抱著門框不撒手。

「金寶，你還是去洗吧，身上黏黏的多不舒服啊！我回去也要洗澡的。」

蹲在院門前的二妮拍了拍自己的小屁股站起來，也跟著葉紅袖一道勸著。

「你看，你的小青梅都開口了，你可別不講衛生讓二妮嫌棄你髒，最後不要你這個小竹馬了啊！」

葉紅袖搞不明白，金寶平常也不像是不講衛生的，怎麼今天突然這麼抗拒洗澡了？

「我……我……」

子。

金寶眨巴著大眼睛，一會兒看向葉紅袖，一會兒看向自己的小青梅，一副欲言又止的樣子。

「紅袖，金寶是害羞呢！他覺得洗澡時妳和二妮都在，他不好意思。」

最後，是屋裡的連大娘看不下去了，笑著開口道出了金寶心裡的顧忌。

「哈哈哈……金寶，你放心好了，我不會偷看的。我娘說偷看別人洗澡會長針眼的，我可不想長針眼！」

二妮聽聞立馬笑得停不下來，說著還用小手捂住自己的眼睛。

「奶奶——」

金寶衝屋裡的連大娘喊了一句，覺得她不應該說出來，圓嘟嘟的小臉頓時紅得像是著了火。

「小鬼頭，我當是什麼呢！好，你一個人洗，我和二妮都不偷看總成了吧？」

葉紅袖被他窘迫的模樣逗笑了，把換洗的衣裳給了他後，將院門關上，帶著二妮進了屋子。

她嘴上說不看，可還是忍不住從炕上的窗戶往外探出半個身子。

她可不是故意要去偷看的，只是怕金寶年紀太小，洗不乾淨。

葉紅袖又怕一老一小會餓著，金寶洗完了澡，她便將鍋裡的飯菜都端出來，也沒敢在他們的面前表現出一絲擔憂。

這中間，李小蘭來接二妮，還笑著與她閒聊了幾句。

「紅袖，妳昨兒在楊家說的那一番話有作用了，今天整個村子裡都安安靜靜，再沒人敢嘴巴不乾淨亂說話了，見著了月紅，也都客客氣氣的。」

今天，葉紅袖一大早就來了連家，村子裡的這些情況還不知道。

「那就好。」

李小蘭帶著二妮回去了以後，看著越發暗沈的夜色，她也越發擔心了。

三個人在屋裡直等到了後半夜，院門口也沒有一點消息。

連大娘畢竟身子骨老了，強撐到半夜，實在是撐不住，便靠在炕邊打起了盹。

金寶有心想等，卻架不住上下眼皮一直打架，最後也被葉紅袖抱回屋去睡了。

「紅袖姨，妳放心，爹爹說了會回來就一定會回來的！」

臨睡前，金寶抓著葉紅袖的胳膊又這樣肯定地說了一句。

「嗯，我知道，你爹不會食言。」

給金寶蓋上被子後，她挑了一下矮桌上的燈芯，讓屋裡的光線更亮了一些。

連俊傑是直到後半夜才帶著一身血腥回來的。

原以為家裡的人都睡了，屋裡屋外肯定到處都摸黑，沒想到推開院門，自己的房間裡還亮著一盞燈。

他放下手裡沾滿了血跡的刀箭，輕手輕腳地朝屋裡走去。

坐在炕上的葉紅袖正一手撐在矮桌上閉目養神，昏黃的光映照在她的臉上，是說不出的恬靜溫馨。

連俊傑悄悄靠近，離她一步之遙時才伸手，大掌正欲撫上她的面孔，她卻突然睜開了眼睛。

「連大哥?!」

葉紅袖還以為自己在作夢，直等到他的大掌撫上了自己的臉，還看到了他唇畔的笑意，才確定這不是一場夢。

「你終於回來了！」

她從炕上跳了下來，疾步衝過去將他給抱住。

「等急了吧？」被抱住的連俊傑臉上的笑意更濃了。

這還是他這次回來後，她第一次主動抱自己呢。

葉紅袖沒說話，而是抱著他深吸了好幾口氣。

她從沒有哪一刻這麼想念他身上的味道，可這一聞卻立馬讓她皺起了眉頭。怎麼全是血的味道？

她鬆開抱在他腰間的手，這才看清，他的身上臉上竟沾了斑駁的血跡；還有，這血的味道，有些不對勁……

「妳別怕，都是畜牲的血。我出山的時候見山裡的獵物多，便獵了些回來，也是因為這樣才耽誤了回來的時間。讓妳害怕擔心了，是我不對！」

葉紅袖的眸子裡才閃過一抹異樣，連俊傑便急忙開口解釋，隨後拉著她一道出了房間。

院子的水井邊，借著月光還真看到扔了好些獵物。

「你沒受傷嗎？」

葉紅袖看他神態輕鬆，笑容滿面，不像是受過傷的樣子。可那血，明明聞著就不只是動物的血那麼簡單……

「放心，一點傷都沒受。」他笑著伸手揉了揉她的腦袋。「趕緊給我弄點吃的吧，妳早上給的那點乾糧早就吃光了，現在還真是餓了。」

「我現在就去。」

葉紅袖在廚房裡燒飯的時候，連俊傑打了熱水在院子裡洗澡。

兩盆水潑下去，身上的血跡立刻被沖得乾乾淨淨。洗乾淨了自己，他又打了幾桶水清洗那些帶回來的獵物，院子裡的血腥味終於慢慢淡了去。

可即便已經沖洗乾淨了，連俊傑還是忍不住有些擔心。

紅袖是大夫，還是醫術高超的大夫，應該能分清什麼是人血、什麼是畜牲血的。

也怪自己太心急，應該洗乾淨了再進屋的……

他才想著，葉紅袖已經端著燒好的飯菜出來了。

「你愣著幹什麼啊？趕緊穿上衣裳，省得著涼了。」

看她笑意盈盈，對自己的態度並未改變，連俊傑這才暗暗鬆了一口氣。

她應該是沒察覺到什麼。

「嗯，我現在就去換衣裳。」

等連俊傑穿好乾淨衣裳，葉紅袖已經在堂屋裡擺好碗筷，放了凳子，正一臉期待地看著他。

「你先吃，吃完了再慢慢和我說。」

要說的，自然是關於活化石的事。

連俊傑是真的餓壞了，坐下埋頭吃飯後就沒停筷，只一會兒就風捲殘雲地把桌上的飯菜全都吃光了。

葉紅袖起身給他倒了杯熱茶，他喝了一口，這才慢慢開口。

「我在山裡轉了一圈，確實發現一些他的蹤跡，但找著找著就什麼都沒有了。他這身出神入化的喬裝隱身本事，還真是厲害。」

「你也別太心急，上次紀大夫不是告訴我們，說從前京城裡的那個大將軍，足足用了半年才和他交上手嗎？」

「我知道。時間不早了，我送妳回去吧！妳在這裡留到這麼晚，妳娘和大哥一定會擔心的。」

回到葉家，葉氏和葉常青果然因為擔心她，擔心進山的連俊傑，兩人都沒有睡。

連俊傑送了葉紅袖進家門後，見葉常青是醒的，精神還不錯，便和他聊了幾句。

「俊傑，謝謝。」

「客套話就不必說了，好好養傷，後面還有很多事情等著你去做。」

連俊傑和他並不陌生，他又是葉紅袖的哥哥，所以不願顯得這麼見外。

「對了，你先我一年入伍，去的是哪個軍隊啊？我入伍後多方打聽，卻一直都沒有打聽到一點關於你的消息。」

當年誤傳連俊傑陣亡的消息後，妹妹傷心欲絕，滾下山摔壞了腦子，爹爹也為此出事。後來雖然連俊傑陣亡的消息被澄清了，但自己入軍隊後，一直著手打聽他的情況，可惜的是，一直一點消息都沒有。

「我在戚家軍。」

「戚家軍？」

葉紅袖和葉氏原以為連俊傑說的只不過是個普通軍隊，沒想到半靠在炕上的葉常青卻立馬激動地坐直了身子，看著連俊傑的眼裡全是不敢置信。

「你真的在戚家軍？」

「嗯。」

和他過於激動的反應不一樣，連俊傑的神色仍舊淡淡的。

葉常青激烈的反應也引起了葉紅袖和葉氏的興趣。

「大哥，戚家軍很厲害嗎？」

她看大哥此刻看著連俊傑的眼神裡閃爍著欽佩，有些猜出了這個自己聽都沒聽過的戚家軍肯定厲害。

「當然厲害！麓湖那場仗最後能打勝，便是因為戚家軍及時趕到了。不然那時候死的可就不是一萬人，而是幾萬人！」

「你當時是不是也參加了這場戰事？」

聽聞，葉紅袖更激動了，瞪著大眼睛湊到連俊傑面前，大大的眼睛裡也跟著閃爍欽佩的光芒。

「嗯，參加了。」

連俊傑衝她點頭，唇畔笑容寵溺。

他真喜歡她用這樣崇拜又欽佩的眼神看著自己。

「那還不知道你在軍隊的職位是什麼呢！我就是個小士兵，你比我能幹有本事，肯定比我要好。」

連俊傑的本事，葉常青是知道的。

打小就覺得他與眾不同，總會偷偷一個人躲在山裡練什麼拳，那個時候，他年紀不大都能打得虎虎生風，如今有了這麼健碩的身子，再加上在軍隊歷練了幾年，肯定更不同凡響。

「也沒什麼，我因為跑得快，就在戚家軍裡給軍師當了個通風報信跑腿的。」

「你竟然是給戚家軍軍師做事的！」

起先，葉紅袖和葉氏還以為這不是個多了不起的差事，沒想到聽了後，葉常青更驚訝了。

「嗯，你也別想太多，他就是看我上山下山跑得快，才時不時地讓我去送個信。平常我和你一樣，就是個普通的小士兵，沒什麼不一樣。」

連俊傑見他激動得幾乎都要從炕上跳下來，便笑著伸手將他重新按回了炕上。

「你這已經是相當厲害了！你不知道，我當時在軍隊的時候，我們那兒所有的士兵多想見軍師一面！他可是會神機妙算的啊，但凡打仗只要他出謀，戚家軍就沒打過敗仗。」

「這麼厲害？你說得他都抵得上諸葛亮了。」

葉紅袖有些不信。在她看來，這世上最厲害的軍師非諸葛亮莫屬。

「妹妹，妳不知道，戚家軍不打敗仗不只是因為軍師厲害，更厲害的是戚家軍的首領將軍，兩人一文一武合作得天衣無縫，才會如此所向披靡。」

「那你見過這個大將軍嗎？」

葉紅袖轉頭看向連俊傑，眼裡的崇拜之意更盛了。

可連俊傑卻突然不是滋味了。那樣崇拜的目光應該是自己專屬的，他可不希望自己的小丫頭心裡頭還崇拜旁人。

儘管這個人，嗯……反正他只希望她不管何時何地，心裡眼裡都只有站在眼前的自己。

「見過，五十來歲，一臉的絡腮鬍，眼似銅鈴，上了戰場砍人腦袋都不眨一下眼的，下了戰場就喜歡罵人，尤其喜歡罵格老子的。他嘴又大，一罵人就把口水噴得到處都是。」

「啊?!不會吧？」

聽到那個將軍的模樣這麼讓人不敢恭維，葉紅袖眼裡的崇拜興奮立刻成了失望。

「可不對啊！我聽到的是這個將軍正當盛年，長得相貌堂堂，還聽說每次他一打勝仗進京，不知道引來多少世家名媛的傾慕，甚至還有公主對他芳心暗許呢！」

「大哥，我覺得你說的這個才對，連大哥都要把那個將軍說成鍾馗了。」

葉常青的話讓葉紅袖眼裡的崇拜之火再次燃了起來。

「想想，威風凜凜的大將軍穿著一身戎裝，騎著白馬，手上拿著銀槍，這麼帥又這麼有本事，哪裡會不讓人心動啊！唉，說得我都心動了，想看看他到底是個什麼樣的！」

葉紅袖說著想著，也跟著興奮了起來，小臉還有些發紅發燙。

不管是古代還是現代，但凡說起相貌英俊的大英雄，小姑娘們的反應都是一樣的，欽佩崇拜之間還夾雜著一絲心動。

看到小丫頭此刻眼裡完全沒了自己，連俊傑更不甘了。

「我天天在將軍面前晃悠，我還能不知道嗎？妳說的那些都是將軍自己讓人散出去的流言。」

「什麼？將軍自己散出來的流言，不會吧？」

葉常青驚得張大了嘴，不願相信。

「難不成還有人會自己嫌自己醜？要是他真這麼好，怎麼會到現在還沒娶親呢？他就是娶不著媳婦兒才特地散播這些流言，想要能娶媳婦兒。」連俊傑忍笑開口。

「沒娶親這事倒是只要在部隊裡的人都知道，不過不管怎麼說，你能在將軍和軍師面前做事，就證明你的本事了。往後，我要和你學的東西還很多。」

「咱們不是外人，不需要這麼見外。」

「俊傑，既然你說咱們不是外人，那我告訴你，真正的叛徒其實是程天順！你信我，真的是他！毛喜旺也是知情的，他們兩個都是叛徒！」

「這些我都知道，但這事遠比你想得還要複雜，他們的背後還有人，不只是他們兩個這麼簡單。所以，你先好好養身子，等傷好了，咱們聯手把他們背後的那些人全都揪出來，給土蛋還有枉死在戰場上的士兵們報仇！」

——未完，待續，請看文創風804《醫娘好神》3（完）

2019年11月出版

# 財神嬌娘

文創風 799～801

她是名震村里的母老虎，男子見了無不退避三舍，
這人哪來的勇氣，居然視她為天菜，還想娶回家?!

## 緣投意合 歡喜成雙／雨鴉

說到魚泉村最有名的大齡姑娘，非天生神力的何嬌杏莫屬——
貌美如花卻性比夜叉，動手不動口兼力大無窮，娶了她可是夫綱不振！
唉，除了穿越帶來的神力，其他的全是誤會呀，被惡棍調戲能不還手嗎？
卻因此揹上惡名嫁不出去，幸好家人疼愛有加，才讓她悠哉過著鄉下小日子。
孰料在媒婆牽線下，隔壁村的農家子程家興竟對她一見傾心，吵著訂親，
更令人驚訝的是，只愛打獵不愛種田、有如地痞的他，遇見她後脫胎換骨，
不但對她的好廚藝讚不絕口，還發揮生意頭腦，樂陶陶地與她合作，
帶著親朋好友勤奮叫賣，把熱騰騰的吃食換成亮晶晶的銅錢和銀兩。
難道懶漢純屬偽裝，他根本是被農活耽誤的經商天才？不好好利用怎麼行！
他喚醒了她前世經營餐館的商人魂啊，好隊友一起努力，咱們向錢衝吧～～

# 為流浪貓狗加油 和貓寶貝 狗寶貝 廝守終生(一定要終生喔！)的幸福機會

對人來說，貓寶貝狗寶貝只是生活的一部分，但妳（你）對牠們來說，卻是生活的全部，領養前請一定要考慮清楚——

### ▲ 溫柔和順的毛小孩　小米

性　　別：女生
品　　種：米克斯
年　　紀：約4個月
特　　徵：米色的毛色，中小型犬
個　　性：乖巧溫順、親人親狗
健康狀況：已結紮，已打第一劑預防針

## 『小米』的故事：

小米是在埔里被一位善心人發現的，可惜這位善心人因為一些因素無法收留、照料小米，只能選擇將幼小又溫馴的牠給原放。

中途得知這件事情之後於心不忍，因為小米的個性十分溫柔，這樣的牠若自行在野外生存是相當地不容易，也很容易被欺負。因此，中途決定將小米帶回去安置，並且積極地想幫牠成功尋找到能棲身的家。

中途曾帶著小米在路跑送養會、草悟道義賣送養等活動亮相，每次小米都非常聽話，乖巧地待在一旁，而可愛的牠雖然吸引了不少路人的目光，卻仍沒有遇到屬於牠的主人。

小米現在仍盼望著有一個被寵愛的安身之處，若您願意實現這個期盼，歡迎私訊臉書專頁：狗狗山-Gougoushan。

**認養資格及注意事項：**

1. 認養者須年滿23歲，有穩定經濟能力，並獲得全家人的同意。
2. 須同意簽認養寵物切結書，並讓中途瞭解小米以後的生活環境。
3. 同意送養人日後之追蹤探訪，對待小米不離不棄。
4. 同意讓小米絕育，且不可長期關、綁著小米，亦不可隨意放養。
5. 為讓中途對您有更深入的瞭解，中途會先有份線上問卷請您填寫。

**來信請說明：**

a. 個人基本資料：姓名、性別、年齡、家庭狀況、職業與經濟來源等。
b. 想認養小米的理由。
c. 過去養寵物的經驗，及簡介一下您的飼養環境。
d. 若未來有結婚、懷孕、出國或搬家等計劃，將如何安置小米？

**狗屋熱情響應　邀您參與公投聯署**

政府全面結紮流浪貓狗
您的一份聯署＝浪浪的一線生機

請踴躍下載聯署書，相關資訊可搜尋FB粉絲頁：**公投:縣市政府應全面結紮遊蕩貓狗**

803

# 醫娘好神 2


國家圖書館出版品預行編目資料

醫娘好神 / 金夕顏著. --
初版. -- 臺北市 : 狗屋, 2019.11
冊 ; 公分. --（文創風）
ISBN 978-986-509-058-6（第2冊：平裝）. --

857.7　　　　108016928

| | |
|---|---|
| 著作者 | 金夕顏 |
| 編輯 | 張蕙芸 |
| 校對 | 黃薇霓 |
| 發行所 | 狗屋出版社有限公司 |
| 地址 | 台北市104中山區龍江路71巷15號1樓 |
| 電話 | 02-2776-5889～0 |
| 發行字號 | 局版台業字845號 |
| 法律顧問 | 蕭雄淋律師 |
| 總經銷 | 知遠文化事業有限公司 |
| 電話 | 02-2664-8800 |
| 初版 | 2019年11月 |
| 國際書碼 | ISBN-13　978-986-509-058-6 |

本著作物由雲起書院（http://yunqi.qq.com/）授權出版

定價250元

狗屋劃撥帳號：19001626

網址：love.doghouse.com.tw　E-mail：love@doghouse.com.tw